ONZE MINUTES

Ô Marie conçue sans péché, priez pour nous qui faisons appel à Vous. Amen.

Paulo Coelho

ONZE MINUTES

Traduit du portugais (Brésil)
par Françoise Marchand-Sauvagnargues

Editions Anne Carrière

Titre original : *Onze Minutos*
Cette édition est publiée avec l'accord de Sant Jordi Asociados, Barcelone, Espagne.

En couverture : Salvador Dalí, *Ma femme nue regardant son propre corps devenir marches, trois vertèbres d'une colonne, ciel et architecture, 1945*, © Salvador Dali, Fondation Gala-Salvador Dali/ ADAGP, Paris, 2003.
Photo : © Dagli-Orti.

ISBN : 2-84337-227-5

www.anne-carriere.fr

Le 29 mai 2002, quelques heures avant de mettre un point final à ce livre, je suis allé à Lourdes, en France, chercher un peu d'eau miraculeuse à la source. J'étais déjà sur l'esplanade de la cathédrale quand un monsieur, âgé d'environ soixante-dix ans, s'est adressé à moi : « Savez-vous que vous ressemblez à Paulo Coelho ? » Je lui ai répondu que j'étais Paulo Coelho. L'homme m'a donné l'accolade et m'a présenté son épouse et sa petite-fille. Il m'a dit combien mes livres comptaient dans sa vie, et il a conclu : « Ils me font rêver. » J'ai entendu cette phrase très souvent, et elle me fait toujours plaisir. A cet instant, cependant, j'ai éprouvé une vive inquiétude — je savais que *Onze minutes* aborde un sujet délicat, dérangeant, choquant. J'ai marché jusqu'à la source afin d'y recueillir un peu d'eau miraculeuse, puis j'ai demandé à l'homme où il habitait (dans le Nord de la France, non loin de la frontière belge) et j'ai noté son nom.

Ce livre vous est dédié, Maurice Gravelines. J'ai un devoir envers vous, votre femme, votre petite-fille, et envers moi-même : parler de ce qui me préoccupe, et non de ce que tout le monde aimerait entendre. Certains livres nous font rêver, d'autres nous rappellent la réalité, mais aucun ne peut échapper à ce qui est primordial pour un auteur : l'honnêteté avec laquelle il l'écrit.

Survint une femme de la ville qui était péche-
resse; elle avait appris que [Jésus] était à table
dans la maison du pharisien. Apportant un fla-
con de parfum en albâtre et se plaçant par-
derrière, tout en pleurs, aux pieds de Jésus, elle
se mit à baigner ses pieds de larmes; elle les
essuyait avec ses cheveux, les couvrait de baisers
et répandait sur eux du parfum.

Voyant cela, le pharisien qui l'avait invité se
dit en lui-même : « Si cet homme était un pro-
phète, il saurait qui est cette femme qui le
touche, et ce qu'elle est : une pécheresse. »

Jésus prit la parole et lui dit : « Simon, j'ai
quelque chose à te dire. » « Parle, Maître », dit-il.
« Un créancier avait deux débiteurs; l'un lui
devait cinq cents pièces d'argent, l'autre cin-
quante. Comme ils n'avaient pas de quoi rem-
bourser, il fit grâce de leur dette à tous les deux.

Lequel des deux l'aimera le plus ? » Simon répondit : « Je pense que c'est celui auquel il a fait grâce de la plus grande dette. » Jésus lui dit : « Tu as bien jugé. »

Et, se tournant vers la femme, il dit à Simon : « Tu vois cette femme. Je suis entré dans ta maison : tu ne m'as pas versé d'eau sur les pieds, mais elle, elle a baigné mes pieds de ses larmes et les a essuyés avec ses cheveux. Tu ne m'as pas donné de baiser, mais elle, depuis qu'elle est entrée, elle n'a pas cessé de me couvrir les pieds de baisers. Tu n'as pas répandu d'huile odorante sur ma tête, mais elle, elle a répandu un parfum sur mes pieds. Si je te déclare que ses péchés si nombreux ont été pardonnés, c'est parce qu'elle a montré beaucoup d'amour. Mais celui à qui on pardonne peu montre peu d'amour. »

Luc, 7, 37-47

Parce que je suis la première et la dernière
Je suis la vénérée et la méprisée
Je suis la prostituée et la sainte
Je suis l'épouse et la vierge
Je suis la mère et la fille
Je suis les bras de ma mère
Je suis la stérile et mes enfants sont innom-
brables
Je suis la bien mariée et la célibataire
Je suis celle qui donne le jour et celle qui n'a
jamais procréé
Je suis la consolation des douleurs de l'enfan-
tement
Je suis l'épouse et l'époux
et c'est mon homme qui m'a créée
Je suis la mère de mon père
Je suis la sœur de mon mari
et il est mon fils rejeté
Respectez-moi toujours
Car je suis la scandaleuse et la magnifique

Hymne à Isis, IIIe ou IVe siècle ap. J.-C.,
découvert à Nag Hamadi

Il était une fois une prostituée qui s'appelait Maria.

Un moment. « Il était une fois », telle est la meilleure manière de débuter un conte pour enfants, tandis que « prostituée » est un terme d'adultes. Comment peut-on faire débuter une histoire sur cette apparente contradiction ? Mais enfin, puisque, à chaque instant de nos existences, nous avons un pied dans le conte de fées et l'autre dans l'abîme, conservons ce commencement.

Il était une fois une prostituée qui s'appelait Maria.

Comme toutes les prostituées, elle était née vierge et innocente et, durant son adolescence, elle avait rêvé de rencontrer l'homme de sa vie (qui serait riche, beau, intelligent), de l'épouser (en robe de mariée), d'avoir de lui deux enfants (qui deviendraient célèbres), d'habiter une jolie maison (avec vue sur la mer). Son père était représentant de commerce, sa mère couturière. Dans sa ville du Nordeste du Brésil, il n'y avait qu'un cinéma, une boîte de nuit, une agence bancaire ; c'est pourquoi Maria attendait le jour où son prince charmant apparaîtrait sans prévenir, envoûterait son cœur, et où elle partirait conquérir le monde avec lui.

Comme le prince charmant ne se montrait pas, il ne lui restait qu'à rêver. Elle tomba amoureuse pour la première fois à l'âge de onze ans, tandis qu'elle se rendait à pied à l'école primaire. Le jour de la rentrée, elle découvrit qu'elle n'était pas seule sur le trajet : non loin d'elle cheminait un gamin qui habitait dans le voisinage et fréquentait l'école aux mêmes heures. Ils n'avaient jamais échangé un mot, mais Maria remarqua que les moments de la journée qui lui plaisaient le plus étaient ceux qu'elle passait sur la route poussiéreuse, malgré la soif, la fatigue, le soleil au zénith, le garçon qui marchait vite tandis qu'elle faisait des efforts épuisants pour demeurer à sa hauteur.

La scène se répéta pendant plusieurs mois ; Maria, qui détestait étudier et n'avait d'autre distraction que la télévision, se mit à désirer que le temps s'écoule rapidement; elle attendait anxieusement de se rendre à l'école et, contrairement aux filles de son âge, trouvait très ennuyeuses les fins de semaine. Comme les heures passent bien plus lentement pour un enfant que pour un adulte, elle en souffrait, trouvait les jours interminables, car ils ne lui offraient que dix minutes à partager avec l'amour de sa vie et des milliers d'autres pour penser à lui, imaginer comme il serait bon qu'ils puissent se parler.

Or, un matin, le gamin s'approcha d'elle et lui demanda de lui prêter un crayon. Maria ne répondit pas, elle fit mine d'être irritée par cet abord intempestif et pressa le pas. Elle était restée pétrifiée d'effroi en le voyant se diriger vers elle, elle avait peur qu'il sût qu'elle l'aimait, l'attendait, rêvait de le prendre par la main, de dépasser la porte de l'école pour suivre la route jusqu'au bout, où – disait-on – se trouvaient une grande ville, des personnages de roman, des artistes, des automobiles, de nombreuses salles de cinéma et toutes sortes de merveilles.

Toute la journée, elle ne parvint pas à se concentrer en classe. Elle souffrait de son comportement absurde, tout en étant soulagée de savoir que le garçon lui aussi l'avait remarquée. Le crayon n'était qu'un prétexte pour engager la conversation – quand il s'était approché, elle avait aperçu un stylo dans sa poche. Elle languit de le revoir. Cette nuit-là – et les nuits qui suivirent – elle se mit à imaginer toutes les réponses qu'elle lui ferait, jusqu'à ce qu'elle eût trouvé la bonne manière de débuter une histoire qui ne finirait jamais.

Mais il ne lui adressa plus jamais la parole. Ils continuaient de se rendre ensemble à l'école, Maria marchant parfois quelques pas devant lui, tenant un crayon dans la main droite, parfois derrière pour pouvoir le contempler tendrement. Elle dut se contenter d'aimer et de souffrir en silence jusqu'à la fin de l'année scolaire.

Pendant les vacances, qui lui parurent interminables, elle s'éveilla un matin, les cuisses tachées de sang, et crut qu'elle allait mourir ; elle décida de laisser une lettre au garçon dans laquelle elle lui avouerait qu'il avait été le grand amour de sa vie, puis elle fit le projet de s'enfoncer dans le *sertão* où elle serait dévorée par l'une des bêtes sauvages qui terrorisaient les paysans de la région : le loup-garou ou la mule-sans-tête [1]. Ainsi, ses parents ne pleureraient pas

---

1. D'après la croyance populaire, la mule-sans-tête est la concubine du curé qui, métamorphosée en mule, sort, certaines nuits ; le bruit des chaînes qu'elle traîne effraie les gens superstitieux. *(N.d.T.)*

sa mort, car les pauvres gardent espoir, en dépit des tragédies qui les accablent. Ils penseraient qu'elle avait été enlevée par une famille fortunée et sans enfants, et qu'elle reviendrait un jour, couverte de gloire et d'argent – tandis que l'actuel (et éternel) amour de sa vie ne parviendrait pas à l'oublier et qu'il souffrirait chaque matin de ne plus lui avoir adressé la parole.

Elle ne put rédiger la lettre, car sa mère entra dans la chambre, vit les draps rougis, sourit et lui dit : « Te voilà une jeune fille, ma petite. »

Maria voulut savoir quel rapport il existait entre le fait d'être une jeune fille et le sang qui s'écoulait entre ses jambes, mais sa mère fut incapable de le lui expliquer. Elle affirma seulement que c'était normal et que désormais elle devrait porter une serviette pas plus grosse qu'un traversin de poupée quatre ou cinq jours par mois. Maria lui demanda si les hommes aussi se servaient d'un tuyau pour empêcher que le sang ne tache leur pantalon, et elle apprit que ça n'arrivait qu'aux femmes.

Elle s'en plaignit à Dieu, mais finit par s'accoutumer à la menstruation. Cependant, elle ne s'habituait pas à l'absence du garçon, et se reprochait sans cesse l'attitude stupide qui consistait à fuir ce qu'elle désirait le plus. La veille de la rentrée des classes, elle entra dans la seule église de la ville et jura à saint Antoine qu'elle prendrait l'initiative de parler au garçon.

Le lendemain, elle s'arrangea du mieux qu'elle put, mit une robe que sa mère avait confectionnée spécialement pour l'occasion et sortit, en remerciant Dieu que les vacances fussent enfin terminées. Mais le garçon ne reparut pas. Ainsi passa une nouvelle semaine d'angoisse avant que Maria n'apprît par des camarades qu'il avait quitté la ville.

« Il est parti loin », lui dit quelqu'un.

A cet instant, Maria découvrit que l'on peut perdre certaines choses à jamais. Elle apprit également qu'il existait un endroit appelé « loin », que le monde était vaste et sa ville petite, et que les êtres les plus intéressants finissent toujours par partir. Elle aurait aimé s'en aller elle aussi, mais elle était encore très jeune. Néanmoins, en regardant les rues poussiéreuses, elle décida qu'un jour elle marcherait sur les traces du garçon. Les neuf vendredis suivants, selon une coutume de sa religion, elle communia et pria la Vierge Marie de la tirer de là un jour.

Elle eut de la peine quelque temps et chercha vainement à retrouver la trace du gamin, mais personne ne savait où ses parents avaient déménagé. Alors Maria commença à trouver le monde trop vaste, et l'amour dangereux ; elle pensa que la Vierge habitait des cieux trop lointains pour prêter l'oreille aux requêtes des enfants.

Trois années s'écoulèrent. Elle apprit la géographie et les mathématiques, suivit les feuilletons à la télévision, découvrit en douce au collège ses premières revues érotiques, se mit à tenir un journal où elle évoquait son existence monotone et laissait libre cours à son envie de connaître ce qu'on lui enseignait – l'océan, la neige, les hommes portant turban, les femmes élégantes et couvertes de bijoux... Mais, comme nul ne peut vivre de désirs impossibles – surtout avec une mère couturière et un père toujours absent –, elle comprit bientôt qu'elle devait prêter davantage attention à ce qui se passait autour d'elle. Elle étudiait pour s'en sortir dans la vie, en même temps qu'elle cherchait un compagnon avec qui elle pût partager ses rêves d'aventures. Lorsqu'elle eut quinze ans, elle tomba amoureuse d'un garçon qu'elle avait rencontré dans une procession durant la semaine sainte.

Elle ne répéta pas son erreur d'enfance : ils parlèrent, devinrent amis, puis allèrent au cinéma et aux fêtes ensemble. Elle le constata de nouveau, l'amour était davantage associé à l'absence qu'à la présence de l'autre : le jeune homme ne cessait de lui manquer, elle passait des heures à imaginer ce dont elle lui parlerait à leur prochaine rencontre, et se remémorait chaque seconde partagée, cherchant ce qu'elle avait fait de bien ou de mal. Elle aimait se voir comme une jeune fille d'expérience, qui avait déjà laissé échapper une grande passion et connaissait la douleur ainsi causée. Elle était maintenant décidée à lutter de toutes ses forces pour cet homme : c'est grâce à lui qu'elle accéderait au mariage, à la maternité, à la maison avec vue sur mer.

Elle alla en parler à sa mère, qui l'implora :

« Il est encore très tôt, ma fille.

– Mais quand tu as épousé mon père, tu avais seize ans. »

Sa mère se refusait à expliquer que c'était à cause d'une grossesse imprévue, de sorte qu'elle eut recours à l'argument « en ce temps-là ce n'était pas pareil » pour clore la discussion.

Le lendemain, Maria et le garçon partirent se promener dans la campagne aux alentours de la ville. Ils bavardèrent un peu, elle l'interrogea sur son envie de voyager, et, en guise de réponse, il la prit dans ses bras et lui donna un baiser.

Le premier baiser de sa vie ! Elle avait tant rêvé de ce moment ! Le paysage était extra-ordinaire – les hérons en vol, le coucher de soleil, la région semi-aride à la beauté agressive, et le son de la musique au loin. Maria feignit de repousser cette avance avant de le serrer dans ses bras, et elle répéta le geste qu'elle avait vu faire tant de fois au cinéma, dans les magazines et à la télévision : elle frotta avec une certaine violence ses lèvres contre les siennes, bougeant la tête d'un côté à l'autre, en un mouvement mi-rythmé, mi-incontrôlé. Elle sentit que, de temps à autre, la langue du jeune homme touchait ses dents, et elle trouva cela délicieux.

Soudain il cessa de l'embrasser.

« Tu ne veux pas ? » demanda-t-il.

Que devait-elle répondre ? Qu'elle voulait ? Bien sûr qu'elle voulait ! Mais une femme ne doit pas s'abandonner ainsi, surtout à son futur mari, sinon il la soupçonnerait pour le restant de son existence de tout accepter avec une grande faci-lité. Elle préféra ne rien dire.

Il la prit de nouveau dans ses bras, cette fois avec moins d'enthousiasme. Il s'arrêta encore, écarlate – et Maria comprit que quelque chose clochait, mais elle eut peur de le questionner. Elle le prit par la main, et ils rentrèrent en ville, parlant de tout autre chose, comme s'il ne s'était rien passé.

Ce soir-là, certaine qu'un événement grave s'était produit, elle nota en termes choisis dans son journal :

> *Quand nous rencontrons quelqu'un et que nous tombons amoureux, nous avons l'impression que tout l'univers conspire en ce sens; cela m'est arrivé aujourd'hui au coucher du soleil. Mais si quelque chose ne tourne pas rond, tout s'effondre et disparaît! Les hérons, la musique au loin, le goût de ses lèvres. Comment la beauté qui se trouvait là quelques minutes auparavant peut-elle disparaître si rapidement?*
>
> *La vie va très vite : elle nous transporte du ciel à l'enfer, et c'est l'affaire de quelques secondes.*

Le lendemain, elle alla retrouver ses amies. Toutes l'avaient vue se promener avec son « amoureux » – finalement, il ne suffit pas de connaître un grand amour, encore faut-il faire en sorte que les autres sachent que vous êtes une personne très désirée. Elles étaient extrêmement curieuses de savoir ce qui s'était passé et Maria, très fière, leur annonça que le meilleur avait été la langue contre ses dents. L'une des filles se mit à rire.

« Tu n'as pas ouvert la bouche ? »

Soudain, tout devint clair – la question, la déception.

« Pour quoi faire ?

– Pour laisser entrer sa langue.

– Qu'est-ce que ça change ?

– C'est comme ça qu'on s'embrasse. »

Rires étouffés, airs faussement compatissants, projets de vengeance chez les filles qui n'avaient jamais eu d'amoureux. Maria feignit de ne pas y accorder d'importance, elle rit à son tour – même si son âme pleurait. Elle pesta en son for intérieur contre les films qui lui avaient appris à fermer les yeux, retenir d'une main la tête de son partenaire, tourner le visage tantôt vers la gauche, tantôt vers la droite, sans montrer l'essentiel. Elle élabora une explication appropriée (je n'ai pas voulu m'abandonner tout de suite parce que je n'étais pas sûre, mais maintenant je sais que c'est l'homme de ma vie) et elle attendit l'occasion suivante.

Lorsqu'elle revit le jeune homme, trois jours plus tard, lors d'une fête municipale, il tenait la main d'une de ses amies – celle-là même qui l'avait interrogée sur le baiser. Maria feignit de nouveau le détachement, tint bon jusqu'à la fin de la soirée en discutant avec ses compagnes d'artistes et de jeunes gens du coin, fit semblant d'ignorer les regards apitoyés que, de temps à autre, l'une d'elles lui jetait. Mais dès qu'elle fut rentrée chez elle, elle ne put se contenir, son univers s'écroula, elle pleura toute la nuit. Elle souffrit huit mois de suite et conclut que l'amour n'était pas fait pour elle, ni elle pour l'amour. Dès lors, elle envisagea de se faire religieuse, pour consacrer le restant de sa vie à l'amour de Jésus, une sorte d'amour qui ne laisse pas de blessures douloureuses dans le cœur. A l'école, il était question de missionnaires en Afrique, et elle décida que là se trouvait l'issue de son existence si pauvre en émotions. Elle fit le projet d'entrer au couvent, apprit les gestes de premiers secours (selon certains professeurs, beaucoup de gens mouraient en Afrique), assista avec assiduité aux cours d'enseignement religieux. Elle commença à s'imaginer comme une sainte des temps modernes, sauveuse de vies et exploratrice de forêts peuplées de tigres et de lions.

Cependant, cette année-là – celle de son quinzième anniversaire, au cours de laquelle elle avait appris que l'on s'embrasse à pleine bouche et que l'amour est surtout source de souffrance – lui réservait une troisième découverte : la masturbation. Elle la fit presque par hasard, en jouant avec son sexe pendant qu'elle attendait que sa mère rentre à la maison. Elle en avait pris l'habitude enfant, et elle y trouvait grand plaisir – jusqu'au jour où son père la surprit et lui donna une volée de coups, sans plus d'explications. Maria n'oublia jamais les coups et apprit ainsi qu'elle ne devait pas se toucher devant autrui. Dès lors, comme à la maison elle n'avait pas de chambre à elle, elle oublia même le plaisir que cette sensation lui procurait.

Jusqu'à cet après-midi-là, six mois environ après le fameux baiser. Sa mère tardait à rentrer, Maria n'avait rien à faire, son père venait de sortir avec un ami, et, faute d'un programme intéressant à la télévision, elle se mit à examiner son corps dans l'espoir de trouver quelques poils indésirables à épiler. Surprise, elle remarqua un petit bourgeon dans le haut de sa vulve ; elle commença à jouer avec, sans plus pouvoir se retenir ; c'était de plus en plus délicieux, de plus en plus intense, et tout son corps – surtout la partie qu'elle touchait – se tendait de plaisir. Elle entra peu à peu dans une sorte de paradis, la sensation redoubla, elle nota qu'elle ne voyait ni n'entendait plus très bien, tout semblait teinté de doré, puis elle gémit de plaisir et eut son premier orgasme.

Orgasme ! Jouissance !

Ce fut comme si, après être montée jusqu'au ciel, elle redescendait en parachute, lentement, vers la terre. Son corps était trempé de sueur, mais elle se sentait entière, épanouie, pleine de vitalité. Alors, c'était cela, le sexe ! Quelle merveille ! Plus besoin de revues pornographiques dans lesquelles tout le monde parle de plaisir avec un rictus de douleur. Plus besoin d'un homme, qui aime le corps mais méprise le cœur de la femme. Elle pouvait tout faire toute seule ! Elle recommença, imaginant que c'était un acteur célèbre qui la caressait, atteignit de nouveau le paradis avant de redescendre, encore plus débordante d'énergie. Alors qu'elle allait se masturber pour la troisième fois, sa mère arriva.

Maria alla discuter avec ses amies de sa découverte, en évitant cette fois de leur avouer qu'elle en avait fait l'expérience pour la première fois quelques heures plus tôt. Toutes – à l'exception de deux – savaient ce dont il s'agissait, mais aucune n'avait osé en parler publiquement. Maria fut sur le point de se sentir révolutionnaire, leader du groupe, et, inventant un absurde « jeu de confessions secrètes », elle demanda à chacune de raconter sa manière préférée de se masturber. Elle apprit différentes techniques, par exemple rester sous la couverture en plein été (parce que, disait l'une des filles, la sueur facilite la chose), se servir d'une plume d'oie pour toucher l'endroit (elle ne connaissait pas le nom de l'endroit), laisser un garçon le faire à sa place (aux yeux de Maria ce n'était pas nécessaire), utiliser le robinet du bidet (il n'y avait pas de bidet chez elle, mais dès qu'elle rendrait visite à une amie fortunée, elle essaierait).

De toute façon, quand elle eut découvert la masturbation et recouru à quelques-unes des techniques suggérées par ses amies, elle renonça pour toujours à la vie religieuse. Se masturber lui donnait beaucoup de plaisir – or, à en croire la religion, le sexe était le plus grand des péchés. Par les mêmes amies, elle eut connaissance de rumeurs relatives à la masturbation : le visage se couvrait de boutons, cela pouvait conduire à la folie, ou à la grossesse. Malgré tous ces risques, elle continua à se donner du plaisir au moins une fois par semaine, en général le mercredi, quand son père allait jouer aux cartes avec ses amis.

En même temps, Maria se sentait de moins en moins sûre d'elle en présence des hommes – et de plus en plus désireuse de quitter l'endroit où elle vivait. Elle fut amoureuse une troisième, puis une quatrième fois, elle savait désormais embrasser, caresser et se laisser caresser en tête à tête avec ses amoureux ; mais il y avait toujours quelque chose qui n'allait pas, et la relation se terminait précisément au moment où Maria était enfin convaincue que le garçon était celui avec lequel elle pourrait passer le restant de ses jours. Finalement, elle parvint à la conclusion que les hommes n'apportent que douleur, frustration, souffrance et ennui. Un après-midi où elle se trouvait dans le parc, regardant une mère jouer avec son fils de deux ans, elle décida qu'elle pouvait envisager d'avoir elle aussi un mari, des enfants, une maison avec vue sur la mer, mais que plus jamais elle ne serait amoureuse, car la passion abîme tout.

Ainsi s'écoulèrent les années d'adolescence de Maria. Elle était de plus en plus jolie, et son air mystérieux et triste attira beaucoup d'hommes. Elle sortit avec l'un ou l'autre, rêva et souffrit – en dépit de la promesse qu'elle s'était faite de ne plus tomber amoureuse. Au cours d'une de ces rencontres, elle perdit sa virginité sur le siège arrière d'une voiture; elle et son petit ami se caressaient avec plus d'ardeur que d'habitude, le garçon s'enthousiasma et, lassée d'être la dernière vierge de son groupe, Maria lui permit de la pénétrer. Contrairement à la masturbation, qui l'emmenait au ciel, ce fut seulement douloureux, un filet de sang tacha sa jupe. Elle n'éprouva pas l'impression magique du premier baiser – les hérons en vol, le coucher de soleil, la musique... Non, elle voulait oublier tout cela.

Elle refit l'amour avec le même garçon quelquefois, après l'avoir prévenu qu'il risquait de se faire tuer si son père découvrait qu'on avait défloré sa fille. Elle fit de lui un outil d'apprentissage, cherchant par tous les moyens à comprendre où se trouvait le plaisir du rapport sexuel avec un partenaire.

En vain. La masturbation donnait beaucoup moins de travail et apportait bien d'autres gratifications. Mais tous les magazines, les émissions de télévision, les livres, les amies, tout, ABSOLUMENT TOUT, décrétait l'importance d'un homme. Maria pensa qu'elle avait un problème sexuel inavouable, se concentra davantage encore sur ses études, et oublia pour quelque temps cette chose merveilleuse et assassine que l'on nomme Amour.

Extrait du journal de Maria, à l'âge de dix-sept ans :

Mon objectif est de comprendre l'amour. Je sais que j'étais vivante quand j'ai aimé, et je sais que tout ce que j'ai maintenant, aussi intéressant que cela puisse paraître, ne m'enthousiasme guère.

Mais l'amour est terrible : j'ai vu mes amies souffrir, et je ne veux pas que cela m'arrive. Elles, qui autrefois riaient de moi et de mon innocence, me demandent maintenant comment je fais pour dominer les hommes aussi bien. Je souris et je me tais, parce que je sais que le remède est pire que la douleur elle-même : tout simplement, je ne tombe pas amoureuse. Chaque jour qui passe, je vois plus clairement combien les hommes sont fragiles, inconstants, peu sûrs d'eux, surprenants... Les pères de certaines de mes amies m'ont déjà fait des avances que j'ai repoussées. Avant, j'en étais choquée; maintenant, je pense que cela fait partie de la nature masculine.

Bien que mon objectif soit de comprendre l'amour, et bien que j'aie souffert par ceux auxquels j'avais livré mon cœur, je constate que ceux qui ont touché mon âme n'ont pas réussi à éveiller mon corps, et que ceux qui ont touché mon corps n'ont pas réussi à atteindre mon âme.

A l'âge de dix-neuf ans, Maria termina ses études secondaires, trouva un emploi dans un magasin de tissus dont le patron tomba amoureux d'elle – à ce stade, elle savait comment se servir d'un homme sans qu'il se servît d'elle. Jamais elle ne lui permit de la toucher, bien qu'elle se montrât toujours enjôleuse, car elle connaissait le pouvoir de sa beauté.

Le pouvoir de la beauté : que peut bien être le monde pour les femmes laides ? Elle avait des amies que personne dans les fêtes ne regardait, à qui personne ne demandait : « Comment vas-tu ? » Aussi incroyable que cela parût, ces filles accordaient beaucoup de valeur au peu d'amour qu'elles recevaient, souffraient en silence lorsqu'elles étaient rejetées, et s'efforçaient de ne pas fonder leur avenir sur l'hypothétique espoir de plaire à quelqu'un. Elles étaient plus indépendantes, se consacraient davantage à elles-mêmes, bien que, dans l'esprit de Maria, le monde dût leur paraître insupportable.

Mais elle, elle avait conscience de sa beauté. Bien qu'elle oubliât toujours les conseils de sa mère, du moins en est-il un qu'elle gardait toujours à l'esprit : « Ma fille, la beauté ne dure pas. » C'est pourquoi elle continua d'entretenir avec son patron une relation ni proche ni distante, ce qui se traduisit par une considérable augmentation de salaire (elle ne savait pas combien de temps elle parviendrait à le tenir par le seul espoir de coucher un jour avec elle, mais tant que cela durait, elle gagnait bien sa vie), outre une prime pour les heures supplémentaires (en fin de compte, l'homme aimait l'avoir près de lui, il craignait peut-être, si elle sortait le soir, qu'elle ne rencontrât un grand amour). Elle travailla vingt-quatre mois sans interruption, put verser une pension à ses parents, et enfin, ô succès ! elle rassembla l'argent nécessaire pour s'offrir une semaine de vacances dans la ville de ses rêves, la cité des artistes, la carte postale de son pays : Rio de Janeiro !

Son chef lui proposa de l'accompagner et de régler toutes ses dépenses. Maria mentit, invoquant que la seule condition posée par sa mère, puisqu'elle se rendait dans l'une des villes les plus dangereuses du monde, était de dormir chez un cousin qui pratiquait le jiu-jitsu.

« De plus, monsieur, poursuivit-elle, vous ne pouvez pas laisser le magasin comme cela, sans une personne de confiance pour s'en occuper.

– Ne m'appelle pas monsieur », dit-il, et Maria vit dans ses yeux quelque chose qu'elle connaissait déjà : le feu de la passion. Elle en fut surprise, elle pensait que cet homme ne s'intéressait qu'au sexe. Pourtant, son regard proclamait le contraire : « Je peux te donner une maison, une famille, et un peu d'argent pour tes parents. » Songeant à l'avenir, elle décida d'alimenter sa flamme.

Elle déclara que ce travail, qu'elle aimait tant, et les gens qu'elle adorait côtoyer allaient lui manquer (elle prit soin de ne mentionner personne en particulier afin de laisser planer le mystère : se pouvait-il que « les gens », ce soit lui ?), et promit de prendre grand soin de son portefeuille et de son intégrité. La vérité était tout autre : elle voulait que personne, absolument personne, ne vînt gâcher sa première semaine de totale liberté. Elle avait l'intention de prendre un bain de mer, de bavarder avec des inconnus, de faire du lèche-vitrines, de se montrer disponible afin qu'un prince charmant apparaisse et l'enlève pour toujours.

« Qu'est-ce qu'une semaine, finalement ? » dit-elle avec un sourire aguicheur, tout en désirant ardemment se tromper. « Cela passe vite, et je serai bientôt de retour, fidèle à mes obligations. »

Désolé, son patron batailla encore un peu, mais il finit par céder, car il formait le projet secret de la demander en mariage dès son retour, et il ne voulait pas tout gâcher en se montrant trop entreprenant.

Maria fit quarante-huit heures de trajet en autocar avant de s'installer dans un hôtel de cinquième catégorie à Copacabana. (Ah ! Copacabana ! La plage, le ciel...) Avant même de défaire ses bagages, elle saisit un bikini – un achat récent –, l'enfila et, malgré le temps nuageux, s'en fut à la plage. Elle regarda la mer avec appréhension, mais finit par entrer dans l'eau, timidement.

Personne sur la plage ne se rendit compte que cette fille vivait son premier contact avec l'océan, la déesse Iemanja, les courants marins, l'écume des vagues et, de l'autre côté de l'Atlantique, la côte de l'Afrique peuplée de lions. Quand elle sortit de l'eau, elle fut abordée par une femme qui vendait des sandwichs bio, un beau Noir qui lui demanda si elle était libre ce soir, et un homme qui ne parlait pas un mot de portugais, mais qui, par gestes, l'invita à boire une eau de coco.

Maria acheta le sandwich parce qu'elle avait honte de refuser. Cependant, elle évita de parler aux deux hommes. Elle sentit la tristesse la gagner ; maintenant qu'elle avait la possibilité de faire tout ce qu'elle voulait, pourquoi agissait-elle de façon aussi déplorable ? Faute d'explication, elle s'assit en attendant que le soleil caché derrière les nuages réapparaisse.

L'étranger, cependant, apparut avec une noix de coco qu'il lui offrit. Contente de n'être pas obligée de lui parler, elle but l'eau de coco, sourit, et il sourit à son tour. Un moment, ils s'en tinrent à cette forme de communication confortable qui n'engage à rien – sourire par-ci, sourire par-là –, jusqu'au moment où l'homme retira de sa poche un minidictionnaire à la couverture rouge, et dit avec un étrange accent : « Jolie. » Elle sourit de nouveau. Elle aurait certes aimé rencontrer son prince charmant, mais il devrait parler sa langue et être un peu plus jeune.

Feuilletant le livre, l'homme insista : « Dîner aujourd'hui ? » Et il ajouta aussitôt : « Suisse ! » Puis il eut ces mots qui sonnent comme les cloches du paradis, quelle que soit la langue dans laquelle ils sont prononcés : « Emploi ! Dollar ! »

Maria ne connaissait pas le restaurant *La Suisse*. Se pouvait-il que les choses soient si faciles et que les rêves se réalisent aussi vite ? Mieux valait se méfier : merci beaucoup pour l'invitation, je suis occupée, et je ne cherche pas non plus à acheter des dollars.

L'homme, qui ne comprit pas un traître mot de sa réponse, commença à désespérer ; après moult sourires par-ci, sourires par-là, il l'abandonna quelques minutes et revint avec un interprète. Par son intermédiaire, il lui expliqua qu'il venait de Suisse (ce n'était pas un restaurant, c'était son pays d'origine), et qu'il aimerait bien dîner avec elle, car il avait un emploi à lui proposer. L'interprète, qui était garde du corps de l'hôtel où l'homme était descendu et qui l'assistait dans ses démarches, ajouta en aparté : « Si j'étais vous, j'accepterais. Cet homme est un directeur artistique important, et il est venu chercher au Brésil de nouveaux talents à faire travailler en Europe. Si vous voulez, je peux vous présenter certaines personnes qui ont accepté par le passé ses propositions : elles sont devenues riches. Aujourd'hui elles sont mariées et ont des enfants qui sont à l'abri du chômage et n'ont pas à craindre les agressions. » Et il précisa, afin de l'impressionner par sa culture planétaire : « En plus, en Suisse, on fait d'excellents chocolats et des montres. »

L'expérience artistique de Maria se résumait à peu de chose : elle avait interprété une marchande d'eau – un rôle muet – dans la Passion du Christ dont on organisait toujours la représentation durant la semaine sainte. Bien qu'elle eût mal dormi dans l'autocar, elle était excitée par la mer, lasse de manger des sandwichs bio ou non bio, et embarrassée parce qu'elle ne connaissait personne à Rio et qu'il lui fallait rencontrer très vite un ami. Elle avait déjà vécu ce genre de situation, où un homme multiplie les promesses et n'en accomplit aucune, de sorte qu'elle savait que cette histoire de directeur artistique n'était qu'un moyen de chercher à l'intéresser à une proposition qu'elle feignait de repousser.

Mais, certaine que c'était la Vierge qui lui offrait cette chance, convaincue de devoir profiter de chaque seconde de cette semaine de vacances, et sûre de tenir là une anecdote de choix à raconter à son retour, elle décida d'accepter l'invitation – à condition que l'interprète les accompagne, car elle était fatiguée de sourire et de faire semblant de comprendre les propos de l'étranger.

Le seul problème était aussi le plus grave : elle n'avait pas de tenue pour la circonstance. Une femme n'avoue jamais ces secrets intimes (il lui est plus facile d'accepter que son mari l'ait trahie que d'avouer l'état de sa garde-robe) ; pourtant, comme elle ne connaissait pas ces hommes et qu'elle ne les reverrait peut-être jamais, Maria décida qu'elle n'avait rien à perdre : « Je viens d'arriver du Nordeste, je n'ai rien à me mettre pour aller au restaurant. »

Par l'intermédiaire de l'interprète, l'homme la pria de ne pas s'inquiéter à ce sujet et lui demanda l'adresse de son hôtel. L'après-midi même, elle reçut une robe comme elle n'en avait jamais vu, accompagnée d'une paire de chaussures dont le prix équivalait sans doute à ce qu'elle gagnait en un an.

Elle sentit que là commençait l'aventure qu'elle avait si ardemment désirée durant son enfance et son adolescence dans le *sertão* brésilien – un pays de sécheresse et de gars sans avenir, une ville honnête mais indigente, une existence routinière et dénuée d'intérêt : elle se préparait à devenir la princesse de l'univers ! Un homme venait de lui offrir un emploi, des dollars, une paire de chaussures de luxe et une robe de conte de fées! Il manquait le maquillage, mais la réceptionniste de son hôtel, par solidarité, vint à son secours, non sans l'avoir dûment prévenue que tous les étrangers n'étaient pas recommandables et que tous les Cariocas n'étaient pas des voyous.

Maria ignora l'avertissement. Elle revêtit ce cadeau des cieux et passa des heures devant le miroir à regretter de n'avoir pas apporté d'appareil photo pour capter ce moment, avant de se rendre compte qu'elle était déjà en retard à son rendez-vous. Elle sortit en courant, telle Cendrillon, et rejoignit l'hôtel où se trouvait le Suisse.

A sa surprise, l'interprète lui annonça tout de go qu'il ne les accompagnerait pas :

« Ne vous en faites pas pour la langue. L'important, c'est qu'il se sente bien avec vous.

— Mais comment faire, s'il ne comprend pas ce que je dis ?

— Justement. Vous n'aurez pas besoin de vous parler, c'est une question d'énergies. »

Maria ignorait ce que cela signifiait; chez elle, quand ils se rencontraient, les gens avaient besoin d'échanger des phrases, des questions, des réponses. Mais Maílson — ainsi s'appelait l'interprète/garde du corps — l'assura qu'à Rio de Janeiro et dans le reste du monde il en allait autrement.

« Ne cherchez pas à comprendre. Débrouillez-vous seulement pour qu'il se sente bien. L'homme est veuf, sans enfants, patron d'une boîte de nuit, et il cherche des Brésiliennes désireuses de travailler à l'étranger. Je lui ai dit que vous n'aviez pas le genre, mais il a insisté. Il prétend qu'il est tombé amoureux dès qu'il vous a vue sortir de l'eau. Il a aussi trouvé votre bikini joli. » Il fit une pause. « Sincèrement, si vous voulez dénicher un petit ami ici, il faut changer de modèle de bikini. En dehors de ce Suisse, personne au monde ne lui trouverait aucun charme : il est très démodé. »

Maria feignit de n'avoir pas entendu. Maílson continua : « A mon avis, il ne désire pas seulement une aventure avec vous ; il estime que vous avez suffisamment de talent pour devenir la principale attraction de sa boîte. Bien sûr, il ne vous a pas vue chanter, ni danser, mais cela peut s'apprendre, alors que la beauté est innée. Ces Européens ! Ils débarquent ici et croient que toutes les Brésiliennes sont sensuelles et savent danser la samba. Si ses intentions sont sérieuses, je vous conseille de réclamer un contrat signé – avec signature légalisée par le consulat de Suisse – avant de quitter le pays. Demain, je serai sur la plage, devant l'hôtel. Venez me voir si vous avez un doute. »

Souriant, le Suisse la prit par le bras et lui montra le taxi qui les attendait.

« Si toutefois ses intentions étaient autres, et les vôtres aussi, le tarif pour une nuit est de trois cents dollars. N'acceptez pas moins. »

Avant qu'elle ait pu répondre, ils étaient déjà en route pour le restaurant. La conversation fut réduite au minimum : « Travailler ? Dollar ? Star brésilienne ? »

Maria, cependant, songeait encore au commentaire de l'interprète : trois cents dollars pour une nuit ! Quelle fortune ! Elle n'avait pas besoin de se consumer d'amour, elle pouvait séduire cet homme comme elle l'avait fait avec son patron, se marier, avoir des enfants, et garantir une vie confortable à ses parents. Qu'avait-elle à perdre ? Il était vieux, peut-être ne tarderait-il pas à mourir, et elle serait riche. Au bout du compte, les Suisses avaient beau rouler sur l'or, on aurait dit que que les femmes étaient rares dans leur pays.

Ils furent peu loquaces pendant le dîner – sourire par-ci, sourire par-là. Maria comprit peu à peu ce que signifiait « question d'énergies » – et l'homme lui montra un album contenant divers documents rédigés dans une langue qu'elle ne connaissait pas ; des coupures de journaux, des photos de femmes en bikini (sans aucun doute plus seyants et plus osés que celui qu'elle portait cet après-midi-là), des plaquettes tapageuses dans lesquelles tout ce qu'elle comprenait était le mot « Brazil », mal orthographié (ne lui avait-on pas appris à l'école qu'il s'écrivait avec un *s* ?). Elle but beaucoup, de crainte que ce Suisse ne lui fît une proposition malhonnête (nul ne peut faire fi de trois cents dollars, et un peu d'alcool rend les choses beaucoup plus faciles, surtout en l'absence de personnes de votre connaissance). Mais l'homme se comporta en gentleman, allant jusqu'à avancer ou tirer sa chaise quand elle s'asseyait ou se levait. A la fin de la soirée, elle prétexta qu'elle était fatiguée et proposa un rendez-vous sur la plage pour le lendemain (indiquer l'heure à sa montre, imiter de la main le mouvement des vagues, articuler « de-main » très lentement). Il sembla satisfait, regarda lui aussi sa montre (peut-être suisse), et lui fit comprendre que l'heure lui convenait.

Elle dormit mal. Elle rêva que tout cela n'était qu'un rêve. Elle s'éveilla et constata qu'il n'en était rien : il y avait bel et bien une robe sur la chaise de sa modeste chambre, une belle paire de chaussures – et un rendez-vous sur la plage en perspective.

Journal de Maria, le jour où elle fit la connaissance du Suisse :

Tout me dit que je m'apprête à prendre une mauvaise décision, mais les erreurs sont une manière d'avancer. Qu'est-ce que le monde veut de moi? Que je ne prenne pas de risques? Que je retourne d'où je viens, sans avoir le courage de dire oui à la vie?

J'ai déjà commis une erreur lorsque j'avais onze ans et qu'un garçon est venu me demander de lui prêter un crayon; depuis lors, j'ai compris que parfois il n'y a pas de seconde occasion, et qu'il vaut mieux accepter les cadeaux que le monde vous offre. Bien sûr, c'est risqué, mais ce risque est-il plus grave qu'un accident dans l'autocar qui a mis quarante-huit heures à me conduire jusqu'ici? Si je dois être fidèle à quelqu'un ou à quelque chose, je dois d'abord

46

être fidèle à moi-même. Si je cherche l'amour véritable, je dois d'abord en finir avec les amours médiocres que j'ai rencontrées. Le peu d'expérience que j'ai m'a appris que personne n'est maître de rien, que tout n'est qu'illusion – et cela va des biens matériels aux biens spirituels. Celui qui a perdu quelque chose qu'il croyait assuré (ce qui m'est arrivé si souvent) finit par apprendre que rien ne lui appartient.

Et si rien ne m'appartient, je n'ai pas non plus besoin de me soucier des choses qui ne sont pas à moi; plutôt vivre comme si aujourd'hui était le premier (ou le dernier) jour de mon existence.

Le lendemain, en compagnie de Maílson, qui prétendait désormais être son imprésario, elle annonça qu'elle accepterait l'invitation sitôt qu'elle disposerait d'un document attesté par le consulat de Suisse. L'étranger, qui semblait accoutumé à ce genre d'exigence, affirma que ce n'était pas seulement son désir à elle, mais le sien également, puisque pour travailler dans son pays il fallait détenir un papier prouvant que nul autre n'était en mesure de faire le métier qu'elle se proposait d'exercer. Ce ne serait guère difficile à obtenir, les Suissesses n'étant pas particulière-ment douées pour la samba. Ils se rendirent ensemble dans le centre-ville, le garde du corps/interprète/imprésario exigea en son nom une avance en liquide dès qu'ils eurent signé le contrat, et il garda trente pour cent des cinq cents dollars reçus.

« Voici une semaine d'avance. Une semaine, vous comprenez ? Vous allez gagner cinq cents dollars par semaine, et cette fois sans commission, parce que je ne touche que sur le premier versement ! »

Jusqu'à cet instant, les voyages, l'idée d'aller à l'autre bout du monde, tout cela n'était qu'un rêve pour Maria – et rêver est bien confortable dès lors que nous ne sommes pas obligés de concrétiser ce que nous avons projeté. Ainsi, nous traversons des moments difficiles, nous connaissons des risques, des frustrations et, une fois vieux, nous pouvons toujours rendre les autres – nos parents, de préférence, ou nos conjoints, nos enfants – coupables de n'avoir pas réalisé nos désirs.

Soudain se présentait à Maria la chance qu'elle avait tant espérée, mais dont elle souhaitait qu'elle n'arrivât jamais ! Comment affronter les périls et les défis d'une existence inconnue ? Comment abandonner toutes ses habitudes ? Pourquoi la Vierge avait-elle décidé qu'elle irait si loin ?

Maria se consola en se disant qu'elle pourrait changer d'avis à tout moment, que tout cela n'était qu'une plaisanterie sans conséquences – une histoire extraordinaire à raconter quand elle rentrerait. Au bout du compte, elle habitait à plus de mille kilomètres de là, elle avait maintenant trois cent cinquante dollars en poche, et si demain elle décidait de faire ses valises et de rentrer chez elle, ils ne sauraient jamais où elle s'était cachée.

L'après-midi qui suivit la visite au consulat, elle décida d'aller se promener seule sur la plage, à regarder les enfants et leurs mères, les volleyeurs, les mendiants, ivrognes, marchands d'artisanat typique (fabriqué en Chine), sportifs en train de faire des exercices pour repousser la vieillesse, touristes, retraités jouant aux cartes au bout du front de mer... Elle était venue à Rio de Janeiro, elle avait découvert un restaurant de toute première classe, un consulat, un étranger, un imprésario, on lui avait offert une robe et une paire de chaussures que personne – absolument personne, dans le Nordeste – n'aurait été en mesure d'acheter.

Et maintenant ?

Elle regarda l'horizon : son cours de géographie affirmait que juste en face se trouvait l'Afrique, avec ses lions et ses forêts peuplées de gorilles. Mais si elle se dirigeait un peu plus vers le nord, elle finirait par poser le pied dans un royaume enchanté appelé Europe, où il y avait la tour Eiffel, EuroDisney et la tour de Pise. Qu'avait-elle à perdre ? Comme toutes les Brésiliennes, elle avait appris à danser la samba avant même de savoir dire « maman » ; si ce métier ne lui plaisait pas, elle pourrait toujours rentrer, et elle avait retenu que les opportunités sont faites pour être saisies sur-le-champ.

Décidée à vivre uniquement les expériences qu'elle pouvait contrôler — certaines aventures masculines, par exemple —, elle avait passé la majeure partie de son temps à dire « non » quand elle aurait aimé dire « oui ». A présent, elle se tenait devant l'inconnu — pareil à l'inconnu qu'avait été un jour cette mer pour les navigateurs qui la franchissaient, ainsi qu'on le lui avait enseigné en cours d'histoire. Il serait toujours temps de dire « non », mais allait-elle passer le restant de son existence à se lamenter ? Elle le faisait encore en songeant au garçon qui lui avait demandé un crayon et avait disparu avec son premier amour !... Pourquoi cette fois ne pas faire l'essai d'un « oui » ?

Pour une raison très simple : elle était une fille de l'intérieur, n'avait d'autre expérience de la vie que quelques années d'études dans un collège honorable, une vaste culture en matière de feuilletons télévisés, et la certitude d'être belle. Cela ne suffisait pas pour affronter le monde.

Elle aperçut un groupe de gens qui riaient en regardant la mer, comme s'ils redoutaient de s'en approcher. Deux jours plus tôt, elle avait éprouvé la même crainte, mais maintenant c'était fini, elle entrait dans l'eau chaque fois qu'elle le décidait, comme si elle était née ici. Ne se passerait-il pas la même chose en Europe ?

Elle adressa une prière silencieuse à la Vierge Marie et, quelques secondes plus tard, elle parut satisfaite d'avoir pris la décision d'aller plus loin, car elle se sentait protégée. Elle pourrait toujours revenir, mais elle n'aurait pas toujours la chance d'aller aussi loin. Cela valait la peine de prendre le risque, dès lors que le rêve pourrait résister aux quarante-huit heures de retour dans l'autocar sans air conditionné, et que le Suisse ne changerait pas d'avis.

Elle était tellement excitée que, lorsque ce dernier l'invita de nouveau à dîner, elle se donna un air sensuel et lui prit la main. L'homme la retira aussitôt et Maria comprit – non sans une certaine appréhension, et un certain soulagement – qu'il parlait vraiment sérieusement.

« Star samba ! disait-il. Jolie star samba brésilienne ! Voyage semaine prochaine ! »

Tout cela était merveilleux, cependant « voyage semaine prochaine », c'était absolument impensable. Maria expliqua qu'elle ne pouvait pas prendre une telle décision sans consulter sa famille. Le Suisse, furieux, montra une copie du document signé, et pour la première fois elle prit peur.

« Contrat ! » répétait-il.

Déterminée à faire ce voyage, Maria voulut consulter Maílson, son imprésario – n'était-il pas payé pour la seconder ?

Mais Maílson paraissait plus soucieux de séduire une touriste allemande récemment descendue à l'hôtel qui pratiquait le *topless* sur le sable, convaincue que le Brésil était le pays le plus libéral du monde (sans se rendre compte qu'elle était la seule à avoir les seins nus, et qu'on la regardait avec un certain malaise). Maria eut quelque difficulté à obtenir son attention.

« Et si je change d'avis ? insistait-elle.

– Je ne sais pas ce qui est écrit dans le contrat, mais il vous fera peut-être emprisonner.

– Il ne me trouvera jamais !

– Vous avez raison. Alors, ne vous faites pas de souci. »

Néanmoins, le Suisse, qui avait déjà dépensé cinq cents dollars, payé une paire de chaussures, une robe, deux dîners et les frais d'enregistrement au consulat, commençait à s'inquiéter, de sorte que, Maria insistant pour aller voir sa famille, il décida d'acheter deux billets d'avion et de l'accompagner jusque chez elle – à condition que tout soit réglé en quarante-huit heures et qu'ils puissent partir pour l'Europe la semaine suivante, conformément aux dispositions prises. Sourires par-ci, sourires par-là, elle comprenait enfin que tout cela découlait du document qu'elle avait signé et que l'on ne doit pas badiner avec la séduction, les sentiments et les contrats.

Sa ville natale eut la surprise, et la fierté, de voir la belle Maria, l'enfant du pays, arriver accompagnée d'un étranger désireux de faire d'elle une grande vedette en Europe. Tout le voisinage l'apprit, et les amies de lycée demandèrent : « Comment est-ce arrivé ?

– J'ai de la chance. »

Elles voulurent savoir si les choses se passaient toujours de cette façon à Rio de Janeiro, car elles avaient vu dans des feuilletons télévisés des aventures de ce genre. Maria ne dit ni oui ni non, afin de mettre en valeur son cas personnel et de les convaincre qu'elle était un être exceptionnel.

Ils se rendirent chez elle, où le Suisse montra de nouveau les photos, les brochures sur le *Brazil* (avec un *z*), le contrat, tandis que Maria expliquait qu'elle avait maintenant un imprésario et l'intention de suivre une carrière artistique. Sa mère, voyant la taille du bikini que portaient les filles sur les photos, les rendit immédiatement et se refusa à poser des questions. Tout ce qui lui importait, c'était que sa fille soit heureuse et riche – ou malheureuse mais riche.

« Comment s'appelle-t-il ?

– Roger.

– Rogério ! J'avais un cousin qui portait ce nom. »

L'homme sourit, applaudit, et tout le monde se rendit compte qu'il n'avait pas compris la question. Son père dit à Maria : « Mais il a mon âge ! »

Sa femme le pria de ne pas intervenir dans le bonheur de sa fille. Comme toutes les couturières bavardent avec leurs clientes et finissent par acquérir une grande expérience en matière de mariage et d'amour, elle conseilla à Maria : « Mon adorée, mieux vaut être malheureuse avec un homme riche qu'heureuse avec un homme pauvre. Là-bas tu as beaucoup plus de chances d'être une malheureuse riche. De plus, si ça ne marche pas, prends un autocar et rentre à la maison. »

Maria, une fille d'une intelligence supérieure à ce que sa mère ou son futur mari imaginaient, répliqua, juste pour provoquer : « Maman, il n'y a pas d'autocar entre l'Europe et le Brésil. Et puis, je veux faire une carrière artistique, je ne cherche pas un mari. »

Sa mère la regarda d'un air quasi désespéré : « Si tu peux aller là-bas, tu peux aussi bien en revenir. Les carrières artistiques, c'est très bien pour les filles jeunes, mais ça ne dure que tant que tu es belle, et ça se termine plus ou moins à trente ans. Donc, profites-en, trouve-toi un garçon honnête, amoureux, et, je t'en prie, marie-toi. Il ne faut pas trop penser à l'amour – au début je n'aimais pas ton père, mais l'argent achète tout, même l'amour véritable. Et pourtant, ton père n'est même pas riche ! »

C'était un très mauvais conseil d'amie, mais un excellent conseil de mère. Avant de rentrer à Rio quarante-huit heures plus tard, Maria retourna, seule, sur son ancien lieu de travail ; elle présenta sa démission et écouta son patron.

« J'ai appris qu'un grand imprésario français avait décidé de t'emmener à Paris. Je ne peux pas t'empêcher de chercher le bonheur, mais je veux qu'avant de partir tu saches une chose. »

Il retira de sa poche une chaîne avec une médaille.

« Il s'agit de la Médaille miraculeuse de Notre-Dame des Grâces. Son église se trouve à Paris.

Vas-y et demande-lui protection. Regarde ce qui est écrit là. »

Maria lut les quelques mots gravés sur la médaille : « Ô Marie conçue sans péché, priez pour nous qui faisons appel à Vous. Amen. »

« N'oublie pas de prononcer cette phrase au moins une fois par jour, reprit-il. Et... » Il hésita, mais maintenant il était trop tard. « ... Si un jour tu reviens, sache que je t'attendrai. J'ai manqué l'occasion de te dire une chose très simple : je t'aime. Il est peut-être trop tard, mais je voulais que tu le saches. »

« Manquer l'occasion », elle avait appris très tôt ce que cela signifie. Mais « je t'aime » était une phrase qu'elle avait très souvent entendue au fil de ses vingt-deux ans, et elle lui semblait n'avoir plus aucun sens, car elle n'avait jamais été accompagnée d'un sentiment sérieux, profond, qui se serait traduit par une relation durable. Maria le remercia de ces mots, les inscrivit dans sa mémoire (on ne sait jamais ce que la vie nous réserve, et il est toujours bon de savoir où se trouve l'issue de secours). Elle lui donna un chaste baiser sur la joue et partit sans regarder en arrière.

De retour à Rio, elle obtint son passeport en une journée à peine. (« Le Brésil a vraiment changé », commenta Roger grâce à quelques mots de portugais et quantité de signes, ce que Maria traduisit par : « Autrefois cela prenait beaucoup plus de temps. ») Peu à peu, avec l'aide de Maílson, ils firent les derniers préparatifs (vêtements, chaussures, maquillage, tout ce dont une femme comme elle pouvait rêver). Roger la vit danser dans une boîte où ils se rendirent la veille de leur départ pour l'Europe, et enthousiasmé, il se félicita de son choix – il avait vraiment devant lui une grande vedette du cabaret *Gilbert*, la belle brune aux yeux clairs et à la chevelure noire comme l'aile du *graúna* [1], un oiseau auquel les écrivains brésiliens ont coutume de comparer les cheveux noirs. Le certificat de travail du consulat de Suisse était prêt, ils firent leurs bagages, et le lendemain ils s'envolèrent pour le pays du chocolat, des montres et du fromage, Maria formant en secret le projet que cet homme tombe amoureux d'elle. Au bout du compte, il n'était ni vieux, ni laid, ni pauvre. Que désirer de plus ?

---

1. Mot d'origine tupi qui désigne un grand passereau au plumage noir violacé ou bleuté à reflets métalliques, au bec noir, très répandu au Brésil et dans les pays limitrophes. *(N.d.T.)*

Elle arriva épuisée et, dès l'aéroport, la peur lui serra le cœur : elle découvrit qu'elle était complètement dépendante de l'homme qui se tenait à son côté – elle ne connaissait ni le pays, ni la langue, ni le froid. Le comportement de Roger changeait à mesure que les heures passaient ; il n'essayait plus de se montrer agréable : même s'il ne tentait jamais de l'embrasser ou de lui caresser les seins, son regard était devenu distant. Il l'installa dans un petit hôtel et la présenta à une autre Brésilienne, une femme jeune à l'air triste, du nom de Vivian, qui se chargerait de lui enseigner les rudiments de son futur travail.

Vivian la toisa des pieds à la tête, sans aucune gentillesse envers une étrangère fraîchement débarquée. Plutôt que de lui demander comment elle se sentait, elle alla droit au but :

« N'aie pas d'illusions. Il se rend au Brésil chaque fois qu'une de ses danseuses se marie, et apparemment cela se produit très souvent. Il sait ce qu'il veut, et je crois que tu le sais aussi. Tu es sans doute venue chercher l'une de ces trois choses : l'aventure, l'argent ou un mari. »

Comment avait-elle pu deviner ? Tout le monde cherchait-il la même chose ? Ou était-ce que Vivian pouvait lire dans les pensées des autres ?

« Toutes les filles ici cherchent l'une de ces trois choses », reprit Vivian, et Maria fut convaincue qu'elle lisait dans ses pensées. « Pour ce qui est de l'aventure, il fait trop froid pour tenter quoi que ce soit, et en plus il ne nous reste pas un sou pour voyager. Concernant l'argent, tu devras travailler presque un an pour payer ton billet de retour, sans compter la part retenue pour l'hébergement et la nourriture.

– Mais...

– Je sais, ce n'est pas ce qui a été combiné. En réalité, c'est toi qui as oublié de demander – comme tout le monde d'ailleurs. Si tu avais été plus attentive, si tu avais lu le contrat que tu as signé, tu saurais exactement où tu t'es fourrée, parce que les Suisses ne mentent pas, même s'ils savent tirer parti du silence. »

Le sol se dérobait sous les pieds de Maria.

« Enfin, chaque fille qui se marie entraîne pour Roger un grave préjudice économique. Il nous est donc interdit de parler aux clients. Si tu fais quoi que ce soit dans ce sens, tu courras de grands risques. Ici, ce n'est pas un endroit où les gens se rencontrent, contrairement à la rue de Berne. »

La rue de Berne ?

« Les hommes viennent ici avec leurs épouses, et les rares touristes, trouvant l'ambiance trop familiale, vont chercher des femmes ailleurs. Sache danser ; si tu sais aussi chanter, ton salaire augmentera, et la jalousie des autres filles également. Par conséquent, même si tu possèdes la plus belle voix du Brésil, je te suggère de l'oublier et de ne pas tenter de chanter. Surtout, ne te sers pas du téléphone. Tu dépenserais tout ce que tu n'as pas encore gagné, ce qui se résume à fort peu.

— Mais il m'a promis cinq cents dollars par semaine !

— Tu verras bien. »

Journal de Maria, lors de sa deuxième semaine en Suisse :

Je suis allée à la boîte, j'ai rencontré un « maître de danse » originaire d'un pays appelé Maroc, et j'ai dû apprendre chaque pas de ce que lui – qui n'a jamais mis les pieds au Brésil – croit être la samba. Je n'ai même pas eu le temps de me reposer du long voyage en avion, il me fallait sourire et danser dès le premier soir. Nous sommes six filles, aucune n'est heureuse, aucune ne sait ce qu'elle fait là. Les clients boivent et applaudissent, envoient des baisers et font des gestes obscènes en cachette, mais c'est tout.

Mon salaire a été versé hier, seulement un dixième de ce dont nous étions convenus – le reste, selon ce contrat, servira à payer mon billet et mon séjour. D'après les calculs de Vivian, cela prendra un an, c'est-à-dire que durant cette période je ne peux m'enfuir nulle part.

Mais cela vaut-il la peine de fuir? Je viens d'arriver, je ne connais rien encore. Quel problème y a-t-il à danser sept soirs par semaine? Avant je le faisais par plaisir, maintenant je le fais pour l'argent et pour la célébrité; mes jambes ne se plaignent pas, le plus difficile est de garder le sourire aux lèvres.

J'ai le choix : je peux être une victime du monde ou une aventurière en quête de son trésor. Toute la question est de savoir quel regard je vais porter sur ma vie.

Maria choisit d'être une aventurière en quête de son trésor. Elle laissa de côté ses sentiments, cessa de pleurer toute la nuit, oublia qui elle était ; elle découvrit qu'elle avait la volonté de faire comme si elle venait de naître et par conséquent n'avait à regretter l'absence de personne. Son cœur pouvait attendre, à présent il lui fallait gagner de l'argent, découvrir le pays, et rentrer victorieuse chez elle.

Du reste, tout autour d'elle ressemblait au Brésil en général, et à sa ville en particulier : les femmes parlaient portugais, ne cessaient de se plaindre des hommes, discutaient bruyamment, protestaient contre les horaires, arrivaient en retard au travail, défiaient le patron, se prenaient pour les plus belles du monde, et racontaient des histoires de princes charmants – les leurs, en général, se trouvaient très loin de là, ou ils étaient mariés, ou ils n'avaient pas d'argent et vivaient de leur travail à elles. Contrairement à ce que Maria avait imaginé en voyant les brochures publicitaires de Roger, l'ambiance était exactement telle que Vivian l'avait décrite : familiale. Les filles ne pouvaient pas accepter d'invitations, ni sortir avec des clients, parce qu'elles étaient inscrites comme « danseuses de samba » sur leurs cartes de travail. Si on les surprenait à recevoir un bout de papier sur lequel était griffonné un numéro de téléphone, elles restaient privées de travail pendant quinze jours. Maria, qui s'attendait à plus de mouvement et d'émotions, se laissa peu à peu gagner par la morosité et l'ennui.

Les quinze premiers jours, elle quitta rarement la pension où elle habitait, surtout quand elle eut découvert que personne en ville ne parlait brésilien, même si elle prononçait lentement chaque phrase. Elle fut aussi surprise d'apprendre que la ville où elle se trouvait à présent portait deux noms – Genève pour ses habitants, et Genebra pour les Brésiliennes.

Finalement, pendant les longues heures passées dans sa chambrette sans télévision, elle conclut que :

a) jamais elle ne parviendrait à ses fins si elle ne savait pas dire ce qu'elle pensait. Aussi devait-elle apprendre la langue locale ;

b) puisque toutes ses compagnes étaient à la recherche de la même chose, elle devait se distinguer. Pour y parvenir, elle n'avait encore ni solution ni méthode.

Journal de Maria, quatre semaines après qu'elle eut débarqué à Genève :

Je suis ici depuis une éternité, je ne parle pas la langue, je passe la journée à écouter de la musique à la radio, à regarder les murs de ma chambre, à penser au Brésil en attendant avec impatience que ce soit l'heure de travailler, et, quand je travaille, en attendant l'heure de rentrer à la pension. C'est-à-dire que je vis le futur au lieu du présent.

Un jour, dans un avenir lointain, j'aurai mon billet de retour. Je pourrais rentrer au Brésil, épouser le patron du magasin de tissus, écouter les méchants commentaires des amies qui n'ont jamais pris de risques et ne considèrent donc que la défaite des autres. Non, je ne peux pas rentrer ainsi ; je préférerais me jeter de l'avion au-dessus de l'océan.

Comme les fenêtres de l'avion ne s'ouvrent pas (d'ailleurs, c'est une chose à laquelle je ne m'attendais pas; quel dommage de ne pouvoir sentir l'air pur!), je meurs ici même. Mais avant de mourir, je veux lutter pour la vie. Si je peux marcher toute seule, je vais où je veux.

Dès le lendemain, elle alla s'inscrire à un cours de français du matin, où elle fit la connaissance de gens de toutes croyances et de tous âges, des hommes en costume aux couleurs éclatantes, les poignets alourdis de gourmettes en or, des femmes qui portaient en permanence un voile sur la tête, des enfants qui apprenaient plus vite que les adultes – ne devrait-ce pas justement être le contraire, puisque les adultes ont davantage d'expérience ? Elle était fière de savoir que tous connaissaient son pays, le carnaval, la samba, le football, et la personne la plus célèbre du monde : « Pelê ». Au début, elle voulut se montrer sympathique et s'efforça de corriger la prononciation (c'est Pelé ! Pelééé !), mais elle y renonça, puisqu'ils l'appelaient aussi Mariá – cette manie qu'ont les étrangers de changer tous les noms et de penser qu'ils ont toujours raison !

L'après-midi, pour pratiquer le français, elle fit ses premiers pas dans cette ville à double nom, goûta un délicieux chocolat, un fromage qu'elle n'avait encore jamais mangé, découvrit un gigantesque jet d'eau au milieu du lac, la neige – qu'aucun habitant de sa ville natale n'avait jamais foulée –, les cygnes, les restaurants dotés d'une cheminée (elle n'y était jamais entrée, mais elle voyait le feu par la fenêtre, et cela lui donnait une agréable sensation de bien-être). Elle fut aussi surprise de s'apercevoir que les affiches ne faisaient pas toutes de la publicité pour les montres, mais aussi pour les banques – bien qu'elle ne parvînt pas à comprendre pourquoi il y avait tant de banques pour si peu d'habitants et qu'elle pût constater qu'il n'y avait pas foule à l'intérieur des agences, elle décida de ne pas poser de questions.

Maria parvint à contenir pendant trois mois sa nature sensuelle et sexuelle – bien connue chez les Brésiliennes –, mais un jour celle-ci se réveilla ; elle tomba amoureuse d'un Arabe qui suivait avec elle les cours de français. L'affaire dura trois semaines et puis, un soir, elle décida de tout plaquer pour se rendre à la montagne, près de Genève. Quand elle se présenta à son travail le lendemain après-midi, Roger la convoqua dans son bureau.

A peine avait-elle ouvert la porte qu'elle fut licenciée sans plus de formalités pour avoir donné le mauvais exemple aux autres filles. Roger, hystérique, déclara qu'une fois de plus il était déçu, qu'on ne pouvait pas faire confiance aux Brésiliennes (ah! mon Dieu, cette manie de tout généraliser!). Elle eut beau affirmer que son absence résultait seulement d'une forte fièvre due à l'écart des températures, l'homme ne se laissa pas convaincre et il déplora d'être obligé de retourner au Brésil afin de lui trouver une remplaçante, ajoutant qu'il aurait mieux fait d'organiser un spectacle avec de la musique et des danseuses yougoslaves, beaucoup plus jolies et plus fiables.

Malgré sa jeunesse, Maria n'avait rien d'une idiote – surtout depuis que son amant arabe lui avait expliqué qu'en Suisse le travail est très sévèrement réglementé et qu'elle pouvait faire valoir qu'elle était soumise à une forme d'esclavage, puisque l'établissement conservait une grande partie de son salaire.

Elle retourna voir Roger dans son bureau et, usant cette fois d'un français correct, elle inclut dans son vocabulaire le terme « avocat ». Elle en sortit avec quelques insultes et cinq mille dollars d'indemnités – une somme dont elle n'avait jamais rêvé, tout cela grâce à ce mot magique,

« avocat ». Elle pouvait maintenant fréquenter librement l'Arabe, acheter quelques cadeaux, prendre des photos de paysages enneigés, et rentrer chez elle forte de la victoire tant rêvée.

La première chose qu'elle fit fut de téléphoner à une voisine de sa mère pour dire qu'elle était heureuse et qu'elle avait une belle carrière devant elle, que surtout personne à la maison ne devait s'inquiéter pour elle. Ensuite, comme elle disposait d'un délai pour quitter sa chambre à la pension, il ne lui restait plus qu'à aller trouver l'Arabe, lui jurer un amour éternel, se convertir à sa religion, l'épouser – même si elle était obligée de porter un de ces étranges foulards sur la tête. Tout le monde ici savait que les Arabes sont très riches, c'était une raison suffisante.

Mais l'Arabe était déjà loin et, au fond, elle rendit grâce à la Vierge Marie de n'avoir pas été obligée de renier sa religion. Parlant désormais assez bien le français, possédant de l'argent pour payer son billet de retour, une carte de travail qui la classait parmi les danseuses de samba et un permis de séjour en cours de validité, et sachant qu'en dernier ressort elle pouvait se marier avec un marchand de tissus, Maria décida de faire ce dont elle se savait capable : gagner de l'argent grâce à sa beauté.

Au Brésil, elle avait lu un livre relatant l'histoire d'un berger en quête de son trésor, qui se trouvait confronté à maintes difficultés grâce auxquelles, justement, il obtenait ce qu'il désirait ; c'était exactement son cas. Elle avait maintenant pleinement conscience d'avoir été licenciée pour rencontrer son véritable destin – modèle et mannequin.

Elle loua une petite chambre (sans télévision, mais il lui fallait économiser tant qu'elle ne gagnait pas d'argent), et le lendemain elle entreprit de démarcher les agences. Partout, on lui fit savoir qu'elle devait laisser des photos professionnelles. Après tout, c'était un investissement pour sa carrière – tous les rêves coûtent cher. Elle dépensa une part considérable de son argent chez un excellent photographe, qui parlait peu et exigeait beaucoup : il avait une gigantesque garde-robe dans son studio, et elle posa avec des vêtements sobres, extravagants, et même un bikini qui aurait fait mourir d'orgueil sa seule connaissance à Rio de Janeiro, le garde du corps/ interprète et ex-imprésario Maílson. Elle réclama un tirage supplémentaire et en envoya un jeu à sa famille avec une lettre disant qu'elle était heureuse en Suisse. Ils croiraient qu'elle était riche, qu'elle possédait une garde-robe à faire pâlir d'envie et qu'elle était devenue la fille la plus illustre de sa petite ville natale. Si tout marchait comme elle le pensait (elle avait lu de nombreux livres sur la « pensée positive » et ne pouvait douter de sa victoire), elle serait accueillie par un orchestre à son retour, et l'on pourrait même convaincre le préfet d'inaugurer une place portant son nom.

Elle acheta un téléphone mobile et, les jours suivants, elle attendit qu'on l'appelât pour lui proposer du travail. Elle mangeait dans des restaurants chinois (les moins chers) et, pour passer le temps, étudiait comme une folle.

Mais le temps ne passait pas, et le téléphone ne sonnait pas. A sa surprise, personne ne l'abordait quand elle se promenait au bord du lac, sauf quelques trafiquants de drogue qui demeuraient toujours au même endroit, sous l'un des ponts reliant le parc ancien à la ville neuve. Elle se mit à douter de sa beauté, jusqu'au jour où une ex-compagne de travail, rencontrée par hasard dans un café, lui dit que ce n'était pas sa faute, mais celle des Suisses, qui n'aiment pas déranger, et des étrangers, qui redoutent d'être arrêtés pour « harcèlement sexuel » – une notion qu'on avait inventée pour que les femmes du monde entier se sentent détestables.

Journal de Maria, un soir où elle n'avait pas le courage de sortir, de vivre, d'attendre un coup de téléphone qui ne venait pas :

Aujourd'hui, je suis passée devant un parc d'attractions. Comme je ne peux pas dépenser mon argent avec insouciance, j'ai préféré observer. Je suis restée très longtemps devant les montagnes russes : je voyais que la plupart des gens entraient là en quête d'émotions mais, une fois que les véhicules se mettaient en marche, ils mouraient de peur et suppliaient qu'on les arrête.

Que voulaient-ils ? S'ils avaient choisi l'aventure, ne devaient-ils pas être prêts à aller jusqu'au bout ? Ou bien pensaient-ils qu'il aurait été plus intelligent de ne pas passer par ces hauts et ces bas, et de rester sur un manège à tourner en rond ?

En ce moment, je suis trop seule pour songer à l'amour, mais je dois me persuader que cela va passer, que je trouverai l'emploi qui me convient, et que je suis ici parce que j'ai choisi ce destin. Les montagnes russes, c'est ma vie. La vie est un jeu violent et hallucinant; la vie, c'est se jeter en parachute et prendre des risques, tomber et se relever, c'est de l'alpinisme, c'est vouloir monter au sommet de soi-même et être insatisfait et angoissé quand on n'y parvient pas.

Il n'est pas facile d'être loin de ma famille, de la langue dans laquelle je peux exprimer toutes mes émotions et mes sentiments. Néanmoins, à compter d'aujourd'hui, quand je serai déprimée, je me rappellerai ce parc d'attractions. Si j'avais dormi et que je me réveillais brusquement dans les montagnes russes, que ressentirais-je?

Eh bien, j'aurais d'abord la sensation d'être prisonnière, j'aurais peur des courbes, envie de vomir et de descendre de là. Mais si j'ai la conviction que les rails sont mon destin, que Dieu dirige la machine, ce cauchemar se transforme en excitation. Les montagnes russes ne sont plus que ce qu'elles sont, un divertissement sûr et fiable, ayant une fin. Cependant, tant que dure le voyage, il me faut regarder le paysage autour, et hurler d'enthousiasme.

Si elle était capable d'écrire des choses qu'elle jugeait très sages, Maria ne parvenait pas à les mettre en pratique ; les moments de dépression devinrent de plus en plus fréquents, et le téléphone restait muet. Pour se distraire et s'exercer au français durant ses heures d'oisiveté, elle se mit à acheter des revues *people*. Puis, découvrant qu'elle dépensait ainsi beaucoup d'argent, elle se mit en quête de la bibliothèque la plus proche. La bibliothécaire lui expliqua qu'on n'y prêtait pas de magazines, mais qu'elle pourrait lui suggérer quelques titres qui l'aideraient à mieux maîtriser le français.

« Je n'ai pas le temps de lire des livres.

— Comment, vous n'avez pas le temps ? Que faites-vous ?

— Beaucoup de choses : j'étudie le français, j'écris un journal et..

– Et quoi ? »

Elle allait dire « J'attends que le téléphone sonne », mais elle préféra se taire.

« Ma fille, vous êtes jeune, vous avez la vie devant vous. Lisez. Oubliez ce que l'on vous a dit sur les livres, et lisez.

– J'ai déjà beaucoup lu. »

Soudain, Maria se rappela ce que Maílson avait un jour appelé « énergies ». La bibliothécaire lui parut une personne sensible et douce, capable de l'aider si tout le reste échouait. Son intuition lui disait qu'elle pourrait trouver en elle une amie. Elle devait faire sa conquête.

« ... Mais je veux lire encore, ajouta Maria. Aidez-moi, s'il vous plaît, à choisir les livres. »

La femme lui apporta *Le Petit Prince*. Le soir même, Maria le feuilleta, remarqua les dessins du début représentant un chapeau – l'auteur disait qu'en réalité, pour les enfants, c'était un serpent ayant avalé un éléphant. « Je n'ai jamais été une enfant, pensa-t-elle. Pour moi, cela ressemble plutôt à un chapeau. » Faute de télévision, elle accompagna le Petit Prince dans ses pérégrinations, bien qu'elle fût triste chaque fois qu'apparaissait le thème « amour » – elle s'était interdit d'y penser sous peine de s'exposer au suicide. Hormis les douloureuses scènes romantiques entre un prince, un renard et une rose, le livre était passionnant, et elle ne vérifiait pas toutes les cinq minutes si la batterie du téléphone cellulaire était chargée (elle redoutait qu'une occasion merveilleuse ne lui échappât à cause d'une négligence).

Maria se mit à fréquenter la bibliothèque, à bavarder avec la bibliothécaire qui semblait elle aussi très seule, à solliciter ses suggestions, à discuter avec elle de la vie et des écrivains – jusqu'au jour où son pécule eut fondu ; encore deux semaines et elle n'aurait même plus de quoi acheter son billet de retour.

Et comme la vie attend toujours les situations critiques pour révéler son brio, enfin le téléphone sonna.

Trois mois après qu'elle eut découvert le mot « avocat » et deux mois après qu'elle eut commencé à vivre des indemnités ainsi perçues, une agence de mannequins demanda si Mlle Maria se trouvait encore à ce numéro. La réponse fut un « oui » froid, qu'elle s'était exercée à prononcer afin de ne laisser transparaître aucune anxiété. Elle apprit alors qu'un Arabe, un haut responsable de la mode dans son pays, avait beaucoup aimé ses photos et souhaitait l'inviter à participer à un défilé. Maria se souvint de sa déception récente avec un autre Arabe, mais elle pensa aussi à l'argent dont elle avait désespérément besoin. Rendez-vous fut pris dans un restaurant très chic. Elle trouva un homme élégant, plus séduisant et plus mûr que son compagnon précédent. Il demanda : « Savez-vous de qui est ce tableau ? De Joan Miró. Et savez-vous qui est Joan Miró ? »

Maria restait silencieuse, comme si elle se concentrait sur la nourriture, bien différente de celle des restaurants chinois. Mais elle prenait mentalement des notes : à sa prochaine visite à la bibliothèque, il faudrait qu'elle se renseigne sur Joan Miró.

L'Arabe insistait : « Cette table là-bas était la préférée de Federico Fellini. Que pensez-vous des films de Fellini ? »

Elle répondit qu'elle adorait. L'Arabe voulut entrer dans les détails et, comprenant que sa culture ne résisterait pas à l'examen, Maria décida d'aller droit au but : « Je ne vais pas tricher. Tout ce que je sais, c'est la différence entre un Coca et un Pepsi. Vous ne voulez pas parler du défilé de mode ? »

La franchise de la jeune fille sembla lui faire bonne impression.

« Nous en parlerons quand nous irons boire un verre après le dîner. »

Il y eut une pause, tandis qu'ils se regardaient et que l'un imaginait ce que l'autre pensait.

« Vous êtes très jolie, reprit l'Arabe. Si vous acceptez de prendre un verre avec moi à mon hôtel, je vous donne mille francs. »

Maria comprit instantanément. Etait-ce la faute de l'agence de modèles ? Etait-ce sa faute à elle, et aurait-elle dû s'informer davantage au sujet du dîner ? Non, ce n'était pas la faute de l'agence, ni la sienne, ni celle de l'Arabe : c'était ainsi que les choses fonctionnaient. Soudain, elle sentit qu'elle avait besoin du *sertão*, du Brésil, des bras de sa mère. Elle se souvint de Maílson, sur la plage, évoquant la somme de trois cents dollars ; à l'époque, elle avait trouvé cela gratifiant, bien supérieur à ce qu'elle aurait espéré recevoir pour une nuit avec un homme. Cependant, à cet instant, elle se rendit compte qu'elle n'avait plus personne, absolument personne au monde à qui parler ; elle était seule, dans une ville étrangère, avec ses vingt-deux ans relativement bien vécus, mais qui ne lui étaient d'aucune aide pour choisir la meilleure réponse.

« Donnez-moi encore du vin, s'il vous plaît. »

L'Arabe lui versa du vin, tandis que sa pensée voyageait plus vite que le Petit Prince dans sa promenade entre les planètes. Elle était venue chercher l'aventure, l'argent, et peut-être un mari ; elle n'ignorait pas qu'elle finirait par recevoir des propositions comme celle-là, elle n'était pas innocente et s'était déjà habituée au comportement des hommes. Mais les agences de mannequins, le succès, un riche mari, une famille, des enfants, des petits-enfants, des vêtements, un retour victorieux au pays natal, elle croyait encore à tout cela. Elle rêvait de surmonter toutes les difficultés grâce à sa seule intelligence, à son charme, à la force de sa volonté.

La réalité venait de s'abattre sur sa tête. A la surprise de l'Arabe, elle se mit à pleurer. L'homme, partagé entre la peur du scandale et un instinct de protection bien masculin, ne savait que faire. Il fit signe au garçon d'apporter rapidement l'addition, mais Maria le retint : « Ne faites pas cela. Servez-moi encore du vin, et laissez-moi pleurer un peu. »

Et Maria pensa au garçon qui lui avait réclamé un crayon, au jeune homme qui l'avait embrassée la bouche fermée, à la joie de découvrir Rio de Janeiro, aux hommes qui s'étaient servis d'elle sans rien donner en échange, aux passions et aux amours perdues tout le long de sa route. Malgré une apparente liberté, sa vie était une succession infinie d'heures passées à

81

attendre un miracle, un véritable amour, une aventure avec cette fin romantique qu'elle avait toujours vue au cinéma et lue dans les livres. Un auteur avait écrit que le temps ne transforme pas l'homme, la sagesse non plus – la seule chose qui puisse pousser un être à changer, c'est l'amour. Quelle sottise ! Cet écrivain-là ne connaissait qu'une face de la médaille.

Certes, l'amour était capable de modifier du tout au tout la vie d'une personne en un rien de temps. Mais – et c'était l'envers de la médaille – un autre sentiment pouvait faire prendre à l'être humain une direction tout à fait différente de celle qu'il avait projetée : le désespoir. Oui, l'amour est peut-être capable de transformer quelqu'un, mais le désespoir y parvient encore plus vite. Devait-elle partir en courant, rentrer au Brésil, devenir professeur de français, se marier avec son ex-patron ? Devait-elle aller un peu plus loin – rien qu'une nuit, dans une ville où elle ne connaissait personne et où personne ne la connaissait ? Une seule nuit et un argent si facile à gagner la pousseraient-ils à aller encore plus loin, jusqu'à un point de non-retour ? Que se jouait-il en cette minute : une occasion inespérée ou un test de la Vierge Marie ?

Le regard de l'Arabe errait sur le tableau de Joan Miró, la place où Fellini avait dîné, la jeune employée du vestiaire, les clients qui entraient et sortaient.

« Vous ne saviez pas ?

– Encore du vin, s'il vous plaît », fut la seule réponse de Maria, en larmes.

Elle priait pour que le serveur ne s'approchât pas et ne découvrît pas ce qui se passait. Et le serveur, qui observait la scène du coin de l'œil, priait pour que l'homme avec la gamine réglât rapidement l'addition, car le restaurant était plein et des clients attendaient.

Enfin, après un temps qui lui parut une éternité, elle parla : « Vous avez dit un verre pour mille francs ? » Elle s'étonna elle-même du ton de sa voix.

« Oui, répondit l'Arabe, regrettant déjà d'avoir fait cette proposition. Mais je ne veux en aucune manière...

– Réglez l'addition. Allons prendre ce verre à votre hôtel. »

De nouveau, elle semblait étrangère à elle-même. Jusqu'ici, elle avait été une jeune fille gentille, bien élevée, joyeuse, et jamais elle n'aurait usé de ce ton avec un étranger. Apparemment, cette jeune fille-là était morte : devant elle s'ouvrait une autre existence, dans laquelle les verres valaient mille francs suisses, ou, dans une monnaie plus universelle, autour de six cents dollars.

Tout se passa exactement comme prévu : elle alla à l'hôtel avec l'Arabe, but du champagne, s'enivra quasi complètement, écarta les jambes, attendit qu'il eût un orgasme (elle ne songea même pas à feindre d'en avoir un aussi), se lava dans la salle de bains en marbre, prit l'argent et s'offrit le luxe de rentrer chez elle en taxi.

Elle se jeta sur le lit et dormit d'un sommeil sans rêves.

Journal de Maria, le lendemain :

Je me souviens de tout, sauf du moment où j'ai pris ma décision. Curieusement, je n'éprouve aucun sentiment de culpabilité. Avant, j'avais l'habitude de considérer les filles qui couchaient pour de l'argent comme des êtres à qui la vie n'avait laissé aucun choix. Maintenant, je m'aperçois que ce n'est pas vrai. J'aurais pu dire oui ou non, personne ne me forçait à accepter quoi que ce soit.

Je marche dans les rues, je regarde les passants ; ont-ils choisi leur vie ? Ou bien, comme moi, ont-ils été eux aussi « choisis » par le destin, la ménagère qui rêvait d'être modèle, le cadre de banque qui pensait devenir musicien, le dentiste qui aurait aimé se consacrer à la littérature, la fille qui adorerait travailler à la télévision mais n'a trouvé qu'un emploi de caissière de supermarché ?

*Je n'ai nullement pitié de moi-même. Je conti-
nue de ne pas être une victime, puisque j'aurais
pu sortir du restaurant, avec ma dignité intacte
et mon portefeuille vide. J'aurais pu donner une
leçon de morale à cet homme, ou tenter de lui
démontrer qu'il avait devant lui une princesse,
qu'il valait mieux la conquérir que l'acheter.
J'aurais pu adopter d'innombrables attitudes,
mais – comme la plupart des êtres humains – j'ai
laissé le destin choisir le chemin à prendre.*

*Certes, mon destin peut paraître plus illicite et
marginal que celui des autres. Mais, dans cette
quête du bonheur, nous sommes tous à égalité,
le cadre/musicien, le dentiste/écrivain, la cais-
sière/actrice, la ménagère/modèle : aucun de
nous n'est heureux.*

Alors, ce n'était que ça? C'était facile à ce point? Maria se trouvait dans une ville étrangère où elle ne connaissait personne, et ce qui était hier un supplice lui procurait aujourd'hui une immense impression de liberté : elle n'avait pas besoin de donner d'explications à qui que ce soit.

Pour la première fois depuis des années, elle décida de consacrer la journée entière à penser à elle. Jusque-là, elle s'était toujours souciée des autres : de sa mère, de ses camarades d'école, de son père, des employés de l'agence de mannequins, du professeur de français, du garçon de restaurant, de la bibliothécaire, de ce que les inconnus dans la rue pensaient. En réalité, nul ne pensait rien en particulier de la pauvre étrangère qu'elle était, et personne, pas même la police, ne remarquerait son absence si elle disparaissait demain.

Assez. Elle sortit tôt, prit son petit déjeuner à l'endroit habituel, se promena un peu autour du lac, croisa une manifestation d'exilés. Une femme, avec un petit chien, lui dit que c'étaient des Kurdes et, de nouveau, au lieu de se faire passer pour plus cultivée et intelligente qu'elle n'était, Maria demanda : « D'où viennent les Kurdes ? »

A sa surprise, la femme ne sut répondre. Le monde est ainsi : les gens parlent comme s'ils savaient tout, et si vous osez les questionner, vous constatez qu'ils ne connaissent rien. Maria entra dans un cybercafé et découvrit sur Internet que les Kurdes était un peuple sans Etat et que leur pays, le Kurdistan, était aujourd'hui divisé entre la Turquie et l'Irak. Elle retourna d'où elle venait afin de retrouver la femme au petit chien, mais elle était déjà partie.

« Voilà ce que je suis. Ou plutôt, voilà ce que j'étais : une personne qui faisait semblant de tout savoir, murée dans son silence, et puis cet Arabe m'a tellement irritée que j'ai eu le courage de dire que tout ce que je savais, c'était la différence entre du Coca et du Pepsi. A-t-il été choqué ? A-t-il changé d'avis à mon sujet ? Pas du tout ! Il a dû trouver ma spontanéité fantastique. J'ai toujours perdu quand j'ai voulu paraître plus maligne que je ne le suis : ça suffit. »

Elle se rappela le coup de fil de l'agence de mannequins. Ces gens étaient-ils au courant de ce que voulait l'Arabe – dans ce cas, Maria avait une fois de plus joué l'ingénue – ou bien avaient-ils réellement pensé qu'il pouvait lui proposer un défilé en Arabie ?

Quoi qu'il en soit, Maria se sentait moins seule dans ce matin gris à Genève ; la température était proche de zéro, les Kurdes manifestaient, les tramways arrivaient à l'heure, on replaçait les bijoux dans les vitrines, les banques ouvraient, les mendiants dormaient, les Suisses partaient travailler. Elle était moins seule parce qu'à ses côtés se tenait une femme, sans doute invisible aux passants. Maria n'avait jamais remarqué sa présence, mais elle était là.

Elle lui sourit : la femme ressemblait à la Vierge Marie, la mère de Jésus. La femme lui rendit son sourire et la pria de faire attention, car les choses n'étaient pas aussi simples qu'elle le pensait. Maria n'accorda aucune importance à ce conseil, répondit qu'elle était une adulte, responsable de ses choix, et qu'elle ne pouvait croire qu'il y eût une conspiration cosmique contre elle. Elle avait appris qu'il existait des gens prêts à payer mille francs suisses en échange d'une soirée avec elle, d'une demi-heure entre ses jambes, et elle devait simplement décider dans les prochains jours si, avec ces mille francs, elle achetait un billet d'avion et rentrait chez elle, ou bien si elle resterait à Genève un peu plus longtemps, le temps de gagner de quoi acheter une maison à ses parents, de beaux vêtements, et des billets de transport à destination des endroits du monde qu'elle avait rêvé de visiter un jour.

La femme invisible, insistante, répéta que les choses n'étaient pas aussi simples, mais Maria, bien que contente de cette compagnie inattendue, la pria de ne pas interrompre ses pensées : elle devait prendre d'importantes décisions.

Elle se remit à analyser, cette fois plus attentivement, la possibilité de retourner au Brésil. Ses amies de lycée, qui n'en étaient jamais sorties, ne manqueraient pas de raconter qu'elle avait été licenciée, faute de posséder le talent nécessaire pour devenir une vedette internationale. Sa mère serait triste de n'avoir jamais reçu la rente promise – même si Maria, dans ses lettres, affirmait que c'était la poste qui dérobait l'argent. Son père la regarderait le restant de ses jours avec cette expression qui signifiait « je le savais bien », elle retournerait travailler dans le magasin de tissus, dont elle épouserait le patron... après avoir voyagé en avion, mangé du fromage suisse en Suisse, appris le français et marché dans la neige.

D'un autre côté, il y avait les verres à mille francs. Cela ne durerait peut-être pas longtemps – la beauté tourne aussi vite que le vent – mais, en un an, elle gagnerait l'argent nécessaire pour dicter elle-même cette fois les règles du jeu. Son seul problème concret, c'était qu'elle ne savait pas quoi faire, ni par où commencer. Or, du temps où elle travaillait comme danseuse de samba, une fille avait mentionné un lieu, rue de Berne.

Maria alla consulter l'un des grands panneaux que l'on rencontre un peu partout à Genève, avec des publicités d'un côté et des plans de la ville de l'autre.

A un homme qui se tenait là, elle demanda s'il connaissait la rue de Berne. Il la regarda, intrigué, voulut savoir si c'était bien cela qu'elle cherchait ou la route menant à Berne, la capitale de la Suisse. « Non, répondit Maria, je cherche la rue qui se trouve ici même. » L'homme la toisa de la tête aux pieds et s'éloigna sans mot dire, persuadé qu'il était filmé pour un de ces programmes de télévision où, à la grande joie du public, on vous tourne en ridicule. Maria resta plantée devant le plan quinze minutes – la ville n'était pas si grande – et finit par dénicher l'endroit.

Son amie invisible, qui avait gardé le silence tant qu'elle se concentrait sur le plan, essayait maintenant d'argumenter ; ce n'était pas une question de morale, mais Maria risquait de s'engager dans une voie sans issue. Ce à quoi Maria rétorqua que si elle était capable de trouver l'argent pour quitter la Suisse, elle serait capable de se sortir de n'importe quelle situation. En outre, aucun de ceux qu'elle croisait n'avait choisi ce qu'il désirait faire. C'était ça, la réalité.

« Nous sommes dans une vallée de larmes, dit-elle à l'amie invisible. Nous pouvons faire quantité de rêves, la vie est dure, implacable, affligeante. Que voulez-vous me dire : que l'on va me condamner ? Personne ne le saura, et ça ne durera qu'un temps. »

Avec un sourire doux, mais attristé, la femme disparut.

Maria marcha jusqu'au parc d'attractions, acheta un ticket pour les montagnes russes, cria comme tout le monde, parfaitement consciente qu'il n'y avait aucun danger, puisque ce n'était qu'un divertissement. Elle déjeuna dans un restaurant japonais sans savoir ce qu'elle mangeait, constatant seulement que c'était très cher ; désormais, elle était prête à s'offrir tous les luxes. Elle se sentait joyeuse, elle n'avait pas besoin d'attendre un appel téléphonique, ni de compter les centimes qu'elle dépensait.

A la fin de la journée, elle appela l'agence, raconta que la rencontre s'était très bien passée et termina par des remerciements. Si c'étaient des gens sérieux, ils l'interrogeraient au sujet du défilé. S'ils racolaient des femmes, ils arrangeraient pour elle de nouvelles rencontres.

Elle décida qu'en aucun cas elle n'achèterait une télévision, même si elle en avait les moyens : elle devait réfléchir, user de tout son temps pour réfléchir.

Journal de Maria ce soir-là (avec une annotation en marge : « Je ne suis pas très convaincue »).

J'ai découvert dans quel but un homme paie pour la compagnie d'une femme : il veut être heureux.

Il ne paie pas mille francs uniquement pour avoir un orgasme. Il veut être heureux. Moi aussi je le veux, tout le monde le veut, et personne n'y parvient. Qu'ai-je à perdre si je décide de me transformer quelque temps en... le mot est difficile à penser et à écrire... Mais allons... qu'ai-je à perdre si je décide d'être une prostituée quelque temps ?

L'honneur. La dignité. Le respect de moi-même. A bien y réfléchir, je n'ai jamais eu aucune de ces trois choses. Je n'ai pas demandé à naître, je n'ai pas réussi à me faire aimer, j'ai toujours pris les mauvaises décisions − maintenant je laisse la vie décider pour moi.

Le lendemain, quelqu'un de l'agence de mannequins la rappela, l'interrogea au sujet des photos et s'enquit de la date du défilé puisqu'une commission était perçue sur chaque prestation. Maria répondit que l'Arabe devait reprendre contact avec eux, et elle en déduisit sur-le-champ qu'ils n'étaient pas au courant.

Elle se rendit à la bibliothèque et réclama des livres sur le sexe. Si elle envisageait sérieusement de travailler – un an seulement, s'était-elle promis – dans un domaine auquel elle ne connaissait rien, la première chose à apprendre, c'était comment agir, comment donner du plaisir et comment recevoir de l'argent en échange.

A sa vive déception, la bibliothécaire lui expliqua qu'il n'y avait là que de rares traités techniques, parce que c'était une institution publique. Maria en prit un, parcouru le sommaire, et le rendit aussitôt : il n'était question que d'érection, de pénétration, d'impuissance, de contraception, toutes choses qui dénotaient un certain mauvais goût. Elle en vint à envisager d'emporter *Considérations psychologiques sur la frigidité de la femme*, puisque, pour sa part, elle ne parvenait à atteindre l'orgasme que par la masturbation, bien qu'il lui fût très agréable d'être possédée et pénétrée par un homme.

Cependant, elle n'était pas en quête de plaisir, mais de travail. Elle prit congé de la bibliothécaire, entra dans une boutique et fit son premier investissement dans la carrière qui se profilait à l'horizon – des vêtements qu'elle jugeait suffisamment sexy pour éveiller toute espèce de désir. Ensuite, elle se rendit à l'endroit qu'elle avait repéré sur le plan. La rue de Berne, qui commençait près d'une église (coïncidence, non loin du restaurant japonais où elle avait déjeuné la veille !), était bordée de vitrines arborant des montres bon marché ; à l'autre bout se trouvaient les boîtes de nuit, toutes fermées à cette heure de la journée. Elle retourna se promener autour du lac, acheta – sans la moindre gêne – cinq revues pornographiques pour son information, attendit la nuit et se dirigea de nouveau vers la rue de Berne. Là, elle choisit par hasard un bar au nom brésilien évocateur : *Copacabana*.

Elle n'avait encore rien décidé, se dit-elle. C'était juste un test. Elle ne s'était jamais sentie aussi bien et aussi libre depuis qu'elle était arrivée en Suisse.

« Tu cherches un emploi », lui dit le patron qui lavait des verres derrière le comptoir, sans même donner une intonation interrogative à sa phrase. Le lieu consistait en une série de tables, un coin avec une sorte de piste de danse, et quelques sofas appuyés aux murs. « Pas simple. Nous respectons la loi. Pour travailler ici, il faut avoir au moins une carte de travail. »

Maria montra la sienne. L'homme parut de meilleure humeur.

« Tu as de l'expérience ? »

Elle ne savait que dire : si elle acquiesçait, il lui demanderait où elle l'avait acquise. Si elle répondait négativement, il pourrait refuser.

« J'écris un livre. »

L'idée était sortie du néant, comme si une voix était venue à son secours. Elle nota que l'homme, tout en sachant que c'était un mensonge, faisait semblant de la croire.

« Avant de prendre une décision quelconque, informe-toi auprès des filles. Nous avons au moins six Brésiliennes, tu pourras savoir tout ce qui t'attend. »

97

Maria voulut dire qu'elle n'avait besoin des conseils de personne, qu'elle n'avait encore rien décidé du tout, mais l'homme s'était déjà déplacé à l'autre bout du bar, la laissant seule, sans même lui servir un verre d'eau.

Les filles arrivèrent, le patron reconnut plusieurs Brésiliennes et leur enjoignit de discuter avec la nouvelle venue. Aucune ne paraissait disposée à obéir, et Maria en déduisit qu'elles redoutaient la concurrence. Le son fut branché dans la boîte, quelques chansons brésiliennes retentirent (normal, l'endroit s'appelait le *Copacabana*). Puis entrèrent des filles aux traits asiatiques, d'autres qui semblaient descendues des montagnes enneigées et romantiques des alentours de Genève. Enfin, après deux heures d'attente, ou presque, une soif terrible, quelques cigarettes, l'impression de plus en plus nette qu'elle faisait un mauvais choix, la question « Qu'est-ce que je fais là ? » qui revenait comme un leitmotiv, Maria, irritée par l'absence d'intérêt que lui manifestaient le patron autant que les filles, vit l'une des Brésiliennes s'approcher d'elle : « Pourquoi as-tu choisi cet endroit ? »

Elle pouvait ressortir le prétexte du livre, ou répéter ce qu'elle avait fait à propos des Kurdes et de Joan Miró : dire la vérité.

« A cause de son nom. Je ne sais pas par où commencer, et je ne sais pas non plus si je veux commencer. »

La fille, surprise par cette déclaration franche et directe, but une gorgée de whisky, apparemment, écouta une chanson brésilienne qui passait, fit des commentaires sur le mal du pays, annonça qu'il y aurait peu de mouvement ce soir-là parce qu'on avait annulé un grand congrès international qui devait se dérouler près de Genève. A la fin, lorsqu'elle constata que Maria ne partait pas, elle dit : « C'est très simple, tu dois respecter trois règles. La première : ne tombe pas amoureuse d'un client. La deuxième : ne crois pas aux promesses et fais-toi toujours payer d'avance. La troisième : ne consomme pas de drogues. » Elle fit une pause. « Et commence tout de suite. Si tu rentres chez toi ce soir sans t'être débrouillée pour avoir un homme, tu vas y réfléchir à deux fois et tu n'auras pas le courage de revenir. »

Maria, qui s'était préparée à une simple consultation sur l'éventualité d'un travail temporaire, comprit alors qu'elle était acculée par ce sentiment qui vous pousse à prendre une décision sur un coup de tête – le désespoir.

« C'est bien. Je commence aujourd'hui. »

Elle n'avoua pas qu'elle avait débuté la veille. La fille alla trouver le patron du bar.

« As-tu de jolis dessous ? » demanda ce dernier à Maria.

Personne ne lui avait jamais posé cette question. Ni ses amoureux, ni l'Arabe, ni ses amies, encore moins un étranger. Mais la vie dans ce lieu était ainsi : droit au but.

« J'ai une culotte bleu ciel. Et pas de soutien-gorge », ajouta-t-elle, par provocation.

Tout ce qu'elle obtint fut une réprimande : « Demain, mets une culotte noire, un soutien-gorge et des bas. Tirer le maximum de la lingerie, ça fait partie du rituel. »

Sans perdre de temps, et maintenant certain d'avoir affaire à une novice, Milan lui enseigna le reste du rituel : le *Copacabana* devait être un lieu agréable, pas un bordel. Les hommes entraient dans cette boîte en voulant croire qu'ils allaient y rencontrer une femme non accompagnée. Si l'un d'eux s'approchait de sa table sans être arrêté sur le parcours (plus que tout, existait le concept de « client exclusif » de certaines filles), assurément il l'inviterait en ces termes : « Voulez-vous boire quelque chose ? »

Ce à quoi Maria pourrait répondre oui ou non. Elle était libre de décider de la compagnie qu'elle voulait, bien qu'il fût déconseillé de dire non plus d'une fois par soirée. Si elle répondait affirmativement, elle demanderait un cocktail de fruits, comme par hasard la boisson la plus chère de la carte. Pas question de boire de l'alcool, pas question de laisser le client choisir à sa place. Ensuite, elle pourrait accepter une invitation à danser. La plupart des clients étaient des habitués, et, à l'exception des « clients exclusifs » sur lesquels Milan ne s'étendit pas, personne ne présentait le moindre risque. La police et le ministère de la Santé exigeaient des examens de sang mensuels pour s'assurer que les filles n'étaient pas porteuses de maladies sexuellement transmissibles. L'usage du préservatif était obligatoire, bien qu'il n'y eût aucun moyen de vérifier si cette norme était respectée ou non. Les filles ne devaient jamais susciter de scandale – Milan était marié, père de famille, soucieux de sa réputation et de celle du *Copacabana*.

Il continua de lui exposer le rituel : après avoir dansé, ils retournaient s'asseoir, et le client, comme si sa proposition était inopinée, l'invitait à se rendre dans un hôtel avec lui. Le tarif normal était de trois cent cinquante francs, sur lesquels cinquante francs allaient à Milan au titre de la location de la table (un artifice juridique pour éviter, plus tard, des complications judiciaires et ne pas être accusé d'exploiter le sexe à des fins lucratives).

Maria tenta d'argumenter : « Mais j'ai gagné mille francs pour... »

Le patron lui fit signe de s'éloigner. La Brésilienne qui suivait la conversation intervint aussitôt : « Elle plaisante. »

Et, se tournant vers Maria, elle ajouta d'une voix forte en bon portugais : « Cet endroit est le plus cher de Genève (ici, la ville s'appelait Genève, non Genebra). Ne répète jamais ça. Il connaît le prix du marché, et il sait que personne ne couche pour mille francs, sauf – si tu en as la chance et la compétence – avec les " clients spéciaux ". »

Le regard de Milan, dont Maria découvrirait plus tard qu'il était yougoslave et vivait en Suisse depuis vingt ans, ne laissa aucune place au doute :

« Le tarif, c'est trois cent cinquante francs.

– Oui, c'est le tarif », répéta Maria, humiliée.

D'abord, il lui demande de quelle couleur sont ses sous-vêtements, ensuite il décide du prix de son corps.

Mais elle n'avait pas le temps de réfléchir, l'homme continuait à donner ses instructions : elle ne devait pas accepter d'aller dans des propriétés privées ou des hôtels de moins de cinq étoiles. Si le client ne savait pas où l'emmener, à elle de choisir un hôtel situé quelques pâtés de maisons plus loin, toujours en taxi pour éviter que d'autres femmes d'autres établissements de la rue de Berne ne s'habituent à son visage. Maria n'en crut rien, elle pensa au contraire que la vraie raison, c'était qu'on risquait de lui proposer de travailler dans de meilleures conditions dans une autre boîte. Mais elle garda pour elle ses réflexions, la discussion au sujet du tarif lui avait suffi.

« Je répète : comme les policiers dans les films, ne bois jamais pendant le service. Je vais te laisser, il va y avoir du mouvement.

– Remercie-le », dit en portugais la Brésilienne.

Maria remercia. L'homme sourit, mais il n'en avait pas encore terminé avec ses recommandations : « Encore un point : le délai entre la commande de boisson et le moment où tu sors ne doit en aucun cas dépasser quarante-cinq minutes. En Suisse, le pays des montres, même les Yougoslaves et les Brésiliens apprennent à respecter les horaires. Rappelle-toi que je nourris mes enfants grâce à ta commission. »

Elle s'en souviendrait.

Il lui servit un verre d'eau minérale gazeuse parfumée au citron – ce qui pouvait facilement passer pour un gin tonic – et la pria de patienter.

Peu à peu, la boîte se remplit ; les hommes entraient, regardaient autour d'eux, s'asseyaient seuls. Quelqu'un de la maison ne tardait pas à se présenter, comme si c'était une fête où tout le monde se connaissait et qu'on en profitât pour se divertir un peu, après une longue journée de travail. Chaque fois qu'un homme se trouvait une compagne, Maria soupirait, soulagée, bien qu'elle se sentît déjà beaucoup mieux qu'au début de la soirée. Peut-être parce que c'était la Suisse, peut-être parce que, tôt ou tard, elle rencontrerait l'aventure, la fortune ou un mari, ainsi qu'elle l'avait toujours rêvé. Peut-être parce que – elle s'en rendait compte à présent – c'était la première fois depuis des semaines qu'elle sortait le soir dans un lieu où l'on jouait de la musique et où elle pouvait entendre parler portugais. Elle s'amusait avec les filles qui l'entouraient, riant, buvant des cocktails de fruits, bavardant joyeusement.

Aucune d'elles n'était venue la féliciter ou lui souhaiter bonne chance, mais c'était normal : n'était-elle pas une rivale, une adversaire ? Toutes disputaient le même trophée. Loin d'être déprimée, Maria se sentit fière – au lieu d'être désemparée, elle luttait, elle se battait. Elle pouvait, sitôt qu'elle le voudrait, ouvrir la porte et partir pour toujours, mais elle n'oublierait jamais qu'elle avait eu le courage d'arriver jusque-là, de négocier et d'aborder des sujets

auxquels elle n'aurait jamais osé réfléchir auparavant. Elle n'était pas une victime du destin, se
répétait-elle à chaque minute : elle prenait des
risques, se surpassait, vivait des événements que,
dans le silence de son cœur, aux jours gris de sa
vieillesse, elle se rappellerait avec une certaine
nostalgie – aussi absurde que cela puisse paraître.

Elle était sûre que personne n'allait s'approcher d'elle. Demain, il n'en resterait plus qu'une
sorte de rêve délirant, que jamais elle n'oserait
répéter – puisqu'elle venait de se rendre compte
que mille francs pour une nuit, cela n'arrive
qu'une fois ; il serait plus prudent d'acheter son
billet de retour pour le Brésil. Pour que le temps
passe plus vite, elle calcula mentalement ce que
pouvait gagner chacune des filles : si elles sui-
vaient trois clients par soir, elles gagnaient en un
jour l'équivalent de deux mois de son ancien
salaire au magasin de tissus.

Tant que cela ? Elle avait bien touché mille
francs pour une nuit, mais peut-être était-ce la
chance d'une débutante. De toute façon, les reve-
nus d'une prostituée étaient beaucoup plus élevés
que ce qu'elle pourrait jamais amasser en donnant des leçons de français dans son pays. Le seul
effort en contrepartie consistait à demeurer quelque temps dans un bar, à danser, à écarter les
jambes, point final. Il n'était même pas nécessaire
de tenir une conversation.

L'argent était une bonne motivation, pensat-elle encore. Mais était-ce la seule ? Ou bien les gens qui se trouvaient là, clients et femmes, se divertissaient-ils d'une certaine manière ? Le monde était-il donc très différent de ce qu'on lui avait raconté à l'école ? Si elle utilisait un préservatif, elle ne courait aucun risque. Pas même celui d'être reconnue par quelqu'un de son pays. Personne ne visitait Genève, excepté – ainsi qu'on le lui avait appris un jour en cours – les hommes d'affaires qui aiment à fréquenter les banques. Mais les Brésiliens, dans leur majorité, ont une prédilection pour les magasins, de préférence à Miami ou à Paris.

Neuf cents francs suisses par jour, cinq jours par semaine. Une fortune ! Qu'est-ce que ces filles faisaient encore ici, si en un mois elles gagnaient assez d'argent pour acheter une maison à leur mère ? Ou était-ce qu'elles travaillaient depuis peu ? Ou encore – et Maria eut peur de la question même – était-ce que ça leur plaisait ?

De nouveau, elle eut envie de boire – le champagne l'avait beaucoup aidée la veille.

« Acceptez-vous un verre ? »

Devant elle se tenait un homme d'une trentaine d'années, portant l'uniforme d'une compagnie aérienne.

Maria vit la scène au ralenti et connut la sensation de sortir de son corps et de s'observer de l'extérieur. Mourant de honte, mais luttant pour contrôler la rougeur de son visage, elle acquiesça de la tête, sourit et comprit qu'à partir de cette minute sa vie avait changé pour toujours.

Cocktail de fruits, conversation, que faites-vous ici, il fait froid, n'est-ce pas ? J'aime cette musique, mais je préfère Abba, les Suisses sont des gens froids, vous venez du Brésil ? Parlez-moi de votre pays. Il y a le carnaval. Les Brésiliennes sont jolies, vous le saviez ?

Sourire et accepter l'éloge, prendre peut-être un air vaguement timide. Danser de nouveau, mais en prêtant attention au regard de Milan, qui parfois se gratte la tête et indique la montre à son poignet. Le parfum de l'homme. Elle comprend sur-le-champ qu'elle doit s'habituer aux odeurs. Au moins celle-là est-elle celle d'un parfum. Ils dansent, étroitement serrés. Encore un cocktail de fruits, le temps passe, n'a-t-il pas dit que c'étaient quarante-cinq minutes ? Elle regarde sa montre, il lui demande si elle attend quelqu'un, elle répond que dans une heure doivent arriver des amis. Il l'invite à sortir. Hôtel, trois cent cinquante francs, douche après le sexe (l'homme déclara, intrigué, que c'était la première fois qu'il voyait cela). Ce n'est pas Maria, c'est une autre personne qui est dans son corps, ne sent rien, accomplit machinalement une sorte de rituel. C'est une actrice. Milan lui a tout appris, sauf comment prendre congé du client ; elle remercie, lui aussi est maladroit, et il a sommeil.

Elle résiste, voudrait bien rentrer chez elle, mais elle doit retourner à la boîte remettre les cinquante francs à Milan, et alors, nouvel homme, nouveau cocktail, questions sur le Brésil, hôtel, douche de nouveau (cette fois sans commentaires), elle retourne au bar, le patron prélève sa commission, lui dit qu'elle peut s'en aller, il y a peu de mouvement ce soir-là. Elle ne prend pas de taxi, remonte toute la rue de Berne à pied, regarde les autres boîtes, les vitrines d'horlogeries, l'église au coin (fermée, toujours fermée...). Personne ne la regarde en retour – comme toujours.

Elle marche dans le froid. Elle ne sent pas la température, ne pleure pas, ne songe pas à l'argent qu'elle a gagné, elle est dans une espèce de transe. Certaines personnes sont nées pour affronter la vie seules, ce n'est ni bien ni mal, c'est la vie. Maria est l'une d'elles.

Elle s'efforce de réfléchir à ce qui s'est passé : elle vient tout juste de débuter et cependant elle se considère déjà comme une professionnelle, il lui semble qu'elle l'est depuis très longtemps, qu'elle a fait cela toute sa vie. Elle ressent un étrange amour pour elle-même, elle est contente de ne pas avoir fui. Elle doit maintenant décider si elle continuera. Si oui, elle sera la meilleure – ce qu'elle n'a jamais été, à aucun moment de son existence.

Mais la vie est en train de lui enseigner, à toute vitesse, que seuls les forts survivent. Pour être forte, il faut être la meilleure, il n'y a pas d'autre solution.

Journal de Maria, une semaine plus tard :

Je ne suis pas un corps qui abrite une âme, je suis une âme qui a une partie visible appelée « corps ». Pendant tous ces jours, contrairement à ce que j'aurais pu imaginer, cette âme a été très présente. Elle ne me disait rien, ne me critiquait pas, n'avait pas pitié de moi : simplement, elle m'observait.

Aujourd'hui, j'ai compris pourquoi : cela fait très longtemps que je ne pense plus à l'amour. On dirait qu'il me fuit, comme si je ne comptais plus, comme s'il ne se sentait plus bienvenu. Pourtant, si je ne pense pas à l'amour, je ne serai rien.

Quand je suis retournée au Copacabana, le deuxième jour, on me regardait déjà avec plus de respect – d'après ce que j'ai compris, de nombreuses gamines se présentent pour un soir et ne reviennent jamais. Celle qui va plus loin devient

110

une sorte d'alliée, de compagne, parce qu'elle peut comprendre les difficultés et les raisons – ou plutôt, l'absence de raisons – qui font que l'on a choisi ce genre de vie.

Elles rêvent toutes d'un être qui découvrirait en elles une vraie femme, une compagne sensuelle, une amie. Mais toutes savent, dès la première minute d'une nouvelle rencontre, que rien de tout cela ne va se produire.

Je dois écrire sur l'amour. Je dois penser, penser, écrire et écrire sur l'amour – ou bien mon âme ne le supportera pas.

Certes, Maria se disait que l'amour était essentiel, mais elle n'oubliait pas le conseil qu'elle avait reçu le premier soir, et elle s'efforça de ne le rencontrer que dans les pages de son journal. Par ailleurs, elle cherchait désespérément le moyen de devenir la meilleure, de gagner beaucoup d'argent en peu de temps, de ne pas trop réfléchir, et de trouver une bonne raison de faire ce qu'elle faisait.

C'était la partie la plus difficile : quelle était la vraie raison ?

Elle le faisait parce qu'elle en avait besoin. Ce n'était pas tout à fait cela – tout le monde cherche à gagner de l'argent, mais tout le monde ne choisit pas de vivre complètement en marge de la société. Elle le faisait parce qu'elle voulait tenter une expérience nouvelle. Vraiment ? Le monde était rempli d'expériences possibles – par exemple, skier ou canoter sur le lac de Genève – pour lesquelles elle n'avait jamais éprouvé la moindre curiosité. Elle le faisait parce qu'elle n'avait plus rien à perdre, que sa vie était une frustration quotidienne, constante.

Non, aucune de ces réponses ne convenait. Mieux valait oublier le sujet et s'en tenir à ce qui se trouvait sur son chemin. Elle partageait de nombreux désirs avec les prostituées et les femmes qu'elle avait rencontrées jusque-là : se marier et vivre en sécurité était le plus grand de tous les rêves. Celles qui n'y pensaient pas ou bien avaient déjà un mari (une sur trois, ou presque, de ses compagnes était mariée), ou bien avaient divorcé récemment. Alors, pour mieux se comprendre elle-même, Maria s'appliqua à comprendre pourquoi ses compagnes avaient choisi ce métier.

Elle ne découvrit rien de neuf en les interrogeant, et elle dressa un catalogue des réponses possibles.

a) Elles devaient aider leur mari à subvenir aux besoins de la famille. (Et la jalousie ? Et si un ami du mari se présentait ? Mais Maria n'eut pas le courage d'aller aussi loin.)

b) Elles voulaient acheter une maison à leur mère (un prétexte semblable au sien, noble en apparence, et qui était le plus courant).

c) Il fallait financer leur billet de retour (les Colombiennes, les Thaïlandaises, les Péruviennes et les Brésiliennes adoraient invoquer ce motif, même si elles avaient déjà gagné plusieurs fois la somme en question et s'en étaient défaites aussitôt, de peur de réaliser leur rêve).

d) Pour le plaisir (cela cadrait mal avec le décor, cela sonnait faux).

e) Elles n'avaient pas réussi à faire autre chose (ce n'était pas non plus une bonne raison, la Suisse regorgeait d'emplois de nettoyeuses, de conductrices, de cuisinières...).

Bref, elle ne découvrit aucun motif valable, et elle cessa de chercher à expliquer l'univers qui l'entourait.

Elle constata que Milan, le propriétaire, avait raison : jamais plus personne ne lui avait offert mille francs suisses pour passer quelques heures avec elle. Par ailleurs, aucun client ne rechignait lorsqu'elle réclamait trois cent cinquante francs, comme si les hommes connaissaient déjà le tarif, et ne posaient la question que pour l'humilier – ou s'éviter une surprise désagréable.

Une fille lui déclara un jour : « La prostitution n'est pas un métier comme les autres : celle qui débute gagne plus, celle qui a de l'expérience gagne moins. Fais toujours semblant d'être une débutante. »

114

Maria ne savait pas encore ce qu'étaient les « clients spéciaux », le sujet n'avait été évoqué que le premier soir et nul ne l'abordait plus devant elle. Petit à petit, elle apprit quelques astuces importantes de la profession, par exemple ne jamais poser à un client de questions sur sa vie privée, sourire et parler le moins possible, ne jamais prendre de rendez-vous à l'extérieur de la boîte de nuit. Le conseil le plus important lui vint d'une Philippine du nom de Nyah :

« Tu dois gémir au moment de l'orgasme. Ainsi, le client te reste fidèle.

— Mais pourquoi ? Ils paient pour se satisfaire.

— Détrompe-toi. Un homme ne prouve pas qu'il est un mâle quand il a une érection. C'est un mâle s'il est capable de donner du plaisir à une femme. S'il est capable de donner du plaisir à une prostituée, alors, il va se prendre pour le meilleur de tous. »

Ainsi passèrent six mois. Maria apprit tout ce dont elle avait besoin – par exemple, sur le fonctionnement du *Copacabana*. Comme c'était l'un des endroits les plus chers de la rue de Berne, la clientèle était composée en majorité de cadres ayant la permission de rentrer tard chez eux, puisqu'ils « dînaient dehors avec des clients », mais la limite horaire n'excédait pas vingt-trois heures.

La plupart des prostituées qui travaillaient là avaient entre dix-huit et vingt-deux ans, et elles restaient en moyenne deux ans dans la maison, avant d'être remplacées par de nouvelles venues. Elles allaient alors au *Néon*, puis au *Xenium*, et à mesure qu'elles avançaient en âge, le tarif diminuait, et les heures de travail se réduisaient comme une peau de chagrin. Elles échouaient presque toutes au *Tropical Ecstasy*, qui acceptait des femmes de plus de trente ans. Mais une fois là, leur seule issue était de subvenir à leurs besoins en assurant leur déjeuner et leur loyer grâce à un ou deux étudiants par jour (prix moyen de la passe : de quoi acheter une bouteille de vin ordinaire).

Maria coucha avec beaucoup d'hommes. Elle ne s'intéressait jamais à leur âge, aux vêtements qu'ils portaient, mais son « oui » ou son « non » dépendait de l'odeur qu'ils exhalaient. Elle n'avait rien contre la cigarette, mais elle détestait les parfums bon marché, les clients qui ne se lavaient pas, et ceux dont les vêtements empestaient l'alcool. Le *Copacabana* était un endroit tranquille, et la Suisse peut-être le meilleur pays au monde où travailler comme prostituée – dès lors que l'on possédait un permis de séjour et de travail, des papiers en règle, et que l'on payait ses cotisations sociales scrupuleusement ; Milan répétait qu'il ne voulait pas que ses enfants lisent son nom dans les pages des journaux à sensation, et il pouvait se montrer plus rigide qu'un policier quand il s'agissait de vérifier la situation de ses employées.

Enfin, une fois franchi le cap de la première ou de la deuxième nuit, c'était un métier comme un autre, dans lequel on travaillait dur, on luttait contre la concurrence, on s'efforçait de maintenir des critères de qualité, on respectait les horaires, on était un peu stressé, on se plaignait du mouvement et on se reposait le dimanche. La plupart des prostituées étaient croyantes, et elles fréquentaient leur lieu de culte, allaient à la messe, disaient leurs prières, avaient leurs rendez-vous avec Dieu.

Maria, elle, bataillait avec son journal pour ne pas perdre son âme. Elle découvrit, surprise, qu'un client sur cinq n'était pas là pour faire l'amour mais pour parler un tant soit peu. Ils réglaient les consommations, l'hôtel et, au moment de se déshabiller, disaient que ce n'était pas nécessaire. Ils voulaient discuter des pressions qu'ils subissaient au travail, de leur femme qui les trompait, du fait qu'ils se sentaient seuls et n'avaient personne à qui parler (une situation qu'elle connaissait bien).

Au début, elle trouva cela étrange. Et puis un jour, alors qu'elle était à l'hôtel avec un Français, un chasseur de têtes chargé de recrutement pour des postes de cadres de haut niveau (il lui expliquait ça comme si c'était la chose la plus captivante), elle l'entendit faire ce commentaire : « Savez-vous qui est la personne la plus solitaire du monde ? C'est le cadre qui a réussi sa carrière, gagne un salaire très élevé, reçoit la confiance de son supérieur hiérarchique et de son subordonné, passe ses vacances en famille, aide ses enfants dans leurs devoirs scolaires, et un beau jour se présente un type comme moi, avec la proposition suivante : " Voulez-vous changer d'emploi et gagner le double ? "

« Cet homme, qui a tout pour se sentir désiré et heureux, devient l'être le plus misérable de la planète. Pourquoi ? Parce qu'il n'a personne à qui parler. Il est tenté d'accepter ma proposition, et il ne peut pas en débattre avec ses collègues, sinon ils feraient tout leur possible pour le dissuader de partir. Il ne peut pas en parler à sa femme, qui pendant des années a soutenu sa carrière triomphante, choisi la sécurité et n'entend rien aux risques. Il ne peut parler à personne, et il se trouve devant le choix le plus crucial de sa vie. Pouvez-vous imaginer ce que ressent cet homme ? »

Non, il n'était pas l'être le plus solitaire du monde, car la personne la plus seule sur cette terre, Maria la connaissait : c'était elle-même. Cependant, elle s'estima d'accord avec lui dans l'espoir d'un généreux pourboire – qu'elle reçut effectivement. Et, à partir de ce jour, elle comprit qu'elle devait découvrir un moyen de libérer ses clients de l'énorme pression qu'ils semblaient subir ; cela améliorerait la qualité de ses services et impliquerait une possibilité de rémunération supplémentaire.

Quand elle comprit que libérer la tension de l'âme était au moins aussi lucratif que soulager la tension du corps, elle se remit à fréquenter la bibliothèque. Elle réclama des livres traitant des problèmes conjugaux, de psychologie, de politique, et la bibliothécaire était enchantée parce que la petite pour laquelle elle avait tant d'affection avait renoncé à s'intéresser au sexe et se concentrait à présent sur des sujets plus sérieux. Elle se mit à lire régulièrement les journaux, suivant autant que possible les pages économiques, puisque la plupart de ses clients étaient des cadres. Elle s'enquit d'ouvrages sur l'assistance psychologique dans la mesure où tous ou presque sollicitaient ses conseils. Elle étudia divers traités sur les émotions humaines – car tous souffraient, pour une raison ou une autre. Maria était une prostituée respectable, différente, et, au bout de six mois de travail, elle avait une clientèle excellente, nombreuse et fidèle, ce qui éveillait l'envie, la jalousie, mais aussi l'admiration de ses compagnes.

Quant au sexe, il n'avait jusqu'ici rien ajouté à sa vie : cela consistait à écarter les jambes, exiger qu'ils mettent un préservatif, gémir un peu (grâce à Nyah, Maria avait découvert que les gémissements pouvaient rapporter jusqu'à cinquante francs de plus), et prendre une douche aussitôt après la relation, de sorte que l'eau lave un peu son âme. Invariablement. Pas de baiser – le baiser, pour une prostituée, était plus sacré que toute autre chose. Nyah lui avait appris qu'elle devait réserver le baiser à l'amour de sa vie, comme la Belle au bois dormant; un baiser qui la tirerait de son sommeil et la ferait retourner dans le monde des contes de fées, où la Suisse redeviendrait le pays du chocolat, des vaches et des montres.

Pas d'orgasmes non plus, de plaisir ou d'excitations diverses. Dans sa quête pour être la meilleure, Maria avait assisté à quelques séances de films pornographiques dans la perspective d'apprendre quelque chose qui pût lui être utile. Elle avait découvert quantité de choses intéressantes, qu'elle n'avait pas le courage de pratiquer avec ses clients – cela prenait du temps, et Milan préférait que les filles rencontrent trois clients par soir.

Au bout de ces six mois, Maria avait placé soixante mille francs suisses à la banque, s'était mise à fréquenter des restaurants plus luxueux, avait acheté une télévision (dont elle ne se servait jamais). Elle envisageait désormais sérieusement de déménager pour un appartement plus spacieux. Elle pouvait s'acheter des livres, mais elle continuait à fréquenter la bibliothèque – sa passerelle vers le monde réel, plus solide et plus durable. Elle appréciait ces quelques minutes de conversation avec la bibliothécaire, contente que Maria ait probablement trouvé un amour, et peut-être un emploi, bien qu'elle ne posât jamais de questions car les Suisses sont plutôt réservés et discrets (une contre-vérité, parce qu'au *Copacabana* et au lit ils étaient désinhibés, allègres ou complexés, à l'image de tous les peuples du monde).

Journal de Maria, par un dimanche après-midi morne :

Tous les hommes, petits ou grands, arrogants ou timides, sympathiques ou distants, ont une caractéristique commune : ils ont peur en arrivant au Copacabana. Les plus expérimentés masquent leur frayeur en parlant fort, les inhibés ne parviennent pas à jouer la comédie et se mettent à boire dans l'espoir que cette sensation disparaisse. Mais je n'ai aucun doute : à de très rares exceptions près – et ce sont les « clients spéciaux » que Milan ne m'a pas encore présentés –, ils ont peur.

Peur de quoi ? En vérité, c'est moi qui devrais trembler. C'est moi qui sors, qui vais dans un lieu étranger, n'ai pas de force physique, ne porte pas d'arme. Les hommes sont très étranges, et je ne parle pas seulement de ceux

123

qui viennent au Copacabana, mais de tous ceux
que j'ai rencontrés jusqu'à présent. Ils peuvent
frapper, crier, menacer : une femme les fait mou-
rir de peur. Peut-être pas celle qu'ils ont épou-
sée, mais il y en a toujours une qui leur fait peur
et les soumet à tous ses caprices. Ne serait-ce
que leur propre mère.

Les hommes qu'elle avait connus depuis son arrivée à Genève faisaient tout pour paraître sûrs d'eux, comme s'ils étaient les maîtres du monde et de leur propre vie. Mais Maria lisait dans leurs yeux la terreur de l'épouse, la panique de ne pas avoir d'érection, de ne pas être de vrais mâles, même devant une prostituée dont ils payaient les services. S'ils achetaient dans un magasin une paire de chaussures qui, au bout du compte, ne leur plaisait pas, ils pouvaient y retourner avec le ticket de caisse et exiger d'être remboursés. Mais, bien qu'ils aient également payé pour la compagnie d'une femme, s'ils n'avaient pas eu d'érection ils ne retourneraient jamais dans la même boîte, de crainte que l'histoire ne se fût répandue parmi les autres – une honte.

« C'est moi qui devrais avoir honte. En réalité, ce sont eux. »

Aussi Maria s'efforçait-elle de les mettre à l'aise, et quand l'un d'eux lui semblait particulièrement ivre ou fragile, elle évitait la pénétration et se concentrait sur les caresses et la masturbation – ce qui les contentait pleinement –, aussi absurde que fût cette situation puisqu'ils pouvaient tout aussi bien se masturber tout seuls.

Il fallait toujours éviter qu'ils ne se sentent honteux. Ces hommes, si puissants et arrogants dans leur profession, où ils étaient confrontés sans répit aux employés, aux clients, aux fournisseurs, aux préjugés, aux secrets, aux mensonges, à l'hypocrisie, à la peur, à l'oppression, terminaient la journée dans une boîte de nuit, et peu leur importait de débourser trois cent cinquante francs suisses pour cesser d'être eux-mêmes pendant une soirée.

« Pour une soirée ? Vois-tu, Maria, tu exagères. En vérité, ce sont quarante-cinq minutes, et même, si l'on décompte le temps passé à se déshabiller, faire un geste faussement tendre, échanger quelques propos sans originalité, se rhabiller, ça se réduit à onze minutes de sexe proprement dit. »

Onze minutes. L'axe autour duquel le monde tournait se résumait à onze minutes à peine.

Et à cause de ces onze minutes sur une journée de vingt-quatre heures (à supposer que tous

126

fassent l'amour avec leurs épouses chaque jour, ce qui était une absurdité et une contre-vérité), ils se mariaient, subvenaient aux besoins de leur famille, supportaient les pleurs des enfants, se confondaient en explications s'ils rentraient tard à la maison, regardaient des dizaines, des centaines d'autres femmes avec lesquelles ils auraient aimé se promener au bord du lac de Genève, achetaient pour eux-mêmes des vêtements de luxe, et pour elles des vêtements plus chers encore, s'offraient des prostituées pour compenser leurs manques, alimentaient une gigantesque industrie de cosmétiques, de diététique, de gymnastique, de pornographie, de pouvoir – et quand ils rencontraient d'autres hommes, contrairement à ce que l'on prétend en général, ils ne parlaient jamais de femmes : ils parlaient de leur boulot, d'argent et de sport.

Quelque chose clochait dans la civilisation. Et ce n'était pas la déforestation de l'Amazonie, la couche d'ozone, la disparition des pandas, le tabac, les aliments cancérigènes, la situation dans les prisons, contrairement à ce que proclamaient les journaux. C'était exactement l'objet de son travail : le sexe.

Néanmoins, Maria n'était pas là pour sauver l'humanité, mais pour remplir son compte bancaire, survivre six mois de plus à la solitude et au choix qu'elle avait fait, envoyer régulièrement une rente à sa mère (qui fut ravie d'apprendre qu'elle n'avait pas reçu d'argent jusque-là parce que la poste suisse ne fonctionnait pas aussi bien que la poste brésilienne), acquérir tout ce dont elle avait toujours rêvé et qu'elle n'avait jamais possédé. Elle emménagea dans un appartement plus confortable, avec chauffage central (bien que ce fût déjà l'été) et, de sa fenêtre, elle pouvait voir une église, un restaurant japonais, un supermarché et un sympathique café, qu'elle prit l'habitude de fréquenter pour y lire les journaux. Du reste, ainsi qu'elle se l'était promis, il lui suffisait de supporter encore six mois cette routine : le *Copacabana*, acceptez-vous un verre, danser, que pensez-vous du Brésil, hôtel, se faire payer d'avance, conversation, savoir toucher les points exacts – du corps comme de l'âme, surtout de l'âme –, venir en aide dans les problèmes intimes, être une amie pour trente minutes, sur lesquelles onze seront dépensées à écarter les jambes, serrer les jambes, gémir en feignant le plaisir. Merci, j'espère vous voir la semaine prochaine, vous êtes vraiment un homme, j'écouterai le reste de l'histoire la prochaine fois que nous nous rencontrerons, excellent pourboire, enfin il ne fallait pas, j'ai eu beaucoup de plaisir à être avec vous.

Surtout, ne jamais tomber amoureuse. C'était le plus capital, le plus sensé de tous les conseils que la Brésilienne lui avait donnés avant de disparaître – probablement parce qu'elle était elle-même tombée amoureuse.

En deux mois de travail, Maria avait déjà reçu plusieurs demandes en mariage, dont trois au moins étaient sérieuses : celle du directeur d'une entreprise de comptabilité, celle du pilote d'avion avec lequel elle était sortie le premier soir, et celle du patron d'un magasin spécialisé dans les canifs et armes blanches. Tous trois lui avaient promis de la « tirer de là » et de lui donner une maison décente, un avenir, peut-être des enfants et des petits-enfants.

Tout cela pour onze minutes seulement par jour ! Ce n'était pas possible ! Maintenant, forte de son expérience au *Copacabana*, Maria savait qu'elle n'était pas la seule à se sentir seule. L'être humain peut supporter la soif une semaine, la faim deux semaines, il peut passer des années sans toit, mais il ne peut tolérer la solitude. C'est la pire de toutes les tortures, de toutes les souffrances. Ces hommes, et tous ceux qui cherchaient sa compagnie, souffraient comme elle de ce sentiment destructeur – l'impression de ne compter pour personne sur cette terre.

Pour éviter les tentations de l'amour, Maria mettait tout son cœur dans son journal. Elle entrait au *Copacabana* seulement munie de son corps et de son cerveau, de plus en plus vif, lucide. Elle avait réussi à se convaincre qu'elle était venue à Genève et avait échoué rue de Berne pour une raison supérieure, et chaque fois qu'elle empruntait un livre à la bibliothèque, elle en trouvait la confirmation : personne n'avait convenablement écrit au sujet de ces onze minutes les plus essentielles de la journée. Peut-être était-ce là son destin, aussi dur que cela puisse paraître : écrire un livre, raconter son histoire, son aventure.

C'était ça, l'Aventure. Bien que ce fût un mot interdit que personne n'osait prononcer – la plupart des gens préféraient voir l'Aventure à la télévision dans des films qui repassaient en boucle –, c'était ce qu'elle cherchait. Cela rimait avec déserts, voyages vers l'inconnu, hommes mystérieux engageant la conversation sur un bateau au beau milieu d'un fleuve, avions, studios de cinéma, tribus indiennes, glaciers, Afrique...

L'idée du livre lui plut, et elle réfléchit même au titre : *Onze minutes*.

Elle se mit à classer les clients en trois catégories. Les Terminator (en hommage à un film qu'elle avait apprécié) qui sentaient déjà l'alcool en entrant, feignaient de ne voir personne mais pensaient que tout le monde les regardait, dansaient peu et allaient droit au but : l'hôtel. Les Pretty Woman (du nom d'un autre film), qui cherchaient à être élégants, gentils, tendres, comme si le monde dépendait de ce genre de bonté pour tourner rond, et qui faisaient semblant d'être entrés par hasard dans la boîte au cours d'une promenade ; ils étaient doux au début, et mal assurés en arrivant à l'hôtel, aussi finissaient-ils par être plus exigeants que les Terminator. Enfin, les Parrains (toujours à cause d'un film), qui traitaient le corps de la femme comme une marchandise. C'étaient les plus authentiques, ils dansaient, parlaient, ne laissaient pas de pourboire, connaissaient la valeur de ce qu'ils achetaient, ne se seraient jamais laissé entraîner par la conversation d'une femme qu'ils avaient choisie. C'étaient les seuls qui, d'une manière très subtile, connaissaient la signification du mot Aventure.

Journal de Maria, un jour où elle avait ses règles et ne pouvait pas travailler :

Si je devais raconter aujourd'hui ma vie à quelqu'un, je pourrais le faire de telle manière qu'on me prendrait pour une femme indépendante, courageuse et heureuse. Il n'en est rien : il m'est interdit de mentionner le seul mot qui l'emporte sur les onze minutes – amour.

Toute ma vie, j'ai compris l'amour comme une sorte d'esclavage consenti. C'est un mensonge : la liberté n'existe que lorsque l'amour est là. Celui qui se donne totalement, qui se sent libre, aime infiniment.

Et celui qui aime infiniment se sent libre.

C'est pourquoi, malgré tout ce que je peux vivre, faire, découvrir, rien n'a de sens. J'espère que ce moment va vite passer, pour que je puisse reprendre la recherche de moi-même – en ren-

contrant un homme qui me comprenne, qui ne me fasse pas souffrir.

Mais quelle sottise suis-je en train de dire ? En amour, personne ne peut blesser personne : chacun est responsable de ce qu'il éprouve et ne peut en blâmer l'autre.

Je me suis déjà sentie blessée quand j'ai perdu les hommes dont j'étais amoureuse. Aujourd'hui, je suis convaincue que personne ne perd personne, parce que personne ne possède personne.

C'est cela la véritable expérience de la liberté : avoir la chose la plus importante au monde, sans la posséder.

Trois autres mois passèrent, l'automne arriva, et arriva aussi la date inscrite sur le calendrier : quatre-vingt-dix jours avant le voyage de retour. Tout était allé si vite et si lentement à la fois, pensa Maria en découvrant que le temps s'écoulait dans deux dimensions selon son état d'esprit, mais que, dans les deux cas, son aventure parvenait à son terme. Elle pouvait continuer, évidemment, mais elle n'oubliait pas le sourire attristé de la femme invisible qui l'avait accompagnée lors de sa promenade autour du lac, en la prévenant que les choses n'étaient pas si simples. Pour autant qu'elle fût tentée de continuer, pour autant qu'elle fût préparée aux défis qui avaient surgi sur son chemin, tous ces mois à ne vivre qu'avec elle-même avaient appris à Maria qu'il y a un moment où il faut tout arrêter. Dans quatre-vingt-dix jours, elle retournerait dans

134

l'intérieur du Brésil, achèterait une petite ferme (finalement, elle avait gagné davantage qu'elle ne l'espérait), quelques vaches (brésiliennes, pas suisses), inviterait son père et sa mère à venir habiter avec elle, recruterait deux employés et ferait fonctionner l'entreprise.

Bien qu'elle pensât que l'amour est la véritable expérience de la liberté et que nul ne peut posséder un autre être, elle nourrissait encore des désirs secrets de vengeance – à l'occasion de son retour triomphal au Brésil. Après avoir installé sa ferme, elle irait en ville, passerait devant la banque où travaillait le garçon qui l'avait quittée pour sa meilleure amie et y déposerait une grosse somme d'argent. « Salut, comment vas-tu, tu ne me reconnais pas ? » lui demanderait-il. Elle feindrait un gros effort de mémoire, et finirait par dire que non, qu'elle avait passé une année entière en EU-RO-PE (articuler très lentement, afin que tous ses collègues entendent), ou plutôt, en SU-I-SSE (cela sonnerait encore plus exotique et plus riche d'aventures que la France), où étaient établies les meilleures banques du monde... Qui était-il ?

Il mentionnerait l'époque du lycée. Elle dirait : « Ah ! je crois me souvenir », de l'air de quelqu'un qui ne se souvient pas.

Bon, la vengeance était consommée ; à présent il fallait se remettre au travail ; lorsque l'affaire marcherait comme elle l'avait prévu, elle pourrait se consacrer à ce qui lui importait le plus : découvrir le grand amour, l'homme qui l'attendait depuis toutes ces années mais qu'elle n'avait pas encore eu l'occasion de rencontrer.

Maria décida d'oublier à jamais l'idée d'écrire un livre intitulé *Onze minutes*. Elle devait désormais se concentrer sur la ferme, sur ses projets d'avenir, ou bien elle prendrait le risque fatal de reporter son retour.

L'après-midi, elle alla retrouver sa meilleure
– et unique – amie, la bibliothécaire. Elle lui dit
qu'elle s'intéressait à l'élevage et à la gestion
d'une exploitation agricole et lui demanda des
livres sur ce sujet. La bibliothécaire lui avoua :
« Vous savez, il y a quelques mois, quand vous
êtes venue chercher des ouvrages sur le sexe, je
me suis inquiétée pour vous. Après tout, beaucoup de filles jolies se laissent bercer par l'illusion de l'argent facile et oublient qu'un jour elles
seront vieilles, et n'auront plus l'occasion de rencontrer l'homme de leur vie.

– Vous parlez de prostitution ?

– Le mot est bien fort.

– Je vous l'ai dit, je travaille dans une entreprise d'import-export de viande. Mais à supposer
que j'aie l'intention de me prostituer, les conséquences seraient-elles si graves si je m'arrêtais

au bon moment ? Après tout, être jeune, cela implique aussi de commettre des erreurs.

– Tous les drogués disent cela : il suffit de savoir s'arrêter au bon moment. Et personne ne s'arrête.

– Vous avez sans doute été une très jolie femme. Vous êtes née dans un pays où l'on vit bien. Cela a-t-il suffi à votre bonheur ?

– Je suis fière de la façon dont j'ai surmonté les obstacles. »

La bibliothécaire devait-elle poursuivre son histoire ? Allons, cette fille avait besoin d'apprendre un peu la vie.

« J'ai eu une enfance heureuse, j'ai étudié dans l'une des meilleures écoles de Berne. Je suis venue travailler à Genève. J'y ai rencontré un homme que j'ai aimé et je me suis mariée. J'ai tout fait pour lui, lui aussi a tout fait pour moi, et puis le temps a passé et la retraite est venue. Quand il a été libre de faire de son temps ce dont il avait envie, son regard est devenu triste – peut-être parce que, de toute son existence, il n'avait jamais pensé à lui-même. Nous ne nous sommes jamais disputés sérieusement, nous n'avons jamais eu d'émotions fortes, il ne m'a jamais trahie et ne m'a jamais manqué de respect en public. Nous avons eu une vie normale, tellement normale que, sans travail, il s'est senti inutile, insignifiant, et qu'il est mort d'un cancer, un an plus tard. »

Elle disait la stricte vérité, mais ses propos pouvaient influencer de manière négative la jeune fille qui se tenait devant elle.

« Quoi qu'il en soit, mieux vaut une vie sans surprises, conclut-elle. Mon mari serait peut-être mort plus tôt s'il n'en avait pas été ainsi. »

Ses livres sous le bras, Maria sortit de la bibliothèque, bien déterminée à s'instruire sur la gestion agricole. Ayant l'après-midi libre, elle décida d'aller se promener et remarqua dans la ville haute une plaque jaune portant le dessin d'un soleil et une inscription : « Chemin de Saint-Jacques ». Qu'était-ce donc ? Comme il y avait un bar de l'autre côté de la rue et qu'elle avait appris à s'informer sur tout ce qu'elle ignorait, elle entra se renseigner.

« Je n'en ai pas la moindre idée », lui répondit la fille derrière le comptoir.

C'était un endroit élégant, le café coûtait trois fois plus cher qu'ailleurs. Mais puisqu'elle avait de l'argent et qu'elle était là, Maria commanda un café et résolut de consacrer les heures suivantes à la gestion des fermes. Elle ouvrit son livre avec enthousiasme, sans parvenir toutefois

139

à se concentrer sur sa lecture – il était fort ennuyeux. Il serait bien plus intéressant d'aborder ce thème avec un de ses clients – ils connaissaient toujours la meilleure manière de gérer l'argent. Elle régla son café, se leva, remercia la serveuse, laissa un bon pourboire (elle s'était forgé une superstition à ce sujet : si elle donnait beaucoup, elle recevrait beaucoup), se dirigea vers la porte, et, sans se rendre compte de l'importance de cet instant, entendit la phrase qui allait modifier pour toujours le cours de ses projets, son avenir, sa ferme, son idée du bonheur, son âme féminine, ses attitudes masculines, sa place dans le monde.

« Une minute. »

Surprise, elle regarda de côté. Cet endroit était un bar respectable, ce n'était pas le *Copacabana* où les hommes ont le droit de dire ces mots, même si les femmes sont libres de répondre : « Je m'en vais, et vous ne m'en empêcherez pas. »

Elle s'apprêtait à ignorer l'intervention, mais sa curiosité l'emporta et elle tourna la tête dans la direction de la voix. Elle vit alors une scène étrange : un homme de trente ans approximativement (ou bien devait-elle dire « un garçon » ? son univers avait vieilli prématurément), les cheveux longs, à genoux par terre, plusieurs pinceaux éparpillés à côté de lui, était en train de dessiner un monsieur assis sur une chaise, un verre d'anis posé près de lui. Elle ne les avait pas remarqués en entrant.

« Ne t'en va pas. Je termine ce portrait, ensuite j'aimerais te peindre aussi. »

Maria répondit et, en répondant, elle créa le lien qui manquait dans l'univers.

« Cela ne m'intéresse pas.

– Il y a en toi une lumière. Laisse-moi au moins faire une esquisse. »

Qu'était-ce qu'une esquisse ? Qu'était cette « lumière » ? Néanmoins, c'était une femme vaniteuse, alors imaginez, faire faire son portrait par quelqu'un qui avait l'air sérieux ! Son esprit s'échauffa : et si c'était un peintre célèbre ? Elle serait immortalisée à tout jamais sur une toile ! Exposée à Paris, ou à Salvador de Bahia ! Une légende !

D'un autre côté, que faisait cet homme au milieu de tout ce désordre, dans un bar si luxueux et sans doute de bonne fréquentation ?

Devinant ses pensées, la serveuse lui murmura : « C'est un artiste très connu. »

Son intuition était la bonne. Maria s'efforça de garder son sang-froid.

« Il vient ici de temps en temps et il amène toujours un client important. Il dit qu'il aime le décor, que ça l'inspire ; il peint un panneau avec des personnalités représentatives de Genève, c'est une commande de la Ville. »

Maria regarda l'homme qu'il était en train de peindre. De nouveau, la fille lut dans ses pensées.

« C'est un chimiste qui a fait une découverte révolutionnaire. Il a reçu le prix Nobel.

– Ne t'en va pas, répéta le peintre. Je termine dans cinq minutes. Prends ce que tu veux et mets-le sur mon compte. »

Comme hypnotisée, Maria alla s'asseoir au bar, commanda un cocktail à l'anis (comme elle n'avait pas l'habitude de boire, la seule idée qui lui vint à l'esprit fut d'imiter le prix Nobel), et regarda l'homme travailler. « Je ne suis pas une personnalité de Genève, donc il doit être intéressé par autre chose. Mais il n'est pas mon type », pensa-t-elle machinalement, répétant ce qu'elle se disait toujours depuis qu'elle travaillait au *Copacabana* ; c'était sa bouée de sauvetage et son renoncement délibéré aux pièges du cœur.

Une fois cela bien au clair, il ne lui coûtait rien d'attendre un peu – peut-être que la serveuse avait raison et que cet homme pourrait lui ouvrir les portes d'un monde inconnu dont elle avait toujours rêvé : après tout, n'avait-elle pas songé à faire une carrière de modèle ?

Elle observa l'agilité et la rapidité avec lesquelles il terminait son travail – apparemment, c'était une très grande toile mais elle était quasi pliée et Maria ne pouvait pas voir les autres visages représentés. Et si c'était pour elle une opportunité nouvelle ? L'homme (elle décida que c'était un homme et non un garçon, faute de quoi elle commencerait à se sentir vieille, à son âge) n'avait pas l'air du genre à faire une telle proposition uniquement pour passer une nuit avec elle. Cinq minutes plus tard, ainsi qu'il l'avait promis, il achevait son travail, tandis que Maria s'efforçait de se convaincre qu'elle n'avait absolument aucun intérêt à faire des rencontres qui risquaient de menacer tous ses projets.

« Merci, vous pouvez bouger maintenant », dit le peintre au chimiste qui parut sortir d'un rêve. Puis, se tournant vers Maria, il ajouta sans détour : « Installe-toi dans ce coin, et mets-toi à l'aise. La lumière est parfaite. »

Comme si tout avait déjà été combiné par le destin et si c'était la chose la plus naturelle du monde, comme si toute sa vie elle avait connu cet homme ou avait déjà vécu ce moment en rêve et savait à présent ce qu'il fallait faire, Maria prit son verre d'anis, son sac, ses livres, et se dirigea vers la place qu'il lui indiquait – une table près de la fenêtre. Il apporta les pinceaux, la toile, une série de flacons remplis de peinture de diverses couleurs, un paquet de cigarettes, et il s'agenouilla près d'elle.

« Garde cette pose.

– C'est beaucoup demander ; ma vie est sans cesse en mouvement. »

C'était une phrase qu'elle trouvait spirituelle, mais il n'y prêta aucune attention. S'efforçant de rester naturelle parce que le regard de l'homme la mettait mal à l'aise, Maria désigna la rue et la plaque par la fenêtre :

« Qu'est-ce que c'est, le chemin de Saint-Jacques ?

– Une route de pèlerinage. Au Moyen Age, des pèlerins venus de toute l'Europe passaient par cette rue pour se rendre à Saint-Jacques-de-Compostelle, en Espagne. »

Il déplia une partie de la toile et prépara ses pinceaux. Maria ne savait toujours pas quoi faire.

« Et si je suis cette rue, j'arriverai en Espagne ?

– Au bout de deux ou trois mois. Puis-je te demander une faveur ? Reste silencieuse ; cela ne durera pas plus de dix minutes. Et ôte ce paquet de la table.

– Ce sont des livres », répliqua-t-elle, vaguement irritée par le ton autoritaire de l'homme. Il devait savoir qu'il avait affaire à une femme cultivée, qui fréquentait les bibliothèques plutôt que les magasins. Mais il les prit lui-même et les posa par terre sans plus de cérémonie.

Elle n'était pas parvenue à l'impressionner. D'ailleurs, elle n'avait pas la moindre intention de l'impressionner, elle était ici en dehors de son temps de travail, elle ferait mieux de garder son charme pour des hommes qui la dédommageraient généreusement de sa peine. Pourquoi se lier avec ce peintre ? Un homme de trente ans ne doit pas porter les cheveux longs, c'est ridicule. Pourquoi pensait-elle qu'il n'avait pas d'argent ? La fille du bar lui avait dit qu'il était connu – ou bien était-ce le chimiste qui était célèbre ? Elle regarda ses vêtements, mais cela ne l'avançait guère ; la vie lui avait appris que des hommes habillés de façon négligée – ce qui était son cas – paraissaient toujours plus riches que ceux qui portaient costume et cravate.

« Pourquoi penser à cet homme ? Ce qui m'intéresse, c'est le tableau. »

Dix minutes, ce n'était pas un prix trop élevé pour être immortalisée sur une toile. Elle s'aperçut qu'il la représentait à côté de ce chimiste primé, et elle se demanda s'il allait lui réclamer une certaine forme de rétribution.

« Tourne le visage vers la fenêtre. »

Elle obéit encore sans poser de questions, ce qui n'était absolument pas son habitude. Elle regarda les passants, la plaque du chemin de Saint-Jacques, imaginant que cette rue se trouvait déjà là des siècles plus tôt, une route qui avait survécu au progrès, aux transformations du monde, à celles de l'homme. Peut-être était-ce un bon présage? Ce tableau pouvait avoir le même destin et se retrouver au musée dans cinq cents ans...

L'homme se mit à dessiner et, à mesure que son travail progressait, Maria perdit son enthousiasme et se sentit insignifiante. Lorsqu'elle était entrée dans ce bar, c'était une femme sûre d'elle, capable de prendre une décision délicate – abandonner un métier qui lui procurait de l'argent – pour relever un défi plus difficile encore – diriger une ferme dans son pays natal. A présent, elle éprouvait de nouveau une impression d'insécurité, ce qu'une prostituée ne peut s'offrir le luxe de ressentir.

Elle finit par découvrir la cause de son malaise : pour la première fois depuis des mois, quelqu'un ne la regardait ni comme un objet, ni comme une femme, mais d'une façon insaisissable, bien que la définition la plus proche en fût : « Il voit mon âme, mes peurs, ma fragilité, mon incapacité à lutter avec un monde que je fais semblant de dominer mais dont je ne sais rien. »

C'était ridicule, elle se faisait encore des idées.

« J'aimerais que...

– Je t'en prie, ne parle pas, dit l'homme. Je vois ta lumière. »

Personne ne lui avait jamais dit cela. « Je vois vos seins durs », « je vois vos cuisses bien faites », « je vois cette beauté exotique des Tropiques », ou, au mieux, « je vois que vous voulez sortir de cette vie, donnez-moi une chance et je vous installe dans un appartement ». Tels étaient les commentaires qu'elle avait l'habitude de susciter, mais... sa lumière ? Voulait-il dire qu'il se faisait tard ?

« Ta lumière personnelle », ajouta-t-il, en se rendant compte qu'elle n'avait rien compris.

Lumière personnelle. Eh bien, personne ne pouvait être plus décalé de la réalité que ce peintre naïf qui, malgré ses trente ans, ne connaissait rien à la vie. C'est de notoriété publique, les femmes mûrissent plus vite que les hommes, et – même si elle ne passait pas de nuits blanches à réfléchir à ses conflits philosophiques –, Maria savait au moins une chose : elle ne possédait pas ce que le peintre appelait « lumière » et qu'elle interprétait pour sa part comme un « éclat particulier ». C'était une per-

147

sonne comme tout le monde, elle souffrait en silence de la solitude, tentait de justifier tous ses actes, faisait semblant d'être forte quand elle était faible, feignait la faiblesse lorsqu'elle se sentait forte ; bien qu'elle eût renoncé à toute passion au nom d'un travail risqué, à présent qu'elle était près du but, elle avait des projets d'avenir et des regrets du passé, et un être dans une telle situation n'a aucun « éclat particulier ». C'était sans doute un moyen de l'obliger à garder le silence et l'immobilité, comme une idiote.

« Lumière personnelle. Il aurait pu trouver autre chose. "Tu as un joli profil", par exemple. »

Comment la lumière entre-t-elle dans une maison ? Par les fenêtres grandes ouvertes. Comment la lumière entre-t-elle dans une personne ? Par la porte de l'amour, si elle est ouverte. Et, décidément, la sienne ne l'était pas. Ce devait être un bien mauvais peintre, il n'y entendait rien.

« J'ai fini », dit-il.

Maria ne bougea pas. Elle avait envie de voir le tableau, mais redoutait que sa demande ne passât pour un manque d'éducation. La curiosité l'emporta. Elle demanda, il accepta.

Il n'avait dessiné que son visage ; cela lui ressemblait, mais si elle avait vu un jour ce tableau

148

sans en connaître le modèle, elle aurait dit que c'était une personne beaucoup plus forte qu'elle, pleine d'une « lumière » qu'elle ne voyait pas se refléter dans le miroir.

« Je m'appelle Ralf Hart. Si tu veux, je peux t'offrir une autre boisson.

– Non, merci. »

Apparemment, la rencontre prenait à présent un tour tristement prévisible : l'homme tentait de séduire la femme.

« S'il vous plaît, deux autres liqueurs d'anis », demanda-t-il, sans tenir compte de sa réponse.

Qu'avait-elle de mieux à faire ? Lire un ouvrage ennuyeux traitant de gestion agricole. Se promener, comme elle l'avait déjà fait des centaines de fois, au bord du lac. Ou bavarder avec un homme ayant vu en elle une lumière qui lui était inconnue, précisément le jour du calendrier qui marquait le début de la fin de son « expérience ».

« Qu'est-ce que tu fais dans la vie ? »

Voilà justement la question qu'elle ne voulait pas entendre, qui lui avait fait rater nombre de rencontres, lorsque, pour un motif quelconque, quelqu'un s'approchait d'elle (cela se produisait rarement, car les Suisses sont par nature des gens réservés). Que pouvait-elle répondre ?

« Je travaille dans une boîte de nuit. »

Et voilà. Ses épaules furent soulagées d'un poids énorme – et elle se sentit satisfaite de tout ce qu'elle avait appris depuis son arrivée en Suisse ; questionner (qui sont les Kurdes ? qu'est-ce que le chemin de Saint-Jacques ?) et répondre (je travaille dans une boîte de nuit), sans se préoccuper de l'opinion d'autrui.

« Je crois que je t'ai déjà vue. »

Maria sentit qu'il aurait voulu aller plus loin, et elle savoura sa petite victoire ; le peintre qui, quelques minutes plus tôt, lui donnait des ordres et paraissait sûr de ce qu'il voulait, était redevenu un homme comme les autres, mal assuré devant une femme inconnue.

« Et ces livres ? »

Elle les lui montra. Agriculture. Gestion de fermes. Son assurance faiblit encore.

« Tu travailles dans le sexe ? »

Il avait pris le risque. Etait-ce parce qu'elle s'habillait comme une prostituée ? De toute manière, elle devait gagner du temps. Le jeu commençait à devenir intéressant, et elle n'avait absolument rien à perdre.

« Pourquoi les hommes ne pensent-ils qu'à ça ? »

Il reposa les livres.

« Sexe et gestion agricole. Deux domaines très ennuyeux. »

150

Comment ? Soudain, elle se sentit défiée. Comment pouvait-il dire du mal de sa profession ? Bon, il ne savait pas vraiment dans quoi elle travaillait, sans doute n'exprimait-il là qu'une idée préconçue, mais elle ne pouvait pas le laisser sans réponse.

« Eh bien moi, je pense qu'il n'y a rien de plus ennuyeux que la peinture : une chose figée, un mouvement interrompu, une photographie qui n'est jamais fidèle à l'original. Une discipline morte, à laquelle plus personne ne s'intéresse, sauf les peintres – des gens qui se croient supérieurs, cultivés, et qui n'ont pas évolué comme le reste du monde. Tu as déjà entendu parler de Joan Miró ? Moi jamais, sauf au restaurant, par un Arabe, et ça n'a absolument rien changé à ma vie. »

Impossible de savoir si elle était allée trop loin, car les consommations arrivaient et la conversation fut interrompue. Ils restèrent un moment silencieux. Maria pensa qu'il était temps de partir, et peut-être Ralf Hart s'était-il dit la même chose. Mais il y avait deux verres pleins sur la table, et c'était un prétexte pour rester ensemble.

« Pourquoi le livre sur l'agriculture ?

– Que veux-tu dire ?

– Je suis déjà allé rue de Berne. Je me souviens de t'y avoir déjà vue dans une boîte de nuit

151

très chère. Mais je ne m'en suis pas rendu compte pendant que je te peignais : ta lumière était trop forte. »

Maria sentit le sol se dérober sous ses pieds. Pour la première fois elle eut honte de son métier, bien qu'il n'y eût aucune raison. Elle travaillait pour subvenir à ses besoins et à ceux de sa famille. C'est lui qui aurait dû avoir honte d'aller rue de Berne ; d'un instant à l'autre, tout ce possible enchantement avait disparu.

« Ecoutez, monsieur Hart. Bien que je sois brésilienne, je vis en Suisse depuis neuf mois. Et j'ai appris que les Suisses sont discrets parce qu'ils vivent dans un pays minuscule où tout le monde ou presque se connaît, comme nous venons de le constater. C'est la raison pour laquelle personne ne pose de questions sur la vie d'autrui. Votre commentaire était déplacé et indélicat – mais, si votre objectif était de m'humilier pour vous sentir plus à l'aise, vous avez perdu votre temps. Merci pour la liqueur d'anis, infecte, que je vais boire jusqu'au bout. Ensuite, je fumerai une cigarette. Enfin, je me lèverai et je m'en irai. Mais vous pouvez partir tout de suite, car il n'est pas bon qu'un peintre célèbre s'assoie à la table d'une prostituée. C'est ce que je suis, vous savez ? Une prostituée. Sans une once de culpabilité, de la tête aux pieds, de bas en haut – une prostituée. Et c'est cela, ma vertu : de ne tromper ni moi, ni vous. Parce que cela n'en vaut pas la peine, vous ne méritez pas un mensonge. Imaginez si le chimiste célèbre, là-bas à l'autre bout du café, découvrait qui je suis ? » Elle haussa le ton. « Une prostituée ! Et vous savez quoi ? Cela me rend libre de savoir que je quitterai ce maudit pays dans quatre-vingt-dix jours exactement, bourrée d'argent, bien plus cultivée qu'en arrivant, capable de choisir un bon vin, mes bagages remplis de photos prises dans la neige, et au fait de la nature humaine ! »

La fille du bar l'écoutait, effrayée. Le chimiste semblait ne pas lui prêter attention. Mais peut-être était-ce l'alcool, peut-être la certitude de redevenir bientôt une Brésilienne du Nordeste, peut-être l'allégresse d'avoir avoué sa profession et de pouvoir se moquer des réactions choquées, des regards critiques, des gestes scandalisés.

« Avez-vous bien compris, monsieur Hart ? De bas en haut, de la tête aux pieds, je suis une prostituée, et c'est ma qualité, ma vertu ! »

Il garda le silence. Resta immobile. Maria sentit son assurance lui revenir.

« Et vous, vous êtes un peintre qui ne comprend rien à ses modèles. Il se peut que le chimiste assis là-bas, à moitié endormi, soit en

153

réalité un cheminot. Et que tous les autres personnages de votre tableau ne soient pas toujours ce qu'ils paraissent. Sinon, vous n'auriez jamais prétendu percevoir une " lumière " particulière chez une femme qui, comme vous l'avez découvert, N'EST QU'UNE PROS-TI-TU-ÉE ! »

Ces derniers mots furent articulés distinctement, d'une voix forte. Le chimiste se réveilla, et la serveuse apporta l'addition.

« Cela ne concerne en rien la prostituée, mais la femme que tu es. » Ralf ignora la note et répondit lui aussi posément, mais à voix basse. « Il y a en toi une lumière : celle de la volonté d'un être capable de sacrifier des choses importantes au nom d'autres choses qu'il juge plus importantes encore. Les yeux. Cette lumière se manifeste dans tes yeux. »

Maria se sentit désarmée; il n'avait pas relevé sa provocation. Elle voulut croire qu'il ne cherchait qu'à la séduire. Elle s'était interdit de penser – du moins durant les quatre-vingt-dix jours prochains – qu'il pouvait exister des hommes intéressants sur cette terre.

« Tu vois cette liqueur d'anis devant toi ? poursuivit-il. Eh bien, tu ne vois que de la liqueur d'anis. Moi, comme je dois aller au-delà, je vois la plante dont elle provient, les orages que cette plante a affrontés, la main qui a cueilli les

154

grains, le voyage en bateau d'un continent à l'autre, le parfum et la couleur qu'avait cette plante avant d'être au contact de l'alcool. Si un jour je peignais cette scène, je peindrais tout cela – et pourtant, en voyant le tableau, tu croirais te trouver devant un banal verre de liqueur d'anis.

« De même, pendant que tu regardais la rue et réfléchissais au chemin de Saint-Jacques – je sais que tu y réfléchissais –, j'ai peint ton enfance, ton adolescence, tes rêves défaits, tes projets d'avenir, ta volonté – c'est ce qui m'intrigue le plus. Quand tu as vu le tableau... »

Maria ouvrit sa garde, sachant qu'il serait très difficile de la refermer ensuite.

« J'ai vu cette lumière...

– ... même si ne se trouvait là qu'une femme qui te ressemble. »

Un silence embarrassant s'installa de nouveau. Maria regarda sa montre.

« Je dois partir. Pourquoi dis-tu que le sexe est ennuyeux ?

– Tu dois le savoir mieux que moi.

– Je le sais parce que je travaille dans ce domaine. Alors, c'est la même routine tous les jours. Mais toi, tu es un homme de trente ans...

– Vingt-neuf...

– Jeune, attirant, célèbre. Tu devrais t'intéresser à ces choses sans avoir besoin d'aller chercher de la compagnie rue de Berne.

155

– J'en avais besoin. J'ai couché avec quelques-unes de tes collègues, mais pas parce que j'avais des difficultés à trouver une femme. Mon problème est avec moi-même. »

Maria sentit percer une pointe de jalousie et elle prit peur. Elle comprenait maintenant qu'elle devait vraiment partir.

« C'était ma dernière tentative. A présent, j'ai renoncé », dit Ralf en rassemblant son matériel éparpillé sur le sol.

« Un problème physique ?

– Aucun. Simplement le désintérêt. »

Ce n'était pas possible.

« Règle l'addition. Allons marcher. En réalité, je pense que beaucoup de gens éprouvent la même chose que toi et que personne ne l'avoue. Il est bon de parler avec quelqu'un d'aussi sincère. »

Ils prirent le chemin de Saint-Jacques en direction du fleuve qui se jetait dans le lac ; il poursuivait sa course dans les montagnes et prenait fin dans une lointaine contrée située en Espagne. Ils croisèrent des passants qui revenaient de déjeuner, des mères de famille avec des poussettes, des touristes qui prenaient des photos du jet d'eau au milieu du lac, des femmes musulmanes coiffées d'un foulard, des garçons et des filles faisant du jogging, tous pèlerins en quête de cette ville mythique, Saint-Jacques-de-Compostelle, qui peut-être n'existait même pas et n'était qu'une légende à laquelle les gens ont besoin de croire pour donner un sens à leur vie. Sur le chemin parcouru par tant de monde depuis si longtemps, marchaient aussi cet homme aux cheveux longs chargé d'une lourde sacoche pleine de pinceaux, de flacons de peinture, de toiles, de crayons, et une fille un peu plus jeune portant des livres traitant de gestion agricole. Aucun des deux n'eut l'idée de demander pourquoi ils faisaient ce pèlerinage ensemble, c'était la chose la plus naturelle du monde – il savait tout sur elle, bien qu'elle ne sût rien de lui.

C'est pourquoi elle décida de poser des questions – désormais, elle posait des questions sur tout. Au début il joua le timide, mais elle savait comment obtenir n'importe quoi d'un homme, et il finit par lui raconter qu'il avait été marié deux fois (un record à vingt-neuf ans!), avait beaucoup voyagé, rencontré des rois, des acteurs célèbres, participé à des fêtes inoubliables. Il était né à Genève, avait vécu à Madrid, Amsterdam, New York, et dans une ville du sud de la France appelée Tarbes, qui ne se trouvait sur aucun circuit touristique de renom, mais qu'il adorait à cause de la proximité des montagnes et de la convivialité de ses habitants. Son talent artistique avait été découvert quand il avait vingt ans ; un jour, un grand marchand d'art était venu manger, par hasard, dans un restaurant japonais de sa ville natale, dont il avait assuré la décoration. Il avait gagné beaucoup d'argent, il était jeune et en bonne santé, il pouvait faire ce qu'il voulait, aller n'importe où, rencontrer qui il désirait, il avait déjà connu tous les plaisirs dont un homme peut faire l'expérience, il aimait son métier et pourtant, malgré tout cela, la célébrité, l'argent, les femmes, les voyages, il était malheureux et n'avait qu'une joie dans la vie : sa peinture.

« Les femmes t'ont-elles fait souffrir ? » demanda-t-elle, et elle se rendit compte aussitôt que c'était une question idiote, qu'on aurait dite sortie d'un manuel sur *Tout ce que les femmes doivent savoir pour conquérir un homme.*

« Elles ne m'ont jamais fait souffrir. J'ai été très heureux dans chacun de mes mariages. J'ai été trahi et j'ai trahi, comme dans tous les couples, mais au bout de quelque temps le sexe ne m'intéressait plus. Je continuais à l'aimer, sa compagnie me manquait, mais le sexe... Pourquoi sommes-nous en train de parler de sexe ?

— Parce que, tu l'as dit toi-même, je suis une prostituée.

– Ma vie n'a pas grand intérêt. Je suis un artiste qui a réussi jeune, ce qui est rare, et en peinture, ce qui est rarissime ; qui peut peindre aujourd'hui tous les genres de tableaux et en obtiendra un bon prix, même si les critiques seront furieux, puisqu'ils estiment être les seuls à savoir ce qu'est l'art. Je suis une de ces personnes dont tout le monde croit qu'elles détiennent des réponses pour tout : plus on se tait, plus on vous considère intelligent. »

Il continua à raconter sa vie : chaque semaine il était invité quelque part. Il avait un agent à Barcelone – savait-elle où ça se trouvait ? Oui, Maria le savait, c'était en Espagne. Cette femme s'occupait de tout ce qui concernait l'argent, les invitations, les expositions, mais elle ne le pressait jamais de faire ce dont il n'avait pas envie : après des années de travail, ils avaient atteint une cote stable sur le marché de l'art.

« Est-ce une histoire intéressante ? » Sa voix dénotait un certain malaise.

« Je dirais que c'est une histoire peu banale. Beaucoup de gens aimeraient être dans ta peau. »

Ralf voulut savoir qui était Maria.

« Il y a trois personnes en moi, cela dépend de qui vient me voir. La Petite Fille ingénue, qui regarde l'homme avec admiration et feint d'être impressionnée par ses histoires de pouvoir et de gloire. La Femme fatale, qui attaque d'emblée ceux qui se sentent le moins sûrs d'eux et, agissant ainsi, prend le contrôle de la situation et les met à l'aise puisqu'ils n'ont plus besoin de s'inquiéter de rien. Et enfin, la Mère affectueuse, qui dorlote les hommes avides de conseils et écoute d'un air compréhensif des histoires qui entrent par une oreille et ressortent par l'autre. Laquelle des trois veux-tu connaître ?

– Toi. »

Maria raconta tout, elle en avait besoin. C'était la première fois qu'elle le faisait depuis qu'elle avait quitté le Brésil. A la fin de son récit, elle se rendit compte que, en dépit de son métier peu conventionnel, elle n'avait pas éprouvé de grandes émotions après la semaine passée à Rio et son premier mois en Suisse. C'était seulement maison, travail, maison, travail.

Quand elle eut terminé, ils étaient de nouveau assis dans un bar – cette fois à l'autre bout de la ville, loin du chemin de Saint-Jacques. Chacun pensait à ce que le destin avait réservé à l'autre

« Que dire de plus ? demanda-t-elle.

– Par exemple, au revoir. »

Oui. Cet après-midi n'avait pas été semblable aux autres. Maria se sentait angoissée, tendue, d'avoir ouvert une porte et de ne pas savoir comment la refermer.

« Quand pourrai-je voir la toile ? »

Ralf lui tendit la carte de son agent à Barcelone.

« Téléphone-lui dans six mois, si tu es encore en Europe. *Les Visages de Genève*, célébrités et anonymes, seront exposés pour la première fois dans une galerie à Berlin. Ensuite, ils feront une tournée en Europe. »

Maria se souvint du calendrier, des quatre-vingt-dix jours qui lui restaient, du danger que représentait une relation, un lien quelconque.

« Qu'est-ce qui est le plus important dans cette vie ? Vivre ou faire semblant d'avoir vécu ? Prendre un risque maintenant, dire que cet après-midi, où quelqu'un m'a écoutée sans me faire de critiques ni de commentaires, est le plus beau que j'aie passé ici ? Ou simplement mettre la cuirasse de la femme pleine de volonté, dotée d'une " lumière ", et partir sans rien ajouter ? »

Pendant qu'ils marchaient sur le chemin de Saint-Jacques, et à mesure qu'elle s'écoutait raconter sa vie, Maria s'était sentie heureuse. Elle pouvait se contenter de cela – c'était déjà un grand cadeau de la vie.

« Je viendrai te voir, dit Ralf Hart.

– Ne fais pas cela. Je rentre bientôt au Brésil. Nous n'avons rien d'autre à nous dire.

– J'irai te voir comme client.

161

– Ce serait une humiliation pour moi.

– J'irai te voir pour que tu me sauves. »

Il lui avait confié son désintérêt pour le sexe. Elle aurait voulu dire qu'elle ressentait la même chose, mais elle se contrôla – elle était allée trop loin dans ses dénégations, il était plus intelligent de se taire.

C'était pathétique. Voilà qu'elle se trouvait encore avec un petit garçon – lui ne demandait pas un crayon, mais un peu de compagnie. Elle se tourna vers son passé et, pour la première fois, se pardonna à elle-même : ce n'était pas sa faute à elle, mais celle du gamin manquant d'assurance qui avait renoncé à la première tentative. Ils étaient des enfants, et les enfants agissent ainsi – ni elle ni le garçon n'avaient commis d'erreur. Cela lui procura un grand soulagement, elle se sentit mieux, elle n'avait pas trahi la première occasion de son existence. Tout le monde agit ainsi, cela fait partie de l'initiation de l'être humain en quête de sa moitié perdue.

Mais à présent la situation était différente. Aussi valables que fussent les raisons (je rentre au Brésil, je travaille dans une boîte de nuit, nous n'avons pas eu le temps de nous connaître, je ne m'intéresse pas au sexe, je ne veux rien savoir de l'amour, je dois apprendre à gérer une ferme, je n'entends rien à la peinture, nous

162

vivons dans des mondes différents), la vie lui présentait un défi. Elle n'était plus une enfant, elle devait choisir.

Elle préféra ne pas répondre. Elle lui serra la main, comme il était de coutume dans ce pays, et rentra chez elle. S'il était vraiment l'homme qu'elle aurait aimé qu'il fût, il ne se laisserait pas intimider par son silence.

Extrait du journal de Maria, écrit le jour même :

Aujourd'hui, pendant que nous marchions au bord du lac sur cet étrange chemin de Saint-Jacques, l'homme qui était avec moi – un peintre, une vie aux antipodes de la mienne – a jeté dans l'eau une petite pierre. Là où la pierre est tombée, sont apparus des cercles concentriques qui se sont élargis jusqu'à atteindre un canard qui passait là par hasard. Au lieu de s'effrayer de cette vague inattendue, l'oiseau a décidé de jouer avec elle.

Quelques heures auparavant, je suis entrée dans un café, j'ai entendu une voix, et ce fut comme si Dieu avait jeté une pierre dans cet endroit. Les vagues d'énergie m'ont touchée et ont touché un homme qui se trouvait dans un coin en train de peindre. Il a senti la vibration de la pierre, moi aussi. Et maintenant?

164

Le peintre sait quand il trouve un modèle. Le musicien sait quand son instrument est accordé. Ici, dans mon journal, j'ai conscience que certaines phrases ne sont pas écrites par moi, mais par une femme pleine de « lumière » que je suis et que je refuse d'accepter.

Je peux continuer ainsi. Mais je peux aussi, comme le canard du lac, me divertir et me réjouir de l'onde qui a soudain ridé la surface de l'eau.

Cette pierre a un nom : la passion. Il peut décrire la beauté d'une rencontre foudroyante entre deux personnes, mais ne se limite pas à cela. La passion est dans l'excitation de l'inattendu, l'envie d'agir avec ferveur, la certitude que l'on va réussir à réaliser un rêve. La passion nous envoie des signes qui guident notre vie, et il me faut savoir déchiffrer ces signes.

J'aimerais croire que je suis amoureuse de quelqu'un que je ne connais pas et qui n'était pas dans mes projets. Tous ces mois passés à me contrôler, à refuser l'amour, ont eu l'effet exactement inverse : je me laisse prendre par la première personne qui m'a accordé une attention différente.

Heureusement, je ne lui ai pas demandé son numéro de téléphone, je ne sais pas où il habite, je peux le perdre sans me sentir coupable d'avoir raté l'occasion.

Et si c'est le cas, même si je l'ai déjà perdu, j'ai gagné un jour de bonheur dans ma vie. Le monde étant ce qu'il est, un jour de bonheur est presque un miracle.

Lorsque Maria entra ce soir-là au *Copacabana*, il se tenait là à l'attendre. Il était le seul client. Milan, qui suivait cette Brésilienne non sans une certaine curiosité, vit que la jeune fille avait perdu la bataille.

« Acceptes-tu un verre ?

– Je dois travailler. Je ne peux pas perdre mon emploi.

– Je suis un client. Je te fais une proposition professionnelle. »

Cet homme qui, l'après-midi, au café, semblait tellement sûr de lui, qui maniait bien le pinceau, rencontrait de hauts personnages, avait un agent à Barcelone et gagnait sans doute beaucoup d'argent, montrait à présent sa fragilité. Il était entré dans un décor où il n'aurait pas dû entrer, il n'était plus dans un café romantique sur le chemin de Saint-

Jacques. L'enchantement de l'après-midi disparut.

« Alors, tu acceptes ?

— J'accepte, mais pas maintenant. Aujour-
d'hui, j'ai des clients qui m'attendent. »

Milan entendit la fin de la phrase ; il s'était
trompé, la petite ne s'était pas laissé prendre
au piège des promesses d'amour. Pourtant, à la
fin d'une soirée sans grande animation, il se
demanda pourquoi elle avait préféré la compagnie d'un vieux, d'un comptable médiocre et
d'un agent d'assurances...

Bon, c'était son problème. Du moment qu'elle
payait sa commission, ce n'était pas à lui de
décider avec qui elle devait coucher ou pas.

Journal de Maria, après la soirée passée en compagnie du vieux, du comptable et de l'agent d'assurances :

Qu'est-ce que ce peintre veut de moi? Ne sait-il pas que nous sommes de pays, de cultures différents? Pense-t-il que j'en sais plus que lui sur le plaisir, veut-il apprendre quelque chose?

Pourquoi ne m'a-t-il rien dit d'autre que : « Je suis un client »? Il aurait été si facile de dire : « Tu m'as manqué », ou bien « J'ai adoré l'après-midi que nous avons passé ensemble ». J'aurais répondu de la même manière (je suis une professionnelle). Il a le devoir de comprendre mes inquiétudes, parce que je suis une femme, je suis fragile, et en outre dans ce lieu je suis une autre personne.

C'est un homme. Et un artiste. Il doit le savoir, l'objectif de l'être humain est de comprendre l'amour absolu. L'amour n'est pas en l'autre, il est en nous ; c'est nous qui l'éveillons. Mais, pour cet éveil, nous avons besoin de l'autre. L'univers n'a de sens que lorsque nous avons quelqu'un avec qui partager nos émotions.

Il est fatigué du sexe ? Moi aussi – et cependant ni lui ni moi ne savons ce que c'est. Nous laissons mourir l'une des choses les plus essentielles de la vie – j'avais besoin qu'il me sauve, il avait besoin que je le sauve, mais il ne m'a laissé aucun choix.

Maria avait peur. Elle commençait à comprendre qu'après tant de maîtrise, cette pression, ce tremblement de terre, le volcan de son âme donnait des signes d'explosion ; à partir du moment où cela se produirait, elle ne pourrait plus contrôler ses sentiments. Qui était ce diable d'artiste qui pouvait très bien lui avoir menti sur son compte, avec qui elle n'avait passé que quelques heures, qui ne l'avait pas touchée, n'avait pas tenté de la séduire – pouvait-il y avoir pire ?

Pourquoi son cœur sonnait-il l'alarme ? Pourquoi croyait-elle qu'il ressentait la même chose ? Mais, à l'évidence, elle se trompait du tout au tout. Ralf Hart désirait rencontrer une femme qui saurait réveiller le feu en train de s'éteindre, ou quasiment ; il voulait faire d'elle sa grande déesse du sexe, dotée d'une « lumière » particulière (en cela, il avait été sincère), prête à le prendre par la main et à lui montrer le chemin du retour à la vie. Il était incapable de concevoir que Maria éprouvait le même désintérêt, avait ses propres problèmes (après tant d'hommes, elle n'avait toujours pas atteint l'orgasme pendant la pénétration), avait élaboré des projets ce matin-là et organisé un retour triomphal dans son pays natal.

Pourquoi pensait-elle à lui ? Pourquoi pensait-elle à quelqu'un qui, à ce moment précis, était peut-être en train de peindre une autre femme, lui disait qu'il y avait en elle une « lumière » particulière et qu'elle pouvait être sa déesse du sexe ?

« Je pense à lui parce que j'ai pu parler. »

Ridicule ! Songeait-elle à la bibliothécaire ? Non. Pensait-elle à Nyah, la Philippine, la seule de toutes les femmes du *Copacabana* avec laquelle elle pouvait partager un tant soit peu ses sentiments ? Non, et pourtant c'étaient des personnes avec lesquelles elle se sentait à l'aise.

Elle essaya de détourner son attention sur la chaleur qu'il faisait, ou le supermarché où elle n'avait pas pu se rendre la veille. Elle écrivit une longue lettre à son père, remplie de détails qui raviraient sa famille au sujet du terrain qu'elle aimerait acheter. Elle n'indiqua pas la date de son retour, mais laissa entendre qu'il était proche. Elle s'endormit, s'éveilla, se rendormit, se réveilla. Elle se rendit compte que le livre sur la gestion agricole, pertinent pour les Suisses, n'était d'aucune utilité aux Brésiliens – c'étaient des mondes trop différents.

Dans l'après-midi, elle constata que le tremblement de terre, le volcan, la pression s'apaisaient. Elle se détendit ; elle avait déjà connu ce genre de passion subite, et cela retombait toujours le lendemain – heureusement, son univers restait le même. Elle avait une famille qui l'aimait, un homme qui l'attendait et maintenant lui écrivait très souvent pour lui raconter que le magasin de tissus prospérait. Même si elle décidait de prendre l'avion le soir même, elle avait assez d'argent pour acquérir un petit terrain. Elle avait surmonté les obstacles les plus difficiles, la barrière de la langue, la solitude, le premier jour au restaurant avec l'Arabe, elle avait réussi à convaincre son âme de ne pas se plaindre de ce que faisait son corps. Elle savait parfaitement quel était son rêve, et elle était prête à tout pour le réaliser. D'ailleurs, dans ce rêve, il n'y avait pas d'hommes. Du moins pas d'hommes ne parlant pas sa langue maternelle et ne vivant pas dans sa ville d'origine.

Lorsque le tremblement de terre cessa, Maria comprit qu'elle était en partie coupable de n'avoir pas dit alors : « Je suis seule, je suis aussi misérable que toi. Hier, tu as vu ma " lumière ", et c'était la première chose belle et sincère qu'un homme m'ait dite depuis que je suis arrivée ici. »

A la radio passait une vieille chanson : *Mes amours meurent avant même de commencer.* Voilà quelle était sa destinée.

Extrait du journal de Maria, deux jours après que tout fut redevenu normal :

Sous l'effet de la passion, on cesse de se nourrir, de dormir, de travailler, d'être en paix. Beaucoup de gens sont effrayés parce qu'elle anéantit sur son passage tout ce qui relève du passé.

Personne n'aime à voir son univers désorganisé. C'est pourquoi beaucoup parviennent à contrôler cette menace et peuvent maintenir debout une structure qui est déjà poussière. Ce sont les ingénieurs des choses dépassées.

D'autres pensent exactement le contraire : ils s'abandonnent sans réfléchir, espérant trouver dans la passion la solution à tous leurs problèmes. Ils placent dans l'autre toute la responsabilité de leur bonheur et le rendent coupable de leur éventuel malheur. Ils sont en permanence

euphoriques parce que quelque chose de merveilleux leur est arrivé, ou déprimés parce qu'un
événement auquel ils ne s'attendaient pas a fini
par tout détruire.

Se préserver de la passion ou s'y abandonner
aveuglément, laquelle de ces deux attitudes est
la moins destructrice ?

Je ne sais pas.

Le troisième jour, comme s'il ressuscitait d'entre les morts, Ralf Hart revint et faillit arriver trop tard : Maria parlait déjà à un client. Mais, quand elle le vit, elle expliqua poliment à ce dernier qu'elle ne voulait pas danser, qu'elle attendait quelqu'un.

Alors seulement elle se rendit compte qu'elle l'avait attendu tous ces jours. Et à cet instant elle accepta tout ce que le destin avait placé sur son chemin.

Elle ne se plaignit pas : elle était contente, elle pouvait s'offrir ce luxe, car un jour elle quitterait cette ville. Elle savait cet amour impossible; par conséquent, puisqu'elle n'espérait rien, elle obtiendrait tout ce qu'elle attendait encore de cette étape de sa vie.

Ralf lui proposa une boisson, et Maria commanda un cocktail de fruits. Le patron du bar, feignant de laver les verres, regarda la Brésilienne sans comprendre : qu'est-ce qui l'avait fait changer d'avis ? Il espérait qu'elle ne resterait pas là à boire son verre, et il fut soulagé quand elle entraîna l'homme sur la piste de danse. Ils accomplissaient le rituel, il n'y avait aucune raison de s'inquiéter.

Maria sentait la main sur sa taille, le visage collé au sien, le son très fort qui – grâce à Dieu – empêchait toute conversation. Un cocktail de fruits ne suffisait pas à ce qu'elle reprît courage, et les quelques mots qu'ils avaient échangés étaient très formels. Maintenant, c'était une question de temps : iraient-ils à l'hôtel, feraient-ils l'amour ? Rien de difficile à cela, il ne s'agissait que d'accomplir ses engagements professionnels. Ça l'aiderait à tuer toute trace de passion. Elle se demandait pourquoi elle s'était à ce point torturée après leur première rencontre.

Ce soir, elle serait la Mère compréhensive. Ralf Hart était un homme désespéré, à l'image de milliers d'autres. Si elle jouait bien son rôle, si elle parvenait à suivre le scénario qu'elle s'était fixé depuis ses débuts au *Copacabana*, elle n'avait pas de souci à se faire. Mais elle courait un grand risque auprès de cet homme, maintenant qu'elle sentait – et aimait – son odeur, découvrait – et aimait – le contact de sa peau, et savait qu'elle l'attendait – ce qui ne lui plaisait pas du tout.

En quarante-cinq minutes, ils avaient franchi toutes les étapes du rituel, et l'homme s'adressa au patron de la boîte : « Je l'emmène pour le reste de la nuit. Je paierai pour trois clients. »

Le patron haussa les épaules et songea de nouveau que la jeune Brésilienne allait tomber dans le piège de l'amour. Quant à Maria, elle était surprise : elle ignorait que Ralf Hart connaissait si bien les règles.

« Allons chez moi. »

Peut-être était-ce la meilleure décision, pensa-t-elle. Bien que ce fût contraire à toutes les recommandations de Milan, elle décida de faire une exception. Outre qu'elle découvrirait une fois pour toutes s'il était marié, elle connaîtrait la façon de vivre des peintres célèbres et pourrait chez elle publier un jour un article dans le journal local – ainsi, tout le monde saurait que, durant son séjour en Europe, elle avait fréquenté les milieux intellectuels et artistiques.

Quel prétexte absurde !

Une demi-heure plus tard, ils arrivaient dans un village proche de Genève du nom de Cologny ; une église, une boulangerie, un bâtiment administratif, tout était à sa place. Et il habitait bel et bien une maison à deux étages, non un appartement ! Primo : il devait vraiment posséder de l'argent. Secundo : s'il avait été marié, il n'aurait jamais osé l'inviter chez lui, à cause du qu'en-dira-t-on.

Donc, il était riche et célibataire.

Ils entrèrent dans un hall d'où un escalier menait aux étages, mais ils continuèrent tout droit, jusqu'aux deux pièces du fond qui donnaient sur un jardin. L'une, aux murs couverts de tableaux, faisait office de salle à manger. L'autre renfermait quelques sofas, des chaises, des étagères remplies de livres, des cendriers et des verres sales.

« Je peux préparer un café. »

Maria refusa d'un signe de tête. Non, il ne peut pas me traiter encore différemment. Je défie mes propres démons en enfreignant toutes mes promesses. Mais du calme ; aujourd'hui, je jouerai le rôle de la prostituée, ou de l'amie, ou de la Mère compréhensive, bien que, en mon âme, je sois une fille avide de tendresse. C'est seulement lorsque tout sera terminé que tu pourras me préparer un café.

« Au fond du jardin se trouve mon atelier, avec mon âme. Ici, entre tous ces tableaux et tous ces livres, se trouve mon cerveau, avec mes idées. »

Maria songea à son appartement. Il n'y avait pas de jardin. Ni de livres, sauf ceux qu'elle empruntait à la bibliothèque, puisqu'il était inutile de dépenser de l'argent pour quelque chose qu'elle pouvait obtenir gratuitement. Il n'y avait pas non plus de tableaux, seulement un poster du Cirque acrobatique de Shanghai dont elle rêvait de voir une représentation.

Ralf prit une bouteille de whisky et la lui tendit.

« Non, merci. »

Il se servit un verre, sans glace, et le vida d'un trait. Il se mit à parler avec brio et, si intéressante que lui parût la conversation, Maria savait que cet homme redoutait ce qui allait se passer, à présent qu'ils étaient seuls. Elle reprenait le contrôle de la situation.

Ralf se resservit puis, comme s'il disait une chose sans importance, il déclara : « J'ai besoin de toi. »

Une pause. Un long silence. Il ne cherche pas à rompre ce silence, voyons comment il poursuit.

« J'ai besoin de toi, Maria. Il y a en toi une lumière, même si tu n'as pas encore confiance en moi, si tu penses que j'essaie seulement de te séduire par ce discours. Ne me demande pas : " Pourquoi moi ? Qu'ai-je de particulier ? " Tu n'as rien de particulier, rien que je puisse

181

m'expliquer. Pourtant – voilà le mystère de la vie –, je ne peux penser à rien d'autre.

– Je n'allais pas te poser cette question, mentit-elle.

– Si je cherchais une raison, je dirais . la femme qui se tient devant moi a réussi à surmonter la souffrance et à la rendre positive, créative. Mais cela n'explique pas tout. »

Il devenait difficile de fuir.

Il reprit : « Et moi ? Avec toute ma créativité, mes tableaux que se disputent des galeries du monde entier, mon rêve réalisé, mon village dont je suis l'enfant chéri, mes femmes qui ne m'ont jamais réclamé de pension alimentaire, avec ma bonne santé et ma belle apparence, tout ce qu'un homme peut désirer... me voilà disant à une femme rencontrée dans un café et avec qui je n'ai passé qu'un après-midi : " J'ai besoin de toi. " Sais-tu ce qu'est la solitude ?

– Je sais ce que c'est.

– Mais tu ne sais pas ce que c'est d'être seul quand on a la possibilité de rencontrer du monde, que l'on reçoit chaque jour une invitation à une fête, un cocktail, une première au théâtre ; quand le téléphone ne cesse de sonner, et que ce sont des admiratrices de ta peinture qui désireraient tant dîner avec toi, des femmes belles, intelligentes, cultivées. Quelque chose te

repousse et te dit : " N'y va pas. Tu ne t'amuse-
ras pas. Une fois de plus tu passeras la nuit à
essayer de les impressionner, tu gaspilleras ton
énergie à te prouver à toi-même que tu es
capable de séduire tout le monde. " Alors, je
reste chez moi, j'entre dans mon atelier, je
cherche la lumière que j'ai vue en toi, et je ne
parviens à voir cette lumière que lorsque je travaille.

– Que puis-je te donner que tu n'aies déjà ? »
répliqua-t-elle, se sentant un peu humiliée par
cette allusion aux autres femmes, avant de se
rappeler qu'au bout du compte il avait payé
pour sa compagnie.

Il avala une troisième rasade de whisky. Maria
l'accompagna en pensée, l'alcool lui brûlant la
gorge, l'estomac, se mêlant à son flux sanguin,
l'emplissant de courage, et elle se sentit gagnée
par l'ivresse... La voix de Ralf se raffermit :
« Très bien. Je ne peux pas acheter ton amour,
mais tu m'as dit que tu connaissais tout sur le
sexe. Apprends-moi, alors. Ou bien parle-moi du
Brésil. N'importe quoi, dès l'instant où je peux
être près de toi. »

Et maintenant ?

« Je ne connais que deux villes de mon pays :
celle où je suis née et Rio de Janeiro. Quant au
sexe, je ne crois pas que je puisse t'apprendre

quoi que ce soit. J'ai presque vingt-trois ans, tu n'as que six ans de plus que moi, mais je sais que tu as vécu beaucoup plus intensément. Je rencontre des hommes qui me paient pour faire ce qu'ils veulent, non ce que je veux.

– J'ai déjà fait tout ce qu'un homme peut rêver de faire avec une, deux, trois femmes en même temps. Et je ne suis pas sûr d'avoir beaucoup appris. »

De nouveau le silence. Maintenant c'était le tour de Maria de parler. Et il ne l'aida pas, pas plus qu'elle ne l'avait aidé.

« Me veux-tu comme professionnelle ?

– Je te veux comme tu voudras. »

Non, il n'avait pas pu répondre cela, c'était tout ce qu'elle désirait entendre. De nouveau le tremblement de terre, le volcan, la tempête. Il serait bientôt impossible d'échapper à son propre piège, elle allait perdre cet homme sans l'avoir jamais vraiment eu.

« Tu sais, Maria. Apprends-moi. Peut-être que cela me sauvera, te sauvera, nous fera retrouver la vie. Tu as raison, je n'ai que six ans de plus que toi, et cependant j'ai déjà vécu l'équivalent de plusieurs vies. Nous avons eu des expériences complètement différentes, mais nous sommes tous les deux désespérés. La seule chose qui puisse nous apporter la paix, c'est être ensemble. »

Pourquoi disait-il ces mots ? Ce n'était pas possible, et pourtant c'était vrai. Ils s'étaient vus une seule fois, et ils avaient déjà besoin l'un de l'autre. Imaginez, s'ils continuaient à se rencontrer, quel désastre ce serait ! Maria était une femme intelligente, elle avait passé des mois à lire et à observer le genre humain ; certes, elle avait un but dans la vie, mais elle avait aussi une âme, une âme qui devait découvrir sa « lumière ».

Elle était lasse d'être ce qu'elle était et, bien que planifier son voyage de retour au Brésil fût un défi intéressant, elle n'avait pas encore appris tout ce qu'elle pouvait apprendre ici. Ralf Hart était un homme ayant surmonté bien des obstacles, et maintenant il demandait à cette fille, cette prostituée, cette Mère compréhensive, de le sauver. Quelle absurdité !

D'autres hommes s'étaient comportés de la même manière devant elle. Beaucoup n'avaient pas réussi à avoir une érection, d'autres voulaient être traités comme des enfants, d'autres encore prétendaient qu'ils auraient aimé l'avoir pour épouse parce qu'ils étaient excités à l'idée que leur femme ait eu de nombreux amants. Bien qu'elle n'eût encore rencontré aucun des « clients spéciaux », Maria avait découvert l'existence du gigantesque réservoir de fantasmes qui habitaient l'âme humaine. Mais aucun de ces hommes ne lui avait jamais demandé : « Emmène-moi loin d'ici. » Au contraire, ils voulaient entraîner Maria avec eux.

Même si elle s'était toujours retrouvée un peu plus fortunée et vidée de son énergie après leur départ, il n'était pas possible que ces hommes ne lui aient rien appris. Néanmoins, si certains cherchaient vraiment l'amour, et si le sexe n'était qu'une partie de cette quête, comment aurait-elle aimé être traitée ? Que devrait-il se produire d'important lors d'une première rencontre ? Qu'aimerait-elle vraiment qu'il arrivât ?

« Recevoir un cadeau », dit Maria.

Ralf Hart ne comprit pas. Un cadeau ? Il avait déjà réglé la nuit d'avance dans le taxi, parce qu'il connaissait le rituel. Que voulait-elle dire par là ?

Maria s'était brusquement rendu compte qu'elle comprenait à cette minute ce qu'une femme et un homme doivent ressentir. Elle le prit par la main et le conduisit au salon.

« Ne montons pas dans la chambre », dit-elle.

Elle éteignit toutes les lumières, ou presque, s'assit sur le tapis et le pria de s'asseoir face à elle. Elle remarqua qu'il y avait une cheminée dans la pièce.

« Fais du feu.

– Mais nous sommes en été.

– Fais du feu. Tu désires que je guide nos pas ce soir, c'est précisément ce que je suis en train de faire. »

Elle lui lança un regard ferme, espérant qu'il discernerait de nouveau sa « lumière ». Il la vit, car il sortit dans le jardin, ramassa quelques bûches mouillées par la pluie, ajouta de vieux journaux. Puis il se dirigea vers la cuisine pour aller chercher une autre bouteille de whisky, mais Maria l'arrêta.

« Tu m'as demandé ce que je voulais ?

– Non.

– Eh bien, sache que la personne qui se trouve avec toi existe. Pense à elle. Demande-toi si elle désire du whisky, du gin ou du café. Demande-lui ce qu'elle désire.

– Que veux-tu boire ?

– Du vin. Et j'aimerais que tu m'accompagnes. »

Il laissa le whisky et revint avec une bouteille de vin. A cet instant, le feu léchait déjà les bûches ; Maria éteignit les quelques lampes qui étaient restées allumées, laissant les flammes éclairer la pièce. Elle se comportait comme si elle avait toujours su que ce pas était le premier : reconnaître l'autre, savoir qu'il est là.

Elle ouvrit son sac et y trouva un stylo qu'elle avait acheté au supermarché. Tout pouvait faire l'affaire.

« C'est pour toi. Quand je l'ai acheté, je pensais en avoir besoin pour noter des idées sur la gestion agricole. Je m'en suis servie deux jours, j'ai travaillé jusqu'à ce que je sente la fatigue. Il porte un peu de ma sueur, de ma concentration, de ma volonté, et je te l'offre à présent. »

Elle déposa doucement le stylo dans sa main.

« Au lieu de t'acheter un objet que tu aimerais posséder, je te donne un objet qui m'appartient, vraiment à moi. Un cadeau. C'est un témoignage de respect envers celui qui se tient face à moi, une façon de lui faire comprendre combien il importe d'être près de lui. Il possède maintenant une petite part de moi-même, que je lui ai librement et spontanément remise. »

Ralf se leva, se dirigea vers une étagère et en rapporta un objet qu'il tendit à Maria : « Ceci est le wagon d'un train électrique que j'avais quand j'étais enfant. Je n'étais pas autorisé à jouer tout seul avec, mon père prétendait qu'il était importé des Etats-Unis et coûtait très cher. Alors, il ne me restait qu'à attendre qu'il ait envie de monter le train au beau milieu du salon – mais en général il passait ses dimanches à écouter de l'opéra. Ainsi, le train a survécu à mon enfance sans m'apporter aucune joie. J'ai rangé au grenier tous les rails, la locomotive, les maisons, et même le manuel ; parce que j'avais un train qui n'était pas à moi, avec lequel je ne jouais pas. Si seulement il avait été abîmé comme tous les autres jouets que j'ai reçus et dont je ne me souviens pas ! Cette passion de détruire fait partie intégrante de la manière dont un enfant découvre le monde. Mais ce train intact me rappelle toujours une part de mon enfance que je n'ai pas vécue, sous prétexte qu'il était trop précieux, ou que mon père était occupé ailleurs. Ou peut-être parce que, chaque fois qu'il montait le train, il craignait de prouver son amour pour moi. »

Maria se mit à regarder fixement les flammes dans la cheminée. Il se passait quelque chose – et ce n'était pas le vin, ni le décor accueillant. C'était la remise de cadeaux.

Ralf aussi se tourna vers le feu. Ils demeurèrent silencieux, à écouter crépiter les flammes. Ils burent du vin, comme s'il n'était pas nécessaire de parler. Ils étaient là, ensemble, à regarder dans la même direction, et rien d'autre ne comptait.

« Il y a beaucoup de trains intacts dans ma vie, dit enfin Maria. L'un d'eux est mon cœur. Moi aussi je ne jouais avec que lorsque les autres

189

avaient monté les rails, et ce n'était pas toujours le bon moment.

— Mais tu as aimé.

— Oui, j'ai aimé. J'ai beaucoup aimé. J'ai tellement aimé que, lorsque mon amour m'a demandé un cadeau, j'ai pris peur et je me suis enfuie.

— Je ne comprends pas.

— Ce n'est pas la peine. J'ai découvert une chose que j'ignorais, et je te l'apprends : le cadeau, le don d'un objet qui t'appartient. Il faut donner avant de demander quelque chose d'important. Tu as mon trésor : le stylo avec lequel j'ai écrit quelques-uns de mes rêves. J'ai ton trésor : le wagon, une part de l'enfance que tu n'as pas vécue. Je porte maintenant avec moi une partie de ton passé, et tu gardes avec toi un peu de mon présent. C'est tellement bon. »

Elle dit tout cela sans sourciller, sans s'étonner de son comportement, comme si elle avait su depuis longtemps que c'était la seule manière d'agir. Elle se leva lentement, prit sa veste au portemanteau et lui donna un baiser sur la joue. Hypnotisé par le feu, réfléchissant peut-être à son père, Ralf Hart ne manifesta à aucun moment l'intention de se lever.

« Je n'ai jamais très bien compris pourquoi je gardais ce wagon. Aujourd'hui, c'est clair : pour l'offrir un soir où le feu serait allumé dans la cheminée. A présent, cette maison est plus légère. »

Il annonça que, le lendemain, il ferait don à un orphelinat des rails, des wagons et locomotives, des pastilles qui dégageaient un panache de fumée.

« Il se peut qu'aujourd'hui ce train soit une rareté et qu'il vaille beaucoup d'argent », avertit Maria, qui le regretta aussitôt. Il ne s'agissait pas de cela, mais de se délivrer d'un sentiment encore plus cher à notre cœur.

Avant qu'elle ne se reprît à tenir des propos incongrus, elle lui donna un autre baiser sur la joue et se dirigea vers la porte. Il avait toujours les yeux fixés sur le feu et elle le pria gentiment de venir la lui ouvrir.

Ralf se leva et elle lui expliqua une étrange superstition de son pays : quand ils rendent visite à quelqu'un pour la première fois, les Brésiliens ne doivent pas ouvrir la porte eux-mêmes au moment de partir ; s'ils le faisaient, ils s'exposeraient au risque de ne jamais remettre les pieds dans cette maison.

« Je veux revenir.

– Nous ne nous sommes pas déshabillés et je ne suis pas entré en toi, je ne t'ai même pas touchée, mais nous avons fait l'amour. »

Maria rit. Il s'offrit de la raccompagner, mais elle refusa.

« J'irai te voir demain au *Copacabana*.

– Ne fais pas cela. Attends une semaine. Attendre est le plus difficile, et je veux m'y habituer ; savoir que tu es avec moi, même si tu n'es pas à côté de moi. »

Elle marcha dans le froid et l'obscurité, comme elle l'avait fait si souvent à Genève ; en temps normal, ces promenades étaient associées à la tristesse, à la solitude, à l'envie de retourner au Brésil, aux accès de mélancolie que provoquaient en elle cette langue nouvellement apprise, ses calculs financiers, ses contraintes horaires. Mais aujourd'hui, elle marchait à la rencontre d'elle-même, cette femme qui, pendant quarante minutes, était demeurée devant le feu en compagnie d'un homme, pleine de lumière, de sagesse, d'expérience, d'enchantement. Maria avait entraperçu son visage quelque temps auparavant, alors qu'elle se promenait au bord du lac et se demandait si elle devait ou non se consacrer à une existence toute neuve – cet après-midi-là, la femme avait eu un sourire attristé. Maria avait revu son visage sur une toile pliée, et maintenant elle sentait de nouveau sa présence. Elle ne prit un taxi que longtemps après, quand elle se rendit compte que cette présence magique avait disparu et l'avait laissée seule, comme toujours.

Mieux valait ne pas réfléchir à cette soirée pour ne pas abîmer son souvenir, et ne pas laisser l'anxiété supplanter le bon moment qu'elle venait de passer. Si cette autre Maria existait vraiment, elle reviendrait.

Extrait du journal de Maria rédigé la nuit où Ralf lui offrit le wagon de train électrique :

Le désir profond, le désir le plus réel, c'est celui de s'approcher de quelqu'un. A partir de là, les réactions s'expriment, l'homme et la femme entrent en jeu, mais l'attirance qui les a réunis est inexplicable. C'est le désir à l'état pur.

Quand le désir est encore en cet état de pureté, l'homme et la femme se passionnent pour l'existence, vivent chaque instant avec vénération, consciemment, attendant toujours le moment opportun pour célébrer la bénédiction prochaine.

Les gens qui connaissent cela ne sont pas pressés, ils ne précipitent pas les événements par des actes inconsidérés. Ils savent que l'inévitable se manifestera, que la vérité trouve toujours le moyen de se montrer. Ils n'hésitent pas, ne perdent pas une occasion, ne laissent passer aucun instant magique, parce qu'ils respectent l'importance de chaque seconde.

Les jours suivants, Maria découvrit qu'elle était de nouveau prisonnière du piège qu'elle avait tant évité. Elle ne se sentait pour autant ni triste, ni inquiète. Au contraire, puisqu'elle n'avait plus rien à perdre, elle était libre.

Aussi romantique que fût la situation, elle savait qu'un jour Ralf Hart comprendrait qu'elle n'était qu'une prostituée, et lui un artiste respecté ; qu'elle venait d'un pays toujours en crise, situé à l'autre bout du monde, tandis que lui habitait un paradis, où la vie du moindre citoyen était organisée et protégée depuis sa naissance. Il avait fréquenté les meilleurs collèges, visité les plus grands musées de la planète, alors qu'elle avait à peine terminé ses études secondaires. Enfin, des rêves comme celui-là ne durent pas, et Maria avait assez vécu pour s'apercevoir que la réalité n'était pas en accord avec ses rêves. Voilà quelle était maintenant sa plus grande joie : dire à la réalité qu'elle n'avait pas besoin d'elle, que son bonheur ne dépendait pas des événements qui se produisaient.

« Mon Dieu, comme je suis romantique. »

Au cours de la semaine, elle se demanda ce qui pourrait rendre Ralf Hart heureux : il lui avait rendu une dignité et une « lumière » qu'elle croyait perdues à tout jamais, mais la seule manière qu'elle avait de le rétribuer, c'était le sexe, qu'il considérait comme la spécialité de Maria. Cependant, comme la routine du *Copacabana* ne déviait pas d'un pouce, elle décida de s'enquérir d'autres sources d'information.

Elle alla voir quelques films pornographiques et là non plus ne découvrit rien d'intéressant – excepté, peut-être, certaines variantes relatives au nombre des partenaires. Les films ne lui étant pas d'un grand secours, pour la première fois depuis son arrivée à Genève elle se résolut à acheter des livres, bien qu'elle trouvât toujours plus pratique de ne pas encombrer son appartement avec des ouvrages qui, une fois lus, ne lui seraient plus d'aucune utilité. Elle se rendit dans une librairie qu'elle avait remarquée lors de sa promenade avec Ralf sur le chemin de Saint-Jacques, et elle demanda à consulter des titres sur ce thème.

« Il y en a énormément, répondit la libraire. En vérité, on dirait que les gens ne s'intéressent qu'à ça. En plus du rayon spécialisé, dans tous les romans que vous voyez là il existe au moins une scène de sexe. Même si c'est dissimulé derrière de touchantes histoires d'amour ou des traités arides sur le comportement humain, le fait est que les gens ne pensent qu'à ça. »

Maria, avec toute son expérience, savait que la jeune femme se trompait : on veut toujours croire que le monde entier ne pense qu'au sexe. Les gens font des régimes, portent des perruques, passent des heures chez le coiffeur ou dans les gymnases, revêtent des tenues provocantes afin de faire naître l'étincelle désirée. Et après ? Quand arrive l'heure de passer à l'acte, onze minutes, et puis voilà. Aucune inventivité, rien qui puisse conduire au septième ciel ; en un rien de temps, l'étincelle n'est plus assez forte pour garder le feu allumé.

Inutile de discuter avec la jeune fille blonde pour qui le monde peut s'expliquer dans les livres. Maria demanda à voir le rayon spécialisé, et là elle trouva plusieurs titres sur les gays, les lesbiennes, les nonnes — révélant des histoires scabreuses sur l'Eglise —, des ouvrages illustrés sur des techniques orientales. Un seul volume l'intéressa : *Le Sexe sacré*. Au moins devait-il être différent.

Elle l'acheta, rentra chez elle, régla la radio sur une station diffusant une musique propice à la réflexion, ouvrit le livre et remarqua diverses illustrations de postures que seul un contorsionniste de cirque aurait pu adopter. Le texte était ennuyeux.

Maria avait suffisamment appris pour savoir que tout ne dépend pas de la position dans laquelle on fait l'amour, et que dans la plupart des cas une variation survient de manière spontanée, inconsciente, comme les pas d'une danse. Toutefois, elle s'efforça de se concentrer sur ce qu'elle lisait.

Deux heures plus tard, elle prit conscience de deux choses. La première, qu'il lui fallait dîner bientôt, car elle devait retourner travailler au *Copacabana*. La seconde, que l'auteur de ce livre ne comprenait strictement RIEN au sujet. Beaucoup de théorie, de références orientales, des rituels superflus, des suggestions saugrenues. On voyait qu'il avait médité dans l'Himalaya (il fallait qu'elle se renseigne pour savoir où ça se trouvait) et suivi des cours de yoga (elle en avait entendu parler), beaucoup lu sur la question car il citait maints auteurs, mais il ignorait l'essentiel. Le sexe n'est pas une affaire de théorie, d'encens qui brûle, de points de contact, de courbettes et autres salamalecs. Comment cet individu (en vérité, une femme) osait-il écrire sur un chapitre que même Maria, qui travaillait pourtant dans ce domaine, connaissait mal? Peut-être était-ce la faute de l'Himalaya, ou du besoin de compliquer un sujet dont la beauté réside dans la simplicité et la passion. Si cette femme avait été capable de publier un ouvrage aussi stupide, Maria pouvait sérieusement penser à son propre livre intitulé *Onze minutes* : sans cynisme ni hypocrisie, il se contenterait de raconter son histoire, rien de plus.

Mais elle n'avait ni le temps ni le goût d'y songer; elle devait concentrer toute son énergie à rendre Ralf Hart heureux, et apprendre comment on gère une ferme.

Journal de Maria, peu après qu'elle eut laissé de côté le livre ennuyeux :

J'ai rencontré un homme, et je me suis éprise de lui. Je me suis permis de tomber amoureuse pour la simple raison que je n'attends rien. Je sais que dans trois mois je serai loin, qu'il ne sera plus qu'un souvenir, mais je ne pouvais plus supporter de vivre sans amour; j'avais atteint ma limite.

J'écris une histoire pour Ralf Hart, c'est ainsi qu'il s'appelle. Je ne sais pas s'il reviendra dans la boîte de nuit où je travaille mais, pour la première fois de ma vie, cela ne fait aucune différence. Il me suffit de l'aimer, d'être avec lui en pensée, et que ses pas, ses mots, sa tendresse donnent des couleurs à cette ville si belle. Quand je quitterai ce pays, il aura un visage, un nom, j'emporterai le souvenir d'un feu de cheminée.

201

Tout ce que j'ai vécu d'autre ici, toutes les expériences difficiles par lesquelles je suis passée ne seront rien en comparaison.

J'aimerais pouvoir faire pour lui ce qu'il a fait pour moi. J'ai beaucoup réfléchi et j'ai découvert que je n'étais pas entrée dans ce café par hasard ; les rencontres les plus importantes ont été préparées par les âmes avant même que les corps ne se voient.

En général, ces rencontres ont lieu lorsque nous atteignons une limite, que nous avons besoin de mourir et de renaître émotionnellement. Les rencontres nous attendent, mais la plupart du temps nous les empêchons d'avoir lieu. Cependant, si nous sommes désespérés, si nous n'avons plus rien à perdre, ou si nous sommes enthousiasmés par la vie, alors l'inconnu se manifeste et notre univers change de cours.

Tout le monde sait aimer, c'est inné. Quelques-uns le pratiquent naturellement, mais la plupart doivent réapprendre, se rappeler comment on aime, et tous sans exception doivent brûler dans le feu de leurs émotions passées, revivre des joies et des douleurs, des chutes et des rétablissements, jusqu'à ce qu'ils parviennent à distinguer le fil directeur qui existe derrière chaque nouvelle rencontre.

Alors, les corps apprennent à parler le langage de l'âme : cela s'appelle le sexe, c'est cela que je peux donner à l'homme qui m'a rendu mon âme, même s'il ignore totalement à quel point il compte dans ma vie. C'est cela qu'il m'a demandé, et il l'aura ; je veux qu'il soit heureux.

La vie est parfois très avare : on passe des jours, des semaines, des mois et des années sans rien ressentir de nouveau. Puis, une fois que l'on ouvre une porte – et ce fut le cas de Maria avec Ralf Hart –, une véritable avalanche se précipite dans l'espace ainsi ouvert. A un moment vous n'avez rien, à l'instant suivant vous avez plus que vous n'en pouvez accepter.

Deux heures après avoir rédigé son journal, lorsque Maria arriva au *Copacabana*, Milan, le patron, vint la trouver : « Alors, tu es sortie avec ce peintre ? »

Il devait être connu dans la maison, elle l'avait compris quand il avait réglé le tarif pour trois clients sans avoir eu besoin de s'enquérir du montant. Maria fit seulement « oui » de la tête, cherchant à créer un certain mystère. Mais Milan n'y accorda pas la moindre importance, car il connaissait cette vie mieux qu'elle.

« Tu es peut-être prête pour une prochaine étape. Il y a un " client spécial " qui te réclame toujours. Je dis que tu n'as pas d'expérience, et il me fait confiance. Peut-être que maintenant il est temps d'essayer. »

Un « client spécial » ?

« Quel rapport avec le peintre ?

— Lui aussi c'est un " client spécial ". »

Alors, tout ce qu'elle avait fait avec Ralf, une de ses collègues l'avait fait aussi ? Maria se mordit la lèvre et garda le silence – elle avait passé une belle semaine, impossible d'oublier ce qu'elle avait écrit.

« Dois-je faire la même chose qu'avec lui ?

— Je ne sais pas ce que vous avez fait, mais aujourd'hui, si quelqu'un t'offre à boire, n'accepte pas. Les clients spéciaux paient davantage, tu ne le regretteras pas. »

La soirée débuta comme d'habitude. Les Thaïlandaises s'asseyaient ensemble, les Colombiennes affichaient un air blasé, les trois Brésiliennes (elle incluse) feignaient la distraction, comme si rien de tout cela n'était nouveau ni intéressant. Il y avait une Autrichienne, deux Allemandes, le reste de la distribution étant constitué par des femmes d'Europe de l'Est, toutes grandes aux yeux clairs, jolies, qui finissaient par se marier plus vite que les autres.

Des hommes entrèrent – des Russes, des Suisses, des Allemands, toujours des cadres supérieurs surmenés, capables de s'offrir les services des prostituées les plus chères de l'une des villes les plus chères du monde. Certains se dirigèrent vers la table de Maria, mais elle jetait un coup d'œil à Milan qui lui faisait signe de refuser à chaque fois. Elle était contente : elle n'aurait pas à écarter les jambes ce soir, à supporter les odeurs, à prendre des douches dans des salles de bains mal chauffées. Tout ce qu'elle devrait faire, c'était apprendre à un homme fatigué du sexe comment faire l'amour. Et, à bien y réfléchir, n'importe quelle femme n'aurait pas sa créativité pour inventer l'histoire du présent.

En même temps elle se demandait : « Pourquoi donc, après avoir tout expérimenté, veulent-ils retourner au commencement ? » Enfin, ce n'était pas son affaire... Du moment qu'ils payaient bien, elle était à leur disposition.

Un homme qui paraissait plus jeune que Ralf Hart entra : beau, des cheveux noirs, une dentition parfaite, et un costume à la chinoise – sans cravate, un simple col montant par-dessus une chemise blanche impeccable. Il se dirigea vers le bar. Milan et lui regardèrent Maria, et le client s'approcha d'elle : « Veux-tu boire quelque chose ? »

Milan hocha la tête, et Maria invita l'homme à s'asseoir à sa table. Elle commanda un cocktail de fruits, et elle attendait l'invitation à danser, quand il se présenta : « Je m'appelle Terence, je travaille dans une maison de disques en Angleterre. Comme je sais que je me trouve dans un endroit où je peux faire confiance aux gens, je pense que cela restera entre nous. »

Maria allait se mettre à lui parler du Brésil quand il l'interrompit :

« Milan m'a dit que tu savais ce que je veux.

— Je ne sais pas ce que tu veux. Mais je sais ce que je fais. »

Le rituel ne fut pas accompli ; il régla l'addition, la prit par le bras. Ils montèrent dans un taxi, et il lui tendit mille francs. Un instant, elle pensa à l'Arabe qu'elle avait accompagné dans ce restaurant décoré de tableaux célèbres. C'était la deuxième fois qu'elle recevait une telle somme et, au lieu de la satisfaire, cela la rendit nerveuse.

Le taxi s'arrêta devant l'un des hôtels les plus luxueux de la ville. L'homme salua le portier, montrant ainsi que l'endroit lui était familier. Ils montèrent directement dans la chambre, une suite avec vue sur le fleuve. Terence ouvrit une bouteille de vin, probablement très rare, et lui tendit un verre.

Pendant qu'elle buvait, Maria le regardait. Qu'est-ce qu'un homme de ce genre, riche, beau, attendait d'une prostituée ? Comme il ne parlait pas ou presque pas, elle resta silencieuse elle aussi à se demander ce qui pouvait satisfaire un « client spécial ». Elle sentit que ce n'était pas à elle de prendre l'initiative; cependant, une fois que le processus serait engagé, elle comptait bien s'y associer autant qu'il le faudrait. Après tout, ce n'était pas tous les soirs qu'elle gagnait mille francs.

« Nous avons le temps, dit Terence. Tout le temps que nous voudrons. Tu peux dormir ici, si tu le désires. »

Son malaise revint. L'homme ne paraissait pas intimidé, et il parlait d'une voix calme, différente de celle des autres clients. Il savait ce qu'il désirait; il mit une musique parfaite, au volume parfait, dans la chambre parfaite, qui donnait sur le lac d'une ville parfaite. Son costume était bien coupé, la valise, dans un coin, petite, comme s'il n'avait pas besoin de grand-chose pour voyager – ou comme s'il n'était venu à Genève que pour cette nuit.

« Je rentrerai dormir chez moi », répondit Maria.

L'homme qui lui faisait face changea soudainement. Son regard courtois prit un éclat glacial.

« Assieds-toi là », dit-il, indiquant une chaise près du secrétaire.

C'était un ordre ! Vraiment un ordre. Maria obéit et, curieusement, cela l'excita.

« Tiens-toi droite. Allons, redresse-toi, comme une femme de classe. Sinon, je vais te punir. »

Punir ! Client spécial ! En un éclair, elle comprit tout, sortit les mille francs de son sac et les posa sur le secrétaire.

« Je sais ce que tu veux, dit-elle en fixant ces yeux bleus de glace. Je ne suis pas prête. »

L'homme parut redevenir normal et vit qu'elle disait vrai.

« Bois ton vin, dit-il. Je ne te forcerai à rien. Tu peux rester un peu, ou partir si tu le désires. »

Elle se sentit rassurée.

« J'ai un emploi. Mon patron me protège et me fait confiance. Je t'en prie, ne lui dis rien. » Elle avait prononcé ces mots d'un ton qui n'avait rien d'implorant – c'était simplement la réalité.

Terence était redevenu lui-même – ni doux, ni sévère, seulement un homme qui, contrairement aux autres clients, donnait l'impression de savoir ce qu'il voulait. Il semblait sortir d'une transe, une pièce de théâtre qui n'avait même pas commencé.

Cela valait-il la peine de s'en aller ainsi, sans avoir découvert ce que signifiaient les termes « client spécial » ?

« Que veux-tu, exactement ?

— Tu le sais. De la douleur. De la souffrance. Et beaucoup de plaisir. »

« Douleur et souffrance ne se marient pas très bien avec le plaisir », pensa Maria, bien qu'elle voulût désespérément croire le contraire et rendre ainsi positives une bonne partie des expériences négatives de sa vie.

Il la prit par la main et l'emmena jusqu'à la fenêtre : on apercevait, de l'autre côté du lac, la tour d'une cathédrale – Maria se souvenait qu'elle était passée par là en compagnie de Ralf Hart sur le chemin de Saint-Jacques.

« Tu vois ce fleuve, ce lac, ces maisons, cette église ? Il y a plus de cinq cents ans, tout cela ressemblait plus ou moins à ce que c'est aujourd'hui. Sauf que la ville était complètement déserte. Une maladie inconnue s'était répandue dans toute l'Europe, et personne ne savait pourquoi tant de gens mouraient. On appela cette maladie la peste noire – une punition que Dieu avait envoyée aux hommes à cause de leurs péchés. Alors, un groupe de gens décida de se sacrifier pour l'humanité : ils offrirent ce qu'ils redoutaient le plus, la douleur physique. Ils se mirent à arpenter jour et nuit ces ponts, ces rues, en se flagellant avec des fouets ou des chaînes. Ils souffraient au nom de Dieu et célébraient Dieu par leur douleur. En peu de temps, ils découvrirent qu'ils étaient alors plus heureux que lorsqu'ils faisaient cuire le pain, cultivaient la terre, nourrissaient les animaux. La douleur n'était plus souffrance, mais plaisir de racheter l'humanité de ses péchés. La douleur devint joie, sens de la vie, plaisir. »

Ses yeux retrouvèrent le même éclat froid qu'elle y avait vu quelques minutes plus tôt. Il prit l'argent qu'elle avait posé sur le secrétaire, en retira cent cinquante francs et les glissa dans son sac.

« Ne t'en fais pas pour le patron. Voici sa commission et je promets de ne rien dire. Tu peux partir. »

Elle reprit tous les billets.

« Non ! »

C'étaient le vin, l'Arabe au restaurant, la femme au sourire attristé, l'idée qu'elle ne reviendrait jamais dans cet endroit maudit, la peur de l'amour qui se présentait sous les traits d'un homme, les lettres qu'elle envoyait à sa mère lui racontant une existence riche d'opportunités professionnelles, le garçon de son enfance qui lui avait demandé un crayon, ses combats contre elle-même, la culpabilité, la curiosité, l'argent, la

211

quête de ses propres limites, les chances et les occasions qu'elle avait laissé passer. Une autre Maria se trouvait là : elle n'offrait plus de cadeaux, elle se donnait en sacrifice.

« Ma peur est passée. Allons plus loin. Si c'est nécessaire, châtie-moi parce que je suis une rebelle. J'ai menti, j'ai trahi, je me suis mal comportée avec ceux qui m'ont protégée et aimée. »

Elle était entrée dans le jeu. Elle disait ce qu'il fallait.

« Mets-toi à genoux ! » ordonna Terence d'une voix sourde et inquiétante.

Maria obéit. Jamais elle n'avait été traitée de cette manière, elle ne savait pas si c'était bien ou mal, elle voulait seulement aller plus loin. Elle méritait d'être humiliée pour tout ce qu'elle avait fait dans sa vie. Elle entrait dans la peau d'un nouveau personnage, une femme qu'elle ne connaissait pas du tout.

« Tu seras châtiée. Parce que tu es inutile, tu ne connais pas les règles, tu ne sais rien du sexe, de la vie, de l'amour. »

Tandis qu'il parlait, Terence se dédoublait : un homme lui expliquait calmement les règles, un autre la faisait se sentir la personne la plus misérable du monde.

« Sais-tu pourquoi j'accepte cela ? Parce qu'il n'y a pas de plus grand plaisir que d'initier quelqu'un à un univers inconnu. Lui soustraire sa virginité – pas celle du corps, celle de l'âme, comprends-tu ? »

Elle comprenait.

« Aujourd'hui tu pourras poser des questions. Mais la prochaine fois, lorsque le rideau de notre théâtre s'ouvrira, la pièce commencera et on ne pourra pas l'interrompre. Si elle s'arrête, c'est que nos âmes ne se seront pas accordées. Souviens-toi : c'est une pièce de théâtre. Tu dois être ce personnage que tu n'as jamais eu le courage d'être. Peu à peu, tu découvriras que ce personnage, c'est toi-même, mais tant que tu ne t'en seras pas claire-ment rendu compte, tâche de faire semblant, d'être inventive.

– Et si je ne supporte pas la douleur ?

– Il n'y a pas de douleur, seulement une sensa-tion qui se transforme en délice, en mystère. Demander " Ne me traite pas ainsi, j'ai très mal " fait partie de la pièce. Dire " Arrête, je ne supporte plus ! " en fait également partie. Donc, pour éviter le danger... Baisse la tête, ne me regarde pas ! »

Maria, à genoux, baissa la tête et fixa le sol.

« Pour éviter que cette relation ne cause des dommages physiques graves, nous aurons deux codes. Si l'un de nous dit " jaune ", cela signifie que la violence doit être un peu réduite. S'il dit " rouge ", qu'il faut s'arrêter immédiatement.

– Tu as dit " l'un de nous " ?

– On alterne les rôles. L'un n'existe pas sans l'autre, et aucun ne saura humilier s'il n'est pas lui-même humilié. »

C'étaient des paroles terribles, venues d'un univers qu'elle ne connaissait pas, un univers d'ombre, de boue, de pourriture. Pourtant, elle avait envie d'aller plus loin – son corps tremblait de peur et d'excitation.

La main de Terence toucha sa tête avec une tendresse inattendue.

« Fin. »

Il la pria de se lever sans douceur particulière, mais sans la sèche agressivité dont il avait fait preuve auparavant. Encore tremblante, Maria enfila sa veste. Terence remarqua son état.

« Fume une cigarette avant de partir.

– Il ne s'est rien passé.

– Ce n'était pas nécessaire. Cela fera son chemin dans ton âme. La prochaine fois que nous nous rencontrerons, tu seras prête.

– Cette soirée valait-elle mille francs ? »

Il ne répondit pas. Il alluma lui aussi une cigarette, et ils terminèrent le vin, écoutèrent la musique, savourant ensemble le silence. Puis vint le moment de dire quelque chose, et Maria fut surprise de ses propres paroles :

« Je ne comprends pas pourquoi j'ai envie de marcher dans cette boue.

– Mille francs.

– Ce n'est pas cela. »

Terence paraissait ravi de sa réponse.

« Moi aussi je me suis posé cette question. Le marquis de Sade disait que les expériences les plus importantes que puisse faire un homme sont celles qui le conduisent à l'extrême. C'est ainsi que nous apprenons, parce que cela requiert tout notre courage. Un patron qui humilie un employé ou un homme qui humilie sa femme sont seulement lâches, ou se vengent de la vie. Ils n'ont jamais osé regarder au fond de leur âme. Ils n'ont pas cherché à savoir d'où vient le désir de libérer la bête sauvage, ni à comprendre que le sexe, la douleur, l'amour sont pour l'homme des expériences limites. Seul celui qui connaît ces frontières connaît la vie ; le reste n'est que passer le temps, répéter une même tâche, vieillir et mourir sans avoir vraiment su ce que l'on faisait ici-bas. »

De nouveau la rue, de nouveau le froid, de nouveau l'envie de marcher. Cet homme avait tort, il n'était pas nécessaire de connaître ses démons pour rencontrer Dieu. Elle croisa un groupe d'étudiants qui sortaient d'un bar ; ils étaient joyeux, ils avaient un peu bu, ils étaient beaux, pleins de santé, bientôt ils termineraient leurs

215

études et débuterait pour eux ce que l'on appelle la « vraie vie ». Travail, mariage, enfants, routine, amertume, vieillesse, sentiment d'une perte immense, frustrations, maladie, invalidité, dépendance, solitude, mort.

Que se passait-il ? Elle aussi cherchait la tranquillité pour vivre sa « vraie vie » ; le temps passé en Suisse à exercer un métier qu'elle n'avait jamais imaginé pratiquer auparavant n'était qu'un épisode difficile auquel tout le monde est confronté tôt ou tard. Durant cette période, elle fréquentait le *Copacabana*, sortait avec les hommes pour de l'argent, se conduisait en Petite Fille ingénue, en Femme fatale ou en Mère affectueuse, cela dépendait du client. Ce n'était qu'un travail auquel elle se consacrait avec le maximum de professionnalisme – à cause des pourboires – et le minimum d'intérêt – de peur de s'y habituer. Elle avait passé neuf mois à contrôler le monde alentour ; peu avant de rentrer chez elle, elle se découvrait capable d'aimer sans rien exiger en échange, et de souffrir sans motif. Comme si la vie avait choisi ce moyen étrange, sordide, pour lui révéler une part de ses propres mystères, sa lumière et ses ténèbres.

Journal de Maria, le soir de sa rencontre avec Terence :

Il a cité Sade, dont je n'ai jamais lu une ligne, mais j'ai déjà entendu les commentaires traditionnels sur le sadisme : on ne se connaît que lorsqu'on touche ses propres limites. Cela c'est certain. Mais c'est faux également, parce qu'il n'est pas indispensable de tout connaître de soi. L'être humain n'est pas fait uniquement pour rechercher la connaissance, mais aussi pour labourer la terre, attendre la pluie, planter son blé, récolter le grain, pétrir le pain.

Je suis deux femmes : l'une désire connaître la joie, la passion, les aventures que l'existence peut lui offrir, l'autre être esclave de la routine, de la vie de famille, des menus actes qui peuvent être planifiés et accomplis. Je suis dans le même corps la maîtresse de maison et la prostituée, l'une luttant contre l'autre.

La rencontre d'une femme avec elle-même est un jeu qui comporte des risques sérieux. Une danse divine. Quand nous nous rencontrons, nous sommes deux énergies divines, deux univers qui s'entrechoquent. S'il manque à cette rencontre la déférence nécessaire, un univers détruit l'autre.

De nouveau, le salon de Ralf Hart, le feu dans la cheminée, le vin, eux deux assis par terre, et tout ce qu'elle avait éprouvé la veille avec ce directeur de maison de disques anglais n'était plus qu'un rêve – ou un cauchemar, cela dépendait de son état d'esprit. A cet instant, elle cherchait sa raison de vivre – ou plutôt ce don de soi complètement fou par lequel on offre son cœur et ne demande rien en échange.

Elle avait beaucoup progressé en attendant ce moment. Elle avait découvert, finalement, que l'amour réel n'a rien à voir avec ce qu'elle imaginait, c'est-à-dire une chaîne d'événements provoqués par l'énergie amoureuse – la naissance de l'amour, l'engagement, le mariage, les enfants, l'attente, la vieillesse ensemble, la fin de l'attente et, à sa place, la retraite du mari, les maladies, l'impression qu'il est déjà trop tard pour vivre ensemble leurs rêves.

Elle regarda l'homme à qui elle avait décidé de se donner sans jamais lui dire ce qu'elle ressentait, parce que ses émotions n'avaient pas encore pris de forme, pas même physique. Il semblait à l'aise, comme s'il traversait une période captivante de son existence. Il souriait, racontait le voyage qu'il avait fait récemment à Munich pour rencontrer le directeur d'un grand musée.

« Il m'a demandé si le tableau sur les visages de Genève était prêt. J'ai dit que j'avais fait la connaissance de l'une des personnes que j'aimerais peindre. Une femme pleine de lumière. Mais je ne veux pas parler de moi, je veux t'embrasser. Je te désire. »

Désir. Désir ? Désir ! Voilà le point de départ de cette soirée, c'était quelque chose qu'elle connaissait à la perfection !

Par exemple : on éveille le désir en ne livrant pas tout de suite son objet.

« Alors, désire-moi. C'est ce que nous faisons en ce moment. Tu es à moins d'un mètre de moi, tu es allé dans une boîte de nuit, tu as payé pour mes services, tu sais que tu as le droit de me toucher. Mais tu n'oses pas. Regarde-moi. Regarde-moi, et pense que peut-être je ne voudrais pas que tu me regardes. Imagine ce qui est dissimulé sous mes vêtements. »

Elle portait toujours une robe noire et ne comprenait pas pourquoi les autres filles du *Copacabana* s'efforçaient d'être provocantes avec leurs décolletés et leurs couleurs agressives. Pour elle, exciter un homme, c'était s'habiller comme n'importe quelle femme qu'il pouvait rencontrer au bureau, dans le train, ou chez une amie de son épouse.

Ralf la regarda. Maria sentit qu'il la déshabillait des yeux, et elle aima être désirée de cette manière, sans contact – comme dans un restaurant ou dans une file d'attente devant un cinéma.

« Nous sommes dans une gare, reprit Maria. J'attends le train près de toi, tu ne me connais pas. Mais mes yeux rencontrent les tiens par hasard et je ne les détourne pas. Tu ne sais pas ce que je tente de dire, parce que, bien que tu sois un homme intelligent, capable de percevoir la " lumière " des êtres, tu n'es pas assez sensible pour voir ce que cette lumière éclaire. »

Elle n'avait pas oublié le « théâtre ». Elle aurait voulu effacer au plus vite de sa mémoire le visage de ce directeur artistique anglais, mais il était là, guidant son imagination.

« Je te regarde droit dans les yeux et je me demande peut-être : " Serait-ce que je l'ai déjà vu quelque part ? " ou bien je suis distraite. Ou encore je peux craindre de paraître antipathique, peut-être que tu me connais, je t'accorde le bénéfice du doute quelques secondes, avant de conclure que c'est un fait, nous nous connaissons, ou un malentendu. Mais je peux aussi vouloir la chose la plus simple du monde : rencontrer un homme. Je peux être en train de fuir un amour qui m'a fait souffrir. Je peux chercher à me venger d'une trahison récente, et être venue à la gare en quête d'un inconnu. Je peux désirer être ta prostituée pour une nuit, uniquement pour rompre la monotonie de mon existence. Je peux même être une prostituée en train de chercher du travail. »

Un silence. Maria était soudain distraite. Elle était retournée vers cet hôtel, l'humiliation – « jaune », « rouge », « de la douleur et beaucoup de plaisir ». Tout cela avait touché son âme d'une manière déplaisante.

Ralf le remarqua et s'efforça de l'entraîner de nouveau vers la gare :

« Dans cette rencontre, toi aussi tu me désires ?

– Je ne sais pas. Nous ne nous parlons pas, tu ne sais pas. »

Secondes de distraction. De toute manière, l'idée du « théâtre » l'aidait beaucoup ; le personnage authentique surgissait, éloignait toutes les fausses personnalités qui nous habitent.

« Mais le fait est que je ne détourne pas les yeux, et tu ne sais pas quoi faire. Dois-tu t'approcher ? Seras-tu repoussé ? Appellerai-je un agent ? Ou t'inviterai-je à prendre un café ?

— Je reviens de Munich », dit Ralf Hart, et le ton de sa voix était différent, comme s'ils se rencontraient vraiment pour la première fois. « J'envisage de peindre une série de toiles sur les personnalités du sexe. Les nombreux masques derrière lesquels les gens s'abritent pour ne jamais faire l'expérience d'une vraie rencontre. »

Il connaissait le « théâtre », Milan avait dit qu'il était lui aussi un « client spécial ». Une alerte retentit, mais elle avait besoin de temps pour réfléchir.

« Le directeur du musée m'a dit : " Sur quoi prétendez-vous fonder votre travail ? " J'ai répondu : " Sur des femmes qui se sentent libres de faire l'amour pour de l'argent. " Il a eu ce commentaire : " Ça n'est pas possible, ces femmes, ce sont des prostituées. " J'ai répondu : " Oui, ce sont des prostituées. Je vais étudier leur histoire et je ferai quelque chose de plus intellectuel, plus au goût des familles qui fréquentent votre musée. Tout est une question de culture, vous savez. Présenter d'une manière agréable ce que l'on a du mal à digérer. "

« Le directeur a insisté : " Mais le sexe n'est plus tabou. C'est une question tellement rebattue qu'il est difficile de mener un travail sur ce thème. " J'ai rétorqué : " Et savez-vous d'où vient le désir sexuel ? " " De l'instinct ", a dit le directeur. " Oui, de l'instinct, mais ça, tout le monde le sait. Comment réussir une belle exposition si nous n'invoquons que la science ? Je veux parler de la façon dont l'homme explique cette attirance, dont un philosophe le ferait, par exemple. " Le directeur m'a demandé de lui donner un exemple. Je lui ai dit que, lorsque je prendrais le train pour rentrer chez moi et qu'une femme me regarderait, je parlerais avec elle ; je lui dirais que, puisqu'elle est étrangère, nous serions libres de faire tout ce dont nous avons rêvé, de vivre tous nos fantasmes, et ensuite rentrer chacun chez soi, vers nos époux respectifs, sans jamais nous revoir. Et alors, dans cette gare, je te vois.

– Ton histoire est tellement intéressante qu'elle tue le désir. »

Ralf rit et l'admit. Il n'y avait plus de vin, il alla à la cuisine chercher une autre bouteille. Elle regarda le feu, sachant déjà quelle serait l'étape suivante, tout en savourant cette atmosphère accueillante, oubliant l'Anglais, se laissant aller de nouveau.

Ralf leur servit deux verres.

« Juste par curiosité, dit-elle, de quelle manière finirais-tu cette histoire avec le directeur du musée ?

– Je citerais un philosophe grec, puisque je me trouverais devant un intellectuel. Selon Platon, au début de la Création, les hommes et les femmes étaient bien différents de ce qu'ils sont de nos jours ; il y avait seulement des êtres androgynes avec un corps, un cou, et une tête à deux faces, chacune regardant dans une direction. C'était comme si deux créatures étaient collées dos à dos, avec deux sexes, quatre jambes, quatre bras.

« Mais les dieux grecs, jaloux, s'aperçurent qu'une créature à quatre bras travaillait davantage ; que deux faces opposées étaient en permanence en éveil et qu'ils ne pouvaient pas l'attaquer en traîtres ; que quatre jambes n'exigeaient pas un grand effort pour rester debout ou marcher longtemps. Et, le plus dangereux : cette créature dotée de deux sexes n'avait besoin de personne pour se reproduire. Alors, Zeus, le maître suprême de l'Olympe, dit : " J'ai un plan pour ôter leur force à ces mortels. " Et, lançant la foudre, il coupa cette créature en deux, créant l'homme et la femme. Cela accrut beaucoup la population de la terre, en même temps que cela désorienta et affaiblit ses habitants – il leur fallait maintenant chercher leur moitié perdue, l'étreindre de nouveau, et retrouver dans cette étreinte leur force de jadis, leur habileté à éviter la trahison, leur résistance à la fatigue et au travail. Cette étreinte par laquelle les deux corps se confondent de nouveau pour ne faire qu'un, nous l'appelons le sexe.

– Cette histoire est-elle vraie ?

– Oui, selon Platon. »

Maria le regardait, fascinée, et l'expérience de la veille s'était totalement effacée de son esprit. Elle voyait devant elle l'homme plein de cette « lumière » qu'il avait distinguée en elle, contant cette étrange histoire avec enthousiasme, les yeux brillants non plus de désir, mais de joie.

« Puis-je te demander une faveur ? »

Ralf répondit qu'elle pouvait lui demander n'importe quoi.

« Je voudrais que tu découvres pourquoi, lorsque les dieux ont divisé ces créatures à quatre jambes, certaines d'entre elles ont décidé que l'étreinte n'était qu'une affaire comme une autre, qui, loin de l'accroître, retire aux gens leur énergie.

– Tu veux parler de la prostitution ?

226

– C'est cela. Peux-tu découvrir quand le sexe a cessé d'être sacré ?

– Je le ferai si tu le veux, répondit Ralf. Je n'y ai jamais réfléchi et, à ma connaissance, personne ne l'a fait ; peut-être n'y a-t-il rien sur ce chapitre. »

Maria insista :

« T'est-il déjà arrivé de penser que les femmes, principalement les prostituées, sont capables d'aimer ?

– Oui. Ça m'est arrivé lorsque nous étions attablés dans le café et que j'ai vu ta lumière. Quand je t'ai proposé de boire un verre, j'ai choisi de croire à tout, y compris à la possibilité que tu me renvoies au monde que j'ai quitté depuis très longtemps. »

Il n'y avait plus de retour possible maintenant. Maria la maîtresse devait venir à son secours sur-le-champ, sinon elle allait l'embrasser, le serrer dans ses bras, le prier de ne pas la quitter.

« Retournons à la gare, dit-elle. Ou plutôt, retournons vers ce jour où nous sommes venus dans ce salon pour la première fois, et où tu as reconnu que j'existais et m'as offert un cadeau. C'était ta première tentative pour entrer dans mon âme, et tu ne savais pas si tu étais le bienvenu. Mais, comme le raconte ton histoire, les êtres humains ont été divisés et depuis ils recherchent cette étreinte qui les rassemble. C'est notre instinct. Mais aussi la raison pour laquelle nous supportons toutes les difficultés qui se présentent durant cette quête.

« Je veux que tu me regardes, et je veux, en même temps, que tu évites de me le faire remarquer. Le premier désir est important parce qu'il est caché, interdit, non consenti. Tu ne sais pas si tu te trouves devant ta moitié perdue, elle non plus, mais quelque chose vous attire – et il faut y croire. »

« D'où est-ce que je tire tout cela ? pensa-t-elle. Je tire tout cela du fond de mon cœur, parce que j'aimerais qu'il en ait toujours été ainsi. Je tire ces rêves de mon propre rêve de femme. »

Elle baissa un peu la bretelle de sa robe, de manière à laisser découverte une partie, une infime partie seulement de son sein.

« Le désir n'est pas ce que tu vois, mais ce que tu imagines. »

Ralf regardait une femme brune, vêtue d'une robe aussi sombre que sa chevelure, assise sur le sol de son salon, pleine de désirs extravagants – par exemple, un feu dans la cheminée en plein été. Oui, il voulait imaginer ce que cette robe cachait, il pouvait deviner la taille de ses seins, il savait que le soutien-gorge qu'elle portait n'était pas indispensable, bien que ce fût peut-être une obligation professionnelle. Ses seins n'étaient ni gros ni petits, ils étaient jeunes. Son regard ne livrait rien ; que faisait-elle là ? Pourquoi entretenait-il cette relation dangereuse, absurde, s'il n'avait aucune difficulté à trouver une femme ? Il était riche, jeune, célèbre, de bonne apparence. Il adorait son travail, il avait aimé les femmes qu'il avait épousées et avait été aimé d'elles. Enfin, il était quelqu'un qui, selon tous les critères, devrait crier haut et fort : « Je suis heureux. »

Mais il ne l'était pas. Alors que la majorité des humains s'entre-tuait pour un morceau de pain, un toit, un emploi qui leur permette de vivre dignement, Ralf Hart avait tout cela, ce qui le rendait plus misérable encore. Tout compte fait, peut-être y avait-il eu récemment deux, trois jours où, se réveillant, il avait regardé le soleil – ou la pluie – et s'était senti joyeux d'être en vie, simplement joyeux, sans rien désirer, sans faire aucun projet, sans rien demander en échange. Hormis ces rares jours, il s'était consumé en rêves, en frustrations et en réalisations, en désir de se surpasser, en voyages, plus qu'il n'en pouvait supporter. Il ne savait pas exactement à qui, ni quoi, mais ce qui était sûr, c'est qu'il avait passé son existence à essayer de prouver quelque chose.

Il regardait la belle femme qui se tenait devant lui, discrètement vêtue de noir, qu'il avait rencontrée par hasard bien qu'il l'eût déjà vue auparavant dans une boîte de nuit, et eût constaté qu'elle détonnait dans cet endroit. Elle lui demandait de la désirer, et il la désirait beaucoup, bien plus qu'elle ne pouvait l'imaginer – mais ce n'étaient pas ses seins ou son corps qu'il désirait, c'était sa compagnie. Il lui aurait suffi de la tenir dans ses bras en contemplant le feu en silence, buvant du vin, fumant une cigarette ou deux. La vie était faite de choses simples, il était fatigué de toutes ces années passées à chercher il ne savait quoi.

Cependant, s'il la touchait, tout serait perdu. Malgré sa « lumière », il n'était pas certain qu'elle comprît combien il était bon d'être à ses côtés. Il payait ? Oui, et il continuerait à payer jusqu'à ce qu'il puisse la conquérir, s'asseoir avec elle au bord du lac, parler d'amour – et entendre la même chose en retour. Mieux valait ne pas prendre de risque, ne pas précipiter les choses, ne rien dire.

Ralf Hart cessa de se torturer et se concentra de nouveau sur le jeu qu'ils venaient d'inventer. La femme assise en face de lui avait raison : le vin, le feu, la cigarette, la compagnie ne suffisaient pas. Il fallait un autre genre d'ivresse, une autre flamme.

Elle avait une robe à bretelles, un de ses seins était découvert, il pouvait voir sa chair, plutôt mate que blanche. Il la désira. Il la désira beaucoup.

Maria vit le changement dans les yeux de Ralf. Se savoir désirée l'excitait plus que tout. Cela n'avait rien à voir avec la recette conventionnelle – je veux faire l'amour avec toi, je veux me marier, je veux que tu aies un orgasme, je veux avoir un enfant, je veux des engagements. Non, le désir était une sensation libre, une vibration dans l'espace, une volonté qui enrichissait la vie. Et cette volonté renversait des montagnes, la faisait aller de l'avant... et rendait son sexe humide.

Le désir était la source de tout – quitter sa terre, découvrir un monde nouveau, apprendre le français, surmonter ses préjugés, rêver d'avoir une ferme, aimer sans rien demander en échange, se sentir femme dans le regard d'un homme. Avec une lenteur calculée, elle abaissa son autre bretelle, et sa robe glissa le long de son corps Ensuite, elle dégrafa son soutien-gorge. Elle resta là, le buste nu, à se demander s'il allait lui sauter dessus, la toucher, lui faire des serments d'amour, ou s'il était assez sensible pour sentir, dans le désir lui-même, le vrai plaisir du sexe.

Autour d'eux, les bruits n'existaient plus, la cheminée, les tableaux, les livres avaient disparu, remplacés par une transe dans laquelle seul existe l'obscur objet du désir, où plus rien d'autre n'a d'importance.

L'homme ne bougea pas. Au début, elle lut une certaine timidité dans ses yeux, mais cela ne dura guère. Il la regardait et, en imagination, il la caressait avec sa langue, ils faisaient l'amour, transpiraient, s'embrassaient, mêlaient tendresse et violence, criaient et gémissaient ensemble.

Mais en réalité ils ne disaient rien, ni l'un ni l'autre ne bougeaient, ce qui renforçait son excitation, parce qu'elle aussi était libre de penser ce qu'elle voulait. Elle le priait de la caresser doucement, elle écartait les jambes, se masturbait devant lui, prononçait indifféremment des mots romantiques ou vulgaires, elle avait plusieurs orgasmes, réveillait les voisins, ses cris alertaient le monde entier. Là se trouvait son homme, qui lui donnait le plaisir et la joie, avec qui elle pouvait être elle-même, évoquer ses problèmes sexuels, à qui elle pouvait dire combien elle aimerait rester avec lui le restant de la nuit, de la semaine, de la vie.

La sueur se mit à couler sur leur front. C'était le feu dans la cheminée, se disaient-ils mentalement l'un à l'autre. Mais lui comme elle avaient atteint leurs limites, usé de toute leur imagination, vécu ensemble une éternité de bons moments. Ils devaient s'arrêter, parce qu'un pas de plus et cette magie serait détruite par la réalité.

Très lentement – parce que la fin est toujours plus difficile que le début, elle rattacha son soutien-gorge et recouvrit ses seins. L'univers reprit sa place, les objets alentour réapparurent, elle releva la robe tombée sur sa taille, sourit, et doucement toucha son visage. Il lui prit la main et la serra contre sa joue, ne sachant jusqu'à quand il devait la garder là, ni avec quelle intensité il devait la retenir.

Elle eut envie de lui dire qu'elle l'aimait. Mais cela aurait tout gâché, cela pouvait l'effrayer, ou – pire – il pouvait répondre qu'il l'aimait aussi. Maria ne le voulait pas : la liberté de son amour, c'était de n'avoir rien à demander ni à attendre.

« Celui qui est capable de sentir sait que l'on peut avoir du plaisir avant même de toucher l'autre. Les mots, les regards, tout cela contient le secret de la danse. Mais le train est arrivé, chacun s'en va de son côté. J'espère t'accompagner dans ce voyage jusqu'à... jusqu'où ?

– Au retour à Genève, répondit Ralf.

– Celui qui observe et découvre la personne dont il a toujours rêvé sait que l'énergie sexuelle précède le rapport sexuel. Le plus grand plaisir n'est pas le sexe, c'est la passion avec laquelle il est pratiqué. Quand cette passion est de grande qualité, le sexe vient pour accomplir la danse, mais il n'est jamais l'essentiel.

– Tu parles d'amour comme une professionnelle. »

Maria décida de parler, parce que telle était sa défense, son moyen de se livrer sans se compromettre en rien :

« Celui qui est amoureux fait l'amour tout le temps, même quand il ne le fait pas. Lorsque les corps se rencontrent, c'est seulement la coupe qui déborde. Ils peuvent rester ensemble des heures, et même des jours. Ils peuvent se mettre à danser un jour et finir le lendemain, ou même ne pas finir, de tant de plaisir. Rien à voir avec les onze minutes.

– Quoi ?

– Je t'aime.

– Moi aussi je t'aime.

– Pardon. Je ne sais pas ce que je dis.

– Moi non plus. »

Elle se leva, lui donna un baiser, et sortit.

Journal de Maria, le lendemain matin :

Hier soir, quand Ralf Hart m'a regardée, il a ouvert une porte, comme un voleur. Mais, en partant, il n'a rien emporté de moi ; au contraire, il a laissé un parfum de roses – ce n'était pas un voleur, mais un fiancé qui me rendait visite.

Chaque être humain vit son propre désir : cela fait partie de son trésor, et bien que ce soit une émotion susceptible d'éloigner l'autre, en général il rapproche de l'être aimé. C'est une émotion que mon âme a choisie, si intense qu'elle peut se propager à tout mon entourage.

Chaque jour je choisis la vérité avec laquelle je veux vivre. J'essaie d'être pratique, efficace, professionnelle. Mais j'aimerais pouvoir prendre, toujours, le désir pour compagnon. Non par obligation, ni pour atténuer la solitude de ma vie, mais parce que c'est bon. Oui, c'est très bon.

Trente-huit femmes en moyenne fréquentaient régulièrement le *Copacabana*, bien que seule Nyah, la Philippine, pût être considérée par Maria comme une amie ou presque. La durée moyenne de leur passage dans la boîte était au minimum de six mois, au maximum de trois ans – soit parce qu'elles recevaient rapidement une demande en mariage ou une invitation à devenir maîtresse attitrée, soit parce qu'elles n'attiraient plus l'attention des clients et Milan les priait alors délicatement de se chercher un autre lieu de travail.

Il était donc important de respecter la clientèle de chacune et de ne jamais chercher à séduire les hommes qui allaient directement vers une fille déterminée. Outre que c'était malhonnête, cela pouvait devenir dangereux ; la semaine précédente, une Colombienne avait sorti de son sac une lame de rasoir, l'avait posée au-dessus du verre d'une Yougoslave et avait prévenu cette dernière d'une voix tranquille qu'elle la défigurerait si elle persistait à accepter l'invitation d'un certain directeur de banque, un client régulier. La Yougoslave affirmait que l'homme était libre et que, s'il l'avait choisie, elle ne pouvait refuser.

Ce soir-là, l'homme entra, salua la Colombienne et se dirigea vers la table où se trouvait l'autre fille. Ils prirent une consommation, dansèrent et – Maria pensa que c'était une provocation de trop – la Yougoslave lança un clin d'œil à la Colombienne comme pour lui dire : « Tu vois ? Il m'a choisie ! »

Mais ce clin d'œil contenait de nombreux nondits : il m'a choisie parce que je suis plus belle que toi, parce que je suis allée avec lui la semaine dernière et qu'il a aimé, parce que je suis jeune. La Colombienne garda le silence. Quand la Serbe revint, deux heures plus tard, elle s'assit à côté d'elle, sortit la lame de rasoir de son sac et lui taillada le visage près de l'oreille : rien de profond, rien de dangereux, juste assez pour laisser une cicatrice qui lui rappellerait toujours cette nuit-là. Les deux filles se prirent à bras-le-corps, le sang se répandit, et les clients sortirent, effrayés.

237

Lorsque la police arriva, la Yougoslave déclara qu'elle s'était coupé le visage sur un verre tombé d'une étagère (il n'y avait pas d'étagères au *Copacabana*). C'était la loi du silence, ou l'« omerta », comme se plaisaient à le dire les prostituées italiennes : tout ce qui devait se résoudre rue de Berne, de l'amour à la mort, trouvait une solution – mais sans l'intervention de la loi. Ici, on faisait soi-même la loi.

Les policiers connaissaient l'omerta. Ils constatèrent que la femme mentait, mais n'insistèrent pas – cela aurait coûté trop cher au contribuable suisse s'ils avaient décidé de l'arrêter, de lui faire un procès, et de la nourrir pendant sa détention. Milan les remercia pour la rapidité de leur intervention, tout cela n'était qu'un malentendu, ou la machination d'un concurrent.

Les policiers une fois dehors, il pria les deux filles de ne plus revenir travailler dans son bar. Après tout, le *Copacabana* était un établissement familial (une affirmation dont Maria avait du mal à comprendre le sens) et il avait une réputation à défendre (ce qui l'intriguait davantage encore). Ici, il n'y avait pas de querelles, et la première règle était de respecter le client. La seconde était la discrétion absolue, « comme pour une banque suisse », affirmait-il. Surtout, on pouvait faire confiance aux clients, aussi rigoureusement sélectionnés que ceux d'une banque en fonction de leur compte courant, mais aussi des garanties qu'ils apportaient d'existence respectable et de bonnes mœurs.

Quelquefois, il y avait une équivoque, rarement des cas de refus de paiement, d'agression ou de menaces à l'encontre des filles. Depuis des années qu'il avait créé et développé le *Copacabana*, Milan savait reconnaître qui devait ou non fréquenter la maison. Aucune des femmes ne savait exactement quels étaient ses critères, mais plus d'une fois, elles l'avaient vu informer un homme bien habillé que la boîte était pleine ce soir-là (bien qu'elle fût vide) et qu'elle le serait les soirs suivants (en d'autres termes : inutile de revenir, je vous prie). Elles avaient vu aussi des hommes en tenue de sport, mal rasés, que Milan invitait avec enthousiasme à boire une coupe de champagne. Le patron du *Copacabana* ne jugeait pas sur les apparences, et il ne se trompait jamais.

Dans une bonne relation commerciale, chacune des parties doit être satisfaite. Pour la plupart, les clients étaient mariés ou occupaient un poste important dans une entreprise. Certaines des femmes qui travaillaient là étaient aussi mariées, avaient des enfants et fréquentaient les réunions de parents d'élèves, sachant qu'elles ne couraient aucun risque : si un père de famille se présentait au *Copacabana*, il serait compromis à son tour et obligé de garder le silence. Ainsi fonctionnait l'omerta.

Il existait une certaine camaraderie, mais il n'y avait pas d'amitié ; personne ne s'étendait sur sa vie personnelle. Lors des rares conversations qu'elle avait eues, Maria n'avait découvert chez ses compagnes ni amertume, ni culpabilité, ni tristesse, seulement une sorte de résignation. Et aussi un étrange regard de défi, comme si elles étaient fières d'elles-mêmes, affrontaient le monde, indépendantes et confiantes. Au bout d'une semaine, toute nouvelle venue était considérée comme une « professionnelle » et recevait pour instructions de défendre le mariage (une prostituée ne peut être une menace pour la stabilité d'un foyer), de ne jamais accepter de rendez-vous en dehors des horaires de travail, d'écouter les confidences sans donner son avis, de gémir au moment de l'orgasme, de saluer les policiers dans la rue, d'avoir une carte de travail à jour et des examens de santé en règle, et enfin de ne pas trop se poser de questions sur les aspects moraux ou légaux de la profession ; elles étaient ce qu'elles étaient, point final.

Avant que la soirée ne s'anime, on voyait toujours Maria avec un livre et bientôt elle fut connue comme l'« intellectuelle » du groupe. Au début, les autres voulaient savoir si elle lisait des histoires d'amour, mais comme il s'agissait de sujets arides et inintéressants – l'économie, la psychologie et, récemment, la gestion agricole –, elles la laissèrent poursuivre tranquillement ses recherches et ses annotations.

Parce qu'elle avait de nombreux clients réguliers et qu'elle allait au *Copacabana* tous les jours, même les soirs de faible affluence, Maria gagna la confiance de Milan et s'attira l'envie de ses compagnes ; elles disaient entre elles que la Brésilienne était ambitieuse, arrogante, et ne pensait qu'à gagner de l'argent. Ce dernier point n'était pas tout à fait faux, bien qu'elle eût envie de leur demander si elles n'étaient pas là pour la même raison.

De toute manière, les commérages ne tuent pas, ils sont la rançon de la réussite. Mieux valait les ignorer et se concentrer sur ses deux objectifs : retourner au Brésil à la date fixée et acheter une ferme.

Ralf Hart occupait désormais ses pensées du matin au soir. Pour la première fois, elle était capable de se réjouir d'un amour absent – elle regrettait un peu toutefois de s'être fait cet aveu, prenant le risque de tout perdre. Mais qu'avait-elle à perdre, si elle ne demandait rien en échange ? Elle se rappela comme son cœur avait battu plus vite quand Milan avait signalé qu'il était – ou avait été – un « client spécial ». Qu'est-ce que cela signifiait ? Elle se sentit trahie, jalouse.

Même si la vie avait appris à Maria qu'il est vain de croire que l'on puisse posséder quelqu'un – celui qui le pense veut se tromper lui-même –, la jalousie était bien naturelle. On ne parvient jamais à réprimer un tel sentiment, quelles que soient les grandes théories que l'on peut avoir sur la question, ou la conviction que c'est une preuve de fragilité.

L'amour le plus fort est celui qui peut démontrer sa fragilité. De toute manière, si mon amour est vrai (et pas seulement un moyen de me distraire, de me tromper, de passer le temps qui s'étire à l'infini dans cette ville), la liberté vaincra la jalousie et la douleur qu'elle provoque – puisque la douleur fait aussi partie d'un processus naturel. Celui qui pratique le sport le sait : s'il veut atteindre ses objectifs, il doit être prêt à supporter une dose quotidienne de douleur ou de malaise. Au début, l'inconfort est démotivant, puis, avec le temps, on comprend qu'il est une étape dans le développement du bien-être, et vient le moment où, sans la douleur, on a la sensation que l'exercice ne produit pas l'effet désiré.

Ce qui est dangereux, c'est de se focaliser sur cette douleur, de lui donner un nom, de la garder toujours présente à l'esprit; de cela, grâce à Dieu, Maria avait réussi à se libérer.

Pourtant, elle se surprenait parfois à se demander où était Ralf, pourquoi il ne venait pas la chercher, s'il l'avait trouvée stupide avec cette histoire de gare et de désir réprimé, s'il avait fui à tout jamais parce qu'elle lui avait avoué son amour. Pour empêcher que des sentiments si beaux ne se transforment en souffrance, elle développa une méthode : quand un souvenir positif concernant Ralf Hart lui venait à l'esprit – le feu dans la cheminée et le vin, une idée dont elle aurait aimé discuter avec lui, ou simplement la délicieuse envie de savoir quand il reviendrait –, Maria interrompait ce qu'elle était en train de faire, souriait au ciel, et remerciait d'être en vie et de ne rien attendre de l'homme qu'elle aimait.

A l'inverse, si son cœur commençait à se plaindre de son absence ou des sottises qu'elle avait proférées quand ils étaient ensemble, elle se disait : « Ah ! C'est à cela que tu veux penser ? Très bien, à ta guise, moi je me consacre à des choses plus importantes. » Elle continuait à lire, ou, si elle était dans la rue, elle prêtait toute son attention à ce qui l'entourait : les couleurs, les gens, les sons – surtout les sons, le bruit de ses pas, celui des voitures, le froissement des pages qu'elle tournait, des bribes de conversations –, et la pensée négative finissait par disparaître. Si elle resurgissait cinq minutes après, Maria répétait le processus jusqu'à ce que ces souvenirs, tout à la fois acceptés et gentiment repoussés, s'éloignent pour une durée considérable.

L'une de ces « pensées négatives » était l'hypothèse de ne jamais revoir Ralf. Avec un peu de pratique et beaucoup de patience, Maria parvint à la transformer en une « pensée positive » : après son départ, Genève serait pour elle un visage, celui d'un homme aux cheveux très longs, à la coupe démodée, au sourire enfantin, à la voix grave. Si, des années plus tard, quelqu'un lui demandait comment était l'endroit qu'elle avait connu dans sa jeunesse, elle pourrait répondre : « Beau, capable d'aimer et d'être aimé. »

Journal de Maria, un jour de faible animation au *Copacabana* :

A force de fréquenter les gens qui viennent ici, j'en arrive à la conclusion que l'on se sert du sexe comme de n'importe quelle autre drogue : pour fuir la réalité, oublier ses difficultés, se détendre. Comme toutes les drogues, c'est une pratique nocive et destructrice.

Si quelqu'un veut se droguer, que ce soit au sexe ou à toute autre substance, libre à lui; les conséquences de ses actes seront plus ou moins heureuses selon les choix qu'il aura faits. Mais, quand il est question d'avancer dans la vie, il y a un fossé entre ce qui est « assez bon » et ce qui est franchement « meilleur ».

Contrairement à ce que pensent mes clients, le sexe ne se pratique pas n'importe quand. Il existe en chacun de nous une horloge intérieure

245

et, pour que deux personnes fassent l'amour, il est nécessaire que leurs aiguilles marquent la même heure au même moment. Ça n'arrive pas tous les jours. Celui qui aime ne dépend pas de l'acte sexuel pour se sentir bien. Deux personnes qui s'aiment et sont ensemble doivent régler leurs aiguilles patiemment et avec persévérance, grâce à des jeux et des représentations « théâtrales », puis comprendre que faire l'amour est bien plus qu'une rencontre : c'est une « étreinte » des parties génitales.

Tout est important. Un être qui vit intensément jouit tout le temps, le sexe ne lui manque pas. S'il a un rapport sexuel, c'est parce qu'il y a profusion, que son verre est tellement plein qu'il déborde, que c'est inévitable, qu'il accepte l'appel de la vie, qu'à ce moment, à ce moment seulement, il parvient à perdre le contrôle.

P.S. Je viens de relire ce que j'ai écrit : Dieu du ciel, comme je deviens intellectuelle !

Peu après que Maria eut écrit ces mots, et tandis qu'elle se préparait à vivre une nouvelle soirée en Mère affectueuse ou en Petite Fille ingénue, la porte du *Copacabana* s'ouvrit et Terence entra.

Milan, derrière le bar, parut satisfait : la petite ne l'avait pas déçu. Maria se rappela à l'instant même ces mots qui signifiaient tant de choses et dont le sens était pour elle obscur : « Douleur, souffrance, et beaucoup de plaisir. »

« Je suis venu de Londres spécialement pour te voir. J'ai beaucoup pensé à toi. »

Elle sourit et s'efforça de faire en sorte que son sourire ne fût pas un encouragement. Cette fois non plus, il ne suivit pas le rituel, il ne l'invita ni à boire ni à danser, il s'assit simplement.

« Quand le professeur fait découvrir quelque chose à un élève, lui aussi fait une découverte.

– Je sais de quoi tu parles », répondit Maria, qui pensait à Ralf Hart tout en se sentant irritée de ce souvenir : elle se tenait devant un client, elle devait le respecter et faire son possible pour le contenter.

« Veux-tu aller plus loin ? »

Mille francs. Un univers caché. Le patron qui la regardait. La certitude qu'elle pourrait s'arrêter quand elle le voudrait. La date fixée pour le retour au Brésil. Un autre homme, qui ne se manifestait pas.

« Tu es pressé ? » demanda Maria.

Il répondit que non. Alors, que voulait-elle ?

« Je veux mon verre, ma danse, du respect pour ma profession. »

Il hésita quelques minutes, mais dominer et être dominé faisaient partie de la représentation. Il paya la consommation, dansa, appela un taxi, lui remit l'argent pendant qu'ils traversaient la ville, et ils se rendirent au même hôtel que la fois précédente. Ils entrèrent. Il salua le portier italien comme le soir où ils avaient fait connaissance, et ils montèrent dans la même chambre, avec vue sur le fleuve.

Terence frotta une allumette, et alors seulement Maria se rendit compte que d'innombrables bougies parsemaient la pièce. Il commença à les allumer.

« Que veux-tu savoir ? Pourquoi je suis ainsi ? Pourquoi, si je ne m'abuse, tu as adoré la soirée que nous avons passée ensemble ? Tu veux savoir pourquoi toi aussi tu es ainsi ?

– Au Brésil il existe une superstition : on ne doit pas allumer plus de trois bougies avec la même allumette. Et tu ne t'y plies pas. »

Il ignora la remarque.

« Tu es comme moi. Tu ne viens pas ici pour les mille francs, mais à cause d'un sentiment de culpabilité, de dépendance, à cause de tes complexes et de ton manque d'assurance. Ce n'est ni bien ni mal, c'est la nature humaine. »

Il saisit la télécommande de la télévision et changea plusieurs fois de chaîne avant de s'arrêter sur un journal d'information qui montrait des réfugiés en fuite.

« Tu vois ces images ? Tu as déjà vu ces émissions où les gens viennent étaler leurs problèmes personnels devant tout le monde ? Tu es déjà allée jusqu'au kiosque lire les manchettes de journaux ? Tout le monde se réjouit de la souffrance et de la douleur. Sadisme quand on regarde, masochisme quand on conclut qu'on n'a nul besoin de savoir tout ça pour être heureux, mais qu'on assiste néanmoins à la tragédie d'autrui et parfois qu'on en souffre. »

Il servit deux coupes de champagne, éteignit la télévision et se remit à allumer les bougies, sans tenir compte de la superstition dont l'avait averti Maria.

« Je le répète : c'est la condition humaine. Depuis que nous avons été expulsés du paradis, ou bien nous souffrons, ou bien nous faisons souffrir et contemplons la souffrance des autres. Nous n'y pouvons rien. »

Ils entendirent le tonnerre gronder, un gigantesque orage approchait.

« Mais je n'y arrive pas, dit Maria. Il me semble ridicule de penser que tu es mon maître et moi, ton esclave. Nous n'avons besoin d'aucun " théâtre " pour rencontrer la souffrance ; la vie nous offre déjà trop d'occasions de souffrir. »

Toutes les bougies étaient allumées. Terence en prit une, la plaça au centre de la table, servit de nouveau champagne et caviar. Maria buvait vite tout en songeant aux mille francs dans son sac, à l'inconnu qui la fascinait et l'intimidait tout à la fois, à la meilleure manière de contrôler sa peur. Elle savait qu'avec cet homme une soirée n'était jamais semblable à la précédente, et elle ne pouvait pas le menacer.

« Assieds-toi. »

La voix était alternativement douce et autoritaire. Maria obéit, et une vague de chaleur parcourut son corps ; cet ordre lui était familier, elle se sentit plus assurée. « Théâtre. Je dois entrer dans la pièce de théâtre. »

Il était bon d'être commandée. Elle ne devait pas penser, seulement obéir. Elle réclama encore du champagne, il lui apporta de la vodka ; cela montait plus vite à la tête, libérait plus facilement des inhibitions, s'accordait mieux avec le caviar.

Il ouvrit la bouteille, Maria but pratiquement seule. Le tonnerre grondait toujours. Tout concourait à la perfection du moment, comme si l'énergie des cieux et de la terre révélait elle aussi sa violence.

Terence prit alors dans l'armoire une petite mallette, qu'il posa sur le lit.

« Ne bouge pas. »

Maria obéit. Il l'ouvrit et en sortit deux paires de menottes en métal chromé.

« Assieds-toi jambes écartées. »

Elle obtempéra, volontairement impuissante, soumise parce qu'elle le désirait. Elle vit qu'il regardait entre ses jambes, pouvait voir sa culotte noire, ses bas, ses cuisses, imaginer ses poils, son sexe.

« Debout ! »

Elle bondit de la chaise. Son corps eut du mal à se tenir en équilibre, et elle constata qu'elle était plus ivre qu'elle ne le pensait.

« Ne me regarde pas. Baisse la tête, respecte ton maître ! »

Avant de s'exécuter, elle entraperçut un fouet très fin sortir de la mallette et claquer dans l'air, comme doté d'une vie propre.

« Bois. Garde la tête baissée, mais bois. »

Elle avala encore un, deux, trois verres de vodka. Maintenant ce n'était plus un théâtre, mais la réalité : c'était plus fort qu'elle. Elle se sentait un objet, un simple instrument, et aussi incroyable que ce fût, cette soumission lui donnait la sensation d'une totale liberté. Elle n'était plus la maîtresse, celle qui enseigne, console, écoute les confessions, excite : elle n'était que la petite fille de l'intérieur du Brésil devant le gigantesque pouvoir de l'homme.

« Retire tes vêtements. »

Ce fut un ordre sec, sans désir – et cependant extrêmement érotique. Toujours tête baissée en signe de déférence, Maria dégrafa sa robe et la laissa glisser jusqu'au sol.

« Sais-tu que tu ne te comportes pas bien ? »

De nouveau le fouet claqua.

« Tu dois être châtiée. Une fille de ton âge, comment oses-tu me contrarier ? Tu devrais être à genoux devant moi ! »

Elle s'apprêta à s'agenouiller, mais le fouet l'interrompit ; pour la première fois, il frappait

252

sa chair – sur les fesses. Cela brûlait, mais semblait ne pas laisser de marques.

« Je ne t'ai pas dit de t'agenouiller. L'ai-je
dit ?

– Non. »

Le fouet frappa encore ses fesses.

« Dis " Non, mon maître ". »

De nouveau des coups. De nouveau la brûlure.
Une fraction de seconde, elle pensa qu'elle pouvait tout arrêter sur-le-champ ; elle pouvait aussi
choisir d'aller jusqu'au bout, non pour l'argent,
mais à cause de ce que Terence avait affirmé la
première fois : un être humain ne se connaît que
lorsqu'il atteint ses limites.

Et ça, c'était nouveau, c'était l'Aventure. Elle
pourrait toujours décider plus tard de continuer
si elle le voulait, mais à cet instant elle cessa
d'être la jeune fille qui poursuivait des objectifs dans la vie, qui gagnait de l'argent au moyen
de son corps et qui avait fait la connaissance
d'un homme ayant des histoires intéressantes à
raconter devant un feu de cheminée. Là, elle
n'était personne et, n'étant personne, elle était
tout ce dont elle avait rêvé.

« Retire tous tes vêtements. Et marche pour
que je puisse te voir. »

Elle obéit, tête baissée, sans mot dire.
L'homme qui l'observait était habillé, impas-

sible, ce n'était plus l'être qu'elle avait rencontré dans la boîte de nuit – c'était un Ulysse qui venait de Londres, un Thésée descendu du ciel, un kidnappeur qui envahissait la ville la plus sûre du monde, et le cœur le plus fermé de la terre. Elle retira sa culotte, son soutien-gorge, et se sentit en même temps sans défense et protégée. Le fouet claqua dans l'air sans atteindre son corps.

« Garde la tête baissée ! Tu es ici pour être humiliée, soumise à tout ce que je désire, compris ?

– Oui, maître. »

Il lui saisit les poignets et lui passa les menottes.

« Tu vas voir ce que tu vas prendre ! Jusqu'à ce que tu saches te conduire convenablement. »

De sa main ouverte, il lui donna une claque sur les fesses. Maria cria, cette fois elle avait eu mal.

« Ah ! tu protestes, n'est-ce pas ? Eh bien, tu vas voir ce qui est bon. »

Avant qu'elle ait pu réagir, un bâillon de cuir vint fermer sa bouche. Il ne l'empêchait pas de parler, elle pouvait dire « jaune » ou « rouge », mais il permettait à cet homme de faire d'elle ce qu'il voulait, et elle n'avait aucun moyen de s'échapper. Elle était nue, bâillonnée, menottée, la vodka coulant à la place du sang.

Nouvelle claque sur les fesses.

« Marche d'un côté à l'autre ! »

Maria se mit à marcher, obéissant aux ordres
« arrête-toi », « tourne à droite », « assieds-toi »,
« écarte les jambes ». De temps à autre, sans raison, elle recevait une claque, et elle sentait la
douleur, l'humiliation – plus puissante et plus
forte que la douleur –, et elle avait l'impression
d'être dans un autre monde, où plus rien n'existait. C'était une sensation quasi religieuse :
s'annihiler totalement, servir, perdre la conscience de son ego, de ses désirs, de sa volonté
propre. Elle était complètement mouillée, excitée, et ne comprenait pas ce qui se passait.

« Remets-toi à genoux ! »

Comme elle gardait la tête baissée en signe
d'obéissance et d'humilité, Maria ne pouvait voir
exactement ce qui se passait ; mais elle remar-
quait que, dans un autre univers, sur une autre
planète, cet homme haletait, fatigué de faire claquer le fouet et de lui frapper les fesses, tandis
qu'elle se sentait de plus en plus forte et pleine
d'énergie. A présent elle n'avait plus honte, et
elle ne ressentait aucune gêne à montrer qu'elle
aimait ça ; elle se mit à gémir, lui demanda de
toucher son sexe, mais l'homme, au lieu de la
satisfaire, l'attrapa et la jeta sur le lit.

Violemment – mais d'une violence qu'elle
connaissait, qui n'allait lui causer aucun mal –, il

lui écarta les jambes et les attacha de chaque côté du lit. Elle avait les mains menottées dans le dos, les jambes écartées, le bâillon sur la bouche. Quand allait-il la pénétrer ? Ne voyait-il pas qu'elle était prête, qu'elle voulait le servir, qu'elle était son esclave, son animal, son objet, qu'elle ferait tout ce qu'il demanderait ?

« Aimerais-tu que je te fasse jouir ? »

Il appuyait le manche du fouet sur son sexe. Il le frotta de haut en bas et, au moment où il toucha son clitoris, elle perdit tout contrôle. Elle ne savait pas depuis combien de temps ils étaient là, combien de fois elle avait été frappée, mais soudain ce fut l'orgasme, l'orgasme que des dizaines, des centaines d'hommes, durant tous ces mois, n'avaient pas réussi à éveiller. Il y eut une explosion de lumière, Maria sentit qu'elle entrait dans un trou noir au plus profond de son âme, où la douleur et la peur se mêlaient au plaisir absolu, l'entraînant au-delà de toutes les limites qu'elle avait connues. Elle gémit, poussa un cri étouffé par le bâillon, s'agita sur le lit, sentit que les menottes lui sciaient les poignets et que les lanières de cuir lui blessaient les chevilles, bougea comme jamais – justement parce qu'elle ne pouvait pas bouger –, cria comme jamais elle n'avait crié – puisqu'elle avait un bâillon sur la bouche et que personne ne pouvait l'entendre. C'était cela la douleur et le plaisir, le manche du fouet qui pressait son clitoris de plus en plus fort, et sa bouche, son sexe, ses yeux, ses pores, toute sa peau qui exprimaient la jouissance.

Elle tomba dans une sorte de transe, dont elle émergea peu à peu. Déjà elle n'avait plus le fouet entre les jambes. Ses cheveux étaient mouillés par une sueur abondante ; des mains douces lui ôtèrent les menottes et détachèrent les lanières de cuir de ses chevilles.

Elle resta là, étendue, confuse, incapable de regarder l'homme parce qu'elle avait honte d'elle-même, de ses cris, de son orgasme. Il lui caressait les cheveux et haletait lui aussi – mais le plaisir avait été exclusivement pour elle ; il n'avait eu aucune extase.

Son corps nu se serra contre cet homme entièrement vêtu, épuisé de tant d'ordres, de tant de cris, de tant de contrôle de la situation. Maintenant elle ne savait pas quoi dire, comment continuer, mais elle était en sécurité, protégée : il l'avait invitée à atteindre une part d'elle-même qu'elle ne connaissait pas. Il était son protecteur et son maître.

Elle se mit à pleurer, et il attendit patiemment qu'elle se calmât

« Qu'as-tu fait de moi ? dit-elle entre ses larmes.

— Ce que tu voulais que je fasse. »

Elle le regarda et sentit qu'elle avait désespérément besoin de lui.

« Je ne t'ai pas forcée, je ne t'ai pas obligée, et je ne t'ai pas entendue dire " jaune ". Mon seul pouvoir était celui que tu m'accordais. Il n'y avait aucune contrainte, aucun chantage, seulement ta volonté ; même si tu étais l'esclave et que j'étais le maître, mon seul pouvoir était de te pousser vers ta propre liberté. »

Des menottes. Des lanières de cuir aux pieds. Un bâillon. L'humiliation, plus forte et plus intense que la douleur. Pourtant, il avait raison, la sensation était de liberté totale. Maria était bourrée d'énergie, de vigueur, et surprise de constater que l'homme à son côté était épuisé.

« As-tu joui ?

— Non, dit-elle. Le maître est là pour forcer l'esclave. Le plaisir de l'esclave, c'est la joie du maître. »

Rien de tout cela n'avait de sens. C'était un monde de fantasmes, dont il n'était jamais question dans les livres et qui n'avait rien à voir avec la vie réelle. Elle était pleine de lumière, et lui semblait opaque, vidé.

« Tu peux partir quand tu le veux, dit Terence.

– Je ne veux pas partir, je veux comprendre. »

Elle se leva, dans la beauté et l'intensité de sa nudité, et remplit deux verres de vin. Elle alluma deux cigarettes et lui en donna une. Les rôles s'étaient inversés, elle était la maîtresse qui servait l'esclave, le récompensant du plaisir qu'il lui avait donné.

« Je vais m'habiller puis je partirai. Mais d'abord j'aimerais parler un peu.

– Il n'y a rien à dire. C'était ça que je voulais, et tu as été merveilleuse. Je suis fatigué, je dois repartir demain pour Londres. »

Il s'allongea et ferma les yeux. Maria ne savait s'il faisait semblant de dormir, mais peu lui importait ; elle fuma sa cigarette avec plaisir, but lentement son verre de vin, le visage collé à la vitre, à regarder le lac et à désirer que quelqu'un la vît ainsi – nue, pleine, comblée, sûre de soi.

Elle s'habilla, sortit sans dire au revoir, et sans que le fait d'ouvrir la porte elle-même ait quelque importance : elle n'était pas certaine de vouloir revenir.

Terence entendit la porte se refermer. Il attendit pour voir si Maria revenait sous un prétexte quelconque puis, au bout de quelques minutes, il se leva et alluma une cigarette.

La fille avait du style, pensa-t-il. Elle avait supporté le fouet, le plus commun, le plus vieux et le moindre de tous les supplices. Il se rappela la première fois où lui-même avait fait l'expérience de cette mystérieuse relation entre deux êtres qui désirent se rapprocher et n'y parviennent qu'en s'infligeant mutuellement la souffrance.

Dehors, des millions de couples pratiquaient chaque jour sans le savoir l'art du sadomasochisme. Ils allaient au travail, revenaient, se plaignaient de tout, l'homme agressait sa femme ou l'était par elle, ils se sentaient misérables – mais profondément attachés à leur propre malheur, et ignoraient qu'il suffisait d'un geste, d'un « plus jamais ça », pour se libérer de l'oppression. Terence avait connu cela avec sa femme, une célèbre chanteuse anglaise ; tourmenté par la jalousie, il lui faisait des scènes, passait ses journées sous l'emprise des calmants et ses nuits ivre d'alcool. Elle l'aimait et ne comprenait pas pourquoi il agissait ainsi ; il l'aimait et ne comprenait pas non plus son propre comportement. Mais c'était comme si les peines qu'ils s'infligeaient l'un à l'autre étaient nécessaires, essentielles à leur existence.

Un jour, un musicien – un homme que Terence trouvait très étrange parce qu'il paraissait excessivement normal dans ce milieu d'originaux – oublia un livre dans le studio. *La Vénus à la fourrure*, de Leopold von Sacher-Masoch. Terence le feuilleta et, à mesure qu'il lisait, il se comprenait mieux lui-même.

La jolie femme se dévêtit et prit un long fouet, avec un petit manche, qu'elle attacha à son poignet. « Vous l'avez demandé, dit-elle. Alors je vais vous fouetter. » « Faites-le, murmura son amant. Je vous en implore. »

La femme de Terence se tenait de l'autre côté de la cloison vitrée du studio, en pleine répétition. Elle avait demandé que l'on coupe le microphone qui permettait aux techniciens de tout entendre, et on lui avait obéi. Terence songeait qu'elle était peut-être en train de fixer un rendez-vous au pianiste. Il comprit : elle le rendait fou – mais il s'était déjà habitué à souffrir, semblait-il, et ne pouvait plus vivre sans.

« *Je vais vous fouetter* », disait la femme dévêtue, dans le roman qu'il tenait. « *Faites-le. Je vous en implore.* »

Il était beau, il possédait du pouvoir dans sa maison de disques. Quel besoin avait-il de mener cette existence ?

Il aimait cela. Il méritait de souffrir grandement, puisque la vie avait été généreuse pour lui et qu'il n'était pas digne de tous ces bienfaits

– l'argent, le respect, la célébrité. Sa carrière en était au point où il dépendait du succès, et cela l'inquiétait, parce qu'il avait déjà vu bien des gens tomber de haut.

Il lut le livre jusqu'à la dernière ligne. Il se mit à lire tout ce qui concernait la mystérieuse union de la douleur et du plaisir. Sa femme découvrit les vidéos qu'il louait, les livres qu'il cachait, et elle lui demanda ce que cela signifiait, s'il était malade. Terence l'assura que non, c'étaient des recherches pour illustrer un nouveau travail. Et il suggéra, l'air de ne pas y toucher : « Nous devrions peut-être essayer. »

Ils essayèrent. Au début très timidement, en recourant seulement aux manuels qu'ils trouvaient dans les sex-shops. Peu à peu, ils développèrent de nouvelles techniques, atteignant les limites, prenant des risques – mais ils sentaient que leur mariage était de plus en plus solide. Ils étaient complices d'un secret interdit, condamné.

Leur expérience se transforma en art : ils créèrent une nouvelle mode, cuir et clous en métal. Sa femme, en bottes et porte-jarretelles, entrait en scène un fouet à la main, et portait le public au délire. Ce nouveau disque atteignit le premier rang du hit-parade en Angleterre, et il s'ensuivit un succès retentissant dans toute l'Europe. Terence était surpris que les jeunes acceptent aussi facilement ses divagations personnelles, et sa seule explication était que leur violence contenue pouvait ainsi s'exprimer sous une forme intense, mais inoffensive.

Le fouet, devenu le symbole du groupe, fut reproduit sur des T-shirts, des tatouages, des autocollants, des cartes postales... Et Terence, qui bénéficiait d'une certaine formation intellectuelle, se mit en quête de l'origine de tout cela dans le but de mieux se comprendre lui-même.

Contrairement à ce qu'il avait dit à la prostituée, cela n'avait rien à voir avec les pénitents désireux d'éloigner la peste noire. Depuis la nuit des temps, l'homme avait compris que la souffrance, une fois apprivoisée, est son passeport pour la liberté.

En Egypte, à Rome et en Perse existait déjà la notion selon laquelle un homme qui se sacrifie sauve son pays et le monde. En Chine, lorsqu'une catastrophe naturelle se produisait, l'empereur était châtié, puisqu'il était le représentant de la divinité sur terre. Les meilleurs combattants de Sparte, dans la Grèce antique, étaient fouettés une fois par an, du matin au soir, en hommage à la déesse Artémis – tandis que la foule les exhortait par ses cris à supporter avec dignité la douleur qui les préparait à affronter les guerres à venir. A la fin de la journée, les prêtres examinaient les blessures laissées sur leur dos et y lisaient l'avenir de la cité.

Les Pères du désert, une ancienne communauté monastique du IVe siècle, non loin d'Alexandrie, recouraient à la flagellation pour éloigner les démons, ou prouver la supériorité de l'esprit sur le corps dans la quête spirituelle. L'histoire des saints regorgeait d'exemples – sainte Rose courait dans un jardin d'épines, saint Dominique Loricatus se fustigeait chaque soir avant de se coucher, les martyrs se livraient volontairement à la mort lente sur la croix ou se laissaient dévorer par les animaux sauvages. Tous affirmaient que la douleur, une fois surmontée, menait à l'extase mystique.

De récentes études, non confirmées, révélaient qu'un champignon aux propriétés hallucinogènes pouvait se développer sur les blessures, provoquant ainsi des visions. Le plaisir semblait tel que cette pratique avait bientôt quitté les monastères pour se répandre dans le monde.

En 1718 était paru un *Traité d'autoflagellation* qui enseignait comment découvrir le plaisir à travers la douleur, sans causer de dommages physiques. A la fin du XVIIIe siècle, on trouvait une multitude d'endroits dans toute l'Europe où les gens recherchaient la joie à travers la souffrance. Selon certaines archives, des rois et des princesses avaient coutume de se faire battre par leurs domestiques, avant de découvrir que l'on peut avoir du plaisir non seulement à recevoir, mais à appliquer la douleur – bien que ce fût plus épuisant et moins gratifiant

Tandis qu'il fumait, Terence éprouvait un certain contentement à se dire que la plus grande partie de l'humanité était incapable de comprendre ses pensées. C'était mieux ainsi : appartenir à un club fermé, auquel seuls les élus avaient accès. Il se rappela comment, dans son cas, le tourment d'être marié s'était métamorphosé en émerveillement. Sa femme savait à quelle fin il venait à Genève, elle n'en était pas dérangée – au contraire, dans ce monde malade, elle était heureuse que son mari trouvât la récompense escomptée après une semaine de labeur.

La fille qui venait de sortir de la chambre avait tout compris. Leurs âmes étaient proches, il le sentait, bien qu'il ne fût pas prêt à tomber amoureux car il aimait sa femme. Mais il se plut à penser qu'il était libre et à rêver d'une nouvelle relation.

Restait l'expérience la plus difficile : faire d'elle la Vénus à la fourrure, la Souveraine, la Maîtresse, capable de l'humilier et de le punir sans pitié. Si elle passait l'épreuve, il serait prêt à lui ouvrir son cœur, et à la laisser entrer.

Journal de Maria, encore ivre de vodka et de plaisir :

Quand je n'ai plus rien eu a perdre, j'ai tout obtenu. Quand j'ai cessé d'être ce que j'étais, je me suis trouvée moi-même. Quand j'ai connu l'humiliation et la soumission totale, j'ai été libre. Je ne sais pas si je suis malade, si tout cela était un rêve, ou si ça n'arrive qu'une fois. Je sais que je peux vivre sans, mais j'aimerais le rencontrer de nouveau, répéter l'expérience, aller encore plus loin.

J'avais un peu peur de la douleur, pourtant elle était moins forte que l'humiliation – ce n'était qu'un prétexte. Lorsque j'ai ressenti mon premier orgasme depuis des mois, après tous ces hommes et tout ce qu'ils ont fait avec mon corps, je me suis sentie – est-ce vraiment possible ? – plus près de Dieu. Je me suis rappelé ce qu'il avait dit au sujet de la peste noire, ce moment où les flagellants, offrant leur douleur pour le salut de l'humanité, trouvaient en elle le plaisir. Je ne voulais pas sauver l'humanité, ni lui, ni moi-même ; j'étais seulement là.

L'art du sexe est l'art de contrôler la perte de contrôle.

Ce n'était pas du théâtre : ils étaient vraiment à la gare, à la demande de Maria qui appréciait une pizza qu'on ne trouvait que là. Elle pouvait se permettre de se montrer un peu capricieuse. Ralf aurait dû se présenter un jour plus tôt, alors qu'elle était encore une femme en quête d'amour, de désir, de feu de cheminée et de vin. Mais la vie en avait décidé autrement. Aujourd'hui, elle n'avait pas eu besoin de se concentrer sur les sons et sur le moment présent pour la bonne raison qu'elle n'avait pas une seule fois pensé à Ralf, et qu'elle avait découvert des choses qui l'intéressaient bien davantage.

Que faire avec cet homme à côté d'elle en train de manger une pizza que peut-être il n'aimait pas, en attendant d'aller chez lui ? Quand il était entré au *Copacabana* et lui avait offert une consommation, Maria avait pensé lui dire que

269

c'était fini, qu'il pouvait se chercher une autre fille ; d'un autre côté, elle éprouvait un immense besoin de parler à quelqu'un de la soirée précédente.

Elle avait essayé avec des prostituées qui s'occupaient elles aussi des « clients spéciaux », mais toutes s'étaient détournées. De tous les hommes qu'elle connaissait, Ralf Hart était peut-être le seul qui pourrait la comprendre, puisque Milan le considérait comme un « client spécial ». Cependant, il la regardait avec des yeux brillants d'amour, et cela rendait les choses plus difficiles. Mieux valait ne rien dire.

« Que sais-tu de " la douleur, la souffrance et beaucoup de plaisir " ? »

Encore une fois elle n'était pas parvenue à se contrôler.

Ralf cessa de manger.

« Je sais tout. Et cela ne m'intéresse pas. »

La réponse avait été prompte, et Maria était choquée. Alors, tout le monde savait tout, sauf elle ? Quel monde était-ce là, mon Dieu ?

« J'ai rencontré mes démons et mes ténèbres, poursuivit Ralf. Je suis allé au bout, j'ai tout expérimenté, non seulement dans ce domaine, mais dans beaucoup d'autres. Pourtant, la dernière fois que nous nous sommes vus, j'ai trouvé mes limites à travers le désir, et non la douleur.

J'ai plongé au fond de mon âme, et j'aspire encore à de bonnes choses, quantité de bonnes choses dans cette vie. »

Il eut envie de dire : « Tu es l'une d'elles, je t'en prie, ne suis pas cette voie », mais il n'en eut pas le courage. A la place, il appela un taxi et demanda au chauffeur de les conduire au bord du lac — une éternité plus tôt, ils avaient marché là ensemble, le jour où ils avaient fait connaissance. Maria s'en étonna mais garda son calme — son instinct lui disait qu'elle avait beaucoup à perdre, bien que son esprit fût encore ivre de ce qui s'était passé la veille.

Elle ne sortit de sa passivité que lorsqu'ils arrivèrent au bord du lac. C'était encore l'été, mais la nuit était froide.

« Que faisons-nous ici ? demanda-t-elle, quand ils descendirent de voiture. Il y a du vent, je vais attraper un rhume.

— J'ai beaucoup réfléchi à tes paroles : souffrance et plaisir. Retire tes chaussures. »

Elle se rappela qu'une fois un de ses clients lui avait demandé la même chose et qu'il avait été excité rien qu'en regardant ses pieds. L'Aventure ne la laissait donc pas en paix ?

« Je vais prendre froid.

— Fais ce que je te dis, insista-t-il. Tu ne prendras pas froid si nous ne restons pas longtemps. Fais-moi confiance, comme je te fais confiance.

Maria comprit qu'il voulait l'aider ; peut-être parce qu'il avait bu à une eau très amère et pensait qu'elle courait le même danger. Mais elle ne voulait pas être aidée. Elle était satisfaite de son nouvel univers où la souffrance n'était plus un problème. Cependant, elle songea au Brésil, à l'impossibilité d'y rencontrer un partenaire pour partager un monde aussi différent, et comme le Brésil comptait plus que tout dans sa vie, elle ôta ses chaussures. Le sol était couvert de petites pierres qui bientôt déchirèrent ses bas. Aucune importance, elle en achèterait d'autres.

« Enlève ta veste. »

Elle aurait pu refuser mais, depuis la veille, elle s'était accoutumée à la joie de dire oui à tout. Elle ôta sa veste. Son corps encore chaud ne réagit pas tout de suite, puis peu à peu le froid l'incommoda.

« Marchons. Et parlons.

– Ici c'est impossible ; il y a plein de pierres.

– Justement. Je veux que tu sentes ces pierres, je veux qu'elles provoquent en toi de la douleur, qu'elles te blessent : tu as sans doute éprouvé la souffrance liée au plaisir – comme je l'ai moi-même éprouvée –, et je veux arracher cela de ton âme. »

Maria eut envie de dire : « Inutile, j'aime ça. » Pourtant, elle se mit à marcher lentement, à cause du froid et des pierres aux angles vifs qui lui entaillaient la plante des pieds.

« Une de mes expositions m'a conduit au Japon, justement à l'époque où j'étais totalement engagé dans ce que tu appelles " souffrance, humiliation et beaucoup de plaisir ". Je croyais alors que c'était une voie sans retour possible, que j'allais m'enfoncer de plus en plus, et il ne restait rien d'autre dans ma vie que l'envie de punir et d'être puni.

« Nous sommes des êtres humains, nous naissons avec la culpabilité, nous avons peur lorsque le bonheur devient possible, et nous mourons en voulant châtier autrui parce que nous nous sentons en permanence impuissants, injustement traités, malheureux. Payer pour ses péchés et pouvoir châtier les pécheurs, ah ! n'est-ce pas délicieux ? Oui, c'est formidable. »

Maria marchait. La douleur et le froid altéraient l'attention qu'elle prêtait aux paroles de Ralf, malgré tous ses efforts.

« Aujourd'hui j'ai vu les marques sur tes poignets. »

Les menottes. Elle portait de nombreux bracelets pour les dissimuler, mais des yeux avertis trouvent toujours ce qu'ils cherchent.

« Enfin, si tout ce que tu as expérimenté récemment te conduit à faire ce pas, ce n'est pas moi qui vais t'en empêcher. Mais sache que cela n'a aucun rapport avec la vraie vie.

– Ce pas ?

– Douleur et plaisir. Sadisme et masochisme. Appelle cela comme tu veux. Si tu es convaincue que c'est ta voie, je souffrirai, je me souviendrai du désir, de nos rencontres, de la promenade sur le chemin de Saint-Jacques, de ta lumière. Je conserverai dans un endroit particulier un stylo et, chaque fois que j'allumerai un feu dans cette cheminée, je penserai à toi. Mais je ne chercherai plus à te voir. »

Maria prit peur. Il était temps de reculer, de dire la vérité, de cesser de feindre d'en savoir plus long que lui.

« L'expérience que j'ai faite récemment – pour tout dire, hier –, je ne l'avais jamais faite. Ce qui me fait peur, c'est qu'à la limite de la dégradation je puisse me trouver moi-même. »

Il devenait difficile de parler – elle claquait des dents, et ses pieds l'élançaient.

« A mon exposition, dans une région appelée Kumano, s'est présenté un bûcheron, reprit Ralf, comme s'il ne l'avait pas écoutée. Il n'a pas aimé mes tableaux, mais il a su déchiffrer à travers la peinture ce que je vivais et ressentais. Le lendemain, il est venu me voir à l'hôtel, et il m'a demandé si j'étais content. Si je l'étais, je devais continuer à faire ce que j'aimais. Sinon, je devais l'accompagner et passer quelques jours avec lui.

« Il m'a contraint à marcher sur les pierres comme je le fais maintenant avec toi. Il m'a fait éprouver le froid. Il m'a obligé à comprendre la beauté de la douleur. Seulement, c'était une douleur appliquée par la nature, non par l'homme. Il appelait cela *Shugen-do*, une pratique millénaire.

« Il m'a dit que j'étais un homme qui ne craint pas la douleur et que c'était une bonne chose, parce que, pour dominer l'âme, on doit apprendre aussi à dominer le corps. Mais je me servais de la douleur d'une manière erronée, et ça, c'était très mauvais.

« Ce bûcheron inculte pensait me connaître mieux que moi-même, et cela m'irritait. En même temps, j'étais fier de savoir que mes tableaux pouvaient exprimer exactement ce que je ressentais. »

Maria sentit qu'une pierre plus pointue lui avait entaillé le pied, mais le froid était plus fort que tout, son corps s'assoupissait, et elle avait du mal à suivre les propos de Ralf Hart. Pourquoi les hommes, dans ce monde sacré de Dieu, ne s'intéressaient-ils qu'à lui montrer la douleur ? La douleur sacrée, la douleur avec le plaisir, la douleur avec ou sans explications, mais toujours la douleur, la douleur...

Son pied blessé toucha une autre pierre. Elle réprima un cri et continua à avancer. Au début, elle avait cherché à conserver son intégrité, sa maîtrise de soi, ce qu'il appelait sa « lumière ». Maintenant elle marchait lentement, tandis que son estomac se soulevait et que ses pensées tournaient en rond : elle crut qu'elle allait vomir. Elle envisagea de s'arrêter, rien de tout cela n'avait de sens, et elle ne s'arrêta pas.

Elle ne s'arrêta pas par respect d'elle-même ; elle pouvait supporter cette promenade pieds nus le temps qu'il faudrait, cela ne durerait pas toute sa vie. Soudain, une autre idée la traversa : et si le lendemain elle ne pouvait pas se présenter au *Copacabana* à cause d'une grave blessure au pied, ou d'une forte fièvre causée par la grippe qui, à coup sûr, allait la gagner ? Elle songea aux clients qui l'attendaient, à Milan qui lui faisait tellement confiance, à l'argent qu'elle ne toucherait pas, à sa future ferme, à ses parents si fiers d'elle... Mais la souffrance éloigna bientôt toute réflexion, et elle mit un pied devant l'autre, espérant follement que Ralf Hart reconnaîtrait son effort et lui dirait que cela suffisait, qu'elle pouvait se rechausser.

Lui, cependant, paraissait indifférent, lointain, comme si c'était la seule manière de la libérer d'une chose qu'elle ignorait, qui la séduisait mais finirait par laisser en elle des marques autrement plus profondes que celles des menottes. Bien qu'elle sût qu'il tentait de l'aider, et quels que soient ses efforts pour prouver la force de sa volonté, la douleur lui interdisait toute pensée – profane ou noble. Seule la douleur occupait tout l'espace, elle l'effrayait et l'obligeait à se dire qu'il y avait une limite, et qu'elle n'y arriverait pas.

Mais elle fit un pas.

Et un autre.

La douleur semblait maintenant envahir son âme et l'affaiblir spirituellement, parce que faire un peu de théâtre dans un hôtel cinq étoiles, nue, devant vodka et caviar, avec un fouet entre les jambes, est une chose ; c'en est une autre d'être dans le froid, déchaussée, les pieds tailladés par les pierres. Elle se sentait désorientée et ne parvenait pas à échanger un mot avec Ralf Hart. Il n'existait dans son univers que les pierres, petites et coupantes, qui traçaient un sentier entre les arbres.

Alors qu'elle était sur le point de renoncer, un étrange sentiment l'envahit : elle avait atteint sa limite, mais au-delà s'étendait un espace vide où elle paraissait flotter au-dessus d'elle-même et ignorer ce qu'elle éprouvait. Etait-ce cette sensation que les pénitents avaient éprouvée ? A l'autre extrémité de la douleur, elle découvrait une porte ouvrant sur un autre niveau de conscience, où il n'y avait plus de place que pour la nature, implacable, et pour elle-même, invincible.

Tout, autour d'elle, devint rêve : le parc mal éclairé, le lac sombre, l'homme silencieux, un couple ou deux qui se promenaient sans s'apercevoir qu'elle était pieds nus et marchait avec difficulté. Etait-ce le froid ou la souffrance ? Soudain elle cessa de sentir son corps et entra dans un état où n'existaient ni désir ni peur, seulement une mystérieuse – comment pouvait-elle appeler cela ? –, une mystérieuse « paix ». La limite de la douleur n'était pas sa limite ; elle pouvait aller au-delà.

Elle eut une pensée pour tous les êtres humains qui souffraient en silence alors qu'elle, elle provoquait sa propre souffrance – mais cela n'avait plus d'importance, elle avait franchi les frontières du corps. Désormais il ne lui restait que l'âme, la « lumière » – une sorte de vide que quelqu'un, un jour, avait appelé paradis. Il est des souffrances qui ne peuvent être oubliées que lorsque nous avons la capacité de flotter au-dessus.

La scène suivante, qu'elle se rappela, fut Ralf Hart la prenant dans ses bras. Il ôta sa propre veste et la lui mit sur les épaules. Elle avait dû défaillir de froid, peu importait : elle était contente, elle n'avait pas peur – elle avait gagné. Elle ne s'était pas humiliée devant cet homme.

Les minutes devinrent des heures, elle avait dû dormir dans ses bras, car à son réveil, bien qu'il fît encore nuit, elle se trouvait dans une chambre équipée d'un poste de télévision dans un coin. Rien d'autre. Blanche, vide.

Ralf apparut avec un chocolat chaud.

« Très bien, dit-il, tu es là où tu voulais arriver.

– Je ne veux pas de chocolat, je veux du vin. Je veux aller dans notre pièce, la cheminée, les livres répandus partout. »

Elle avait dit « notre pièce ». Ce n'était pas ce qu'elle avait projeté.

Elle regarda ses pieds ; hormis une petite coupure, il n'y avait que des traces rouges qui disparaîtraient en quelques heures. Avec une certaine difficulté, elle descendit l'escalier et alla s'installer dans son coin, sur le tapis près de la cheminée

– chaque fois qu'elle se trouvait là, elle se sentait bien, comme si c'était sa place dans cette maison.

« Ce bûcheron m'a dit que lorsqu'on fait un exercice physique, qu'on exige tout de son corps, l'esprit acquiert une étrange force spirituelle, qui ressemble à la " lumière " que j'ai vue en toi. Qu'as-tu ressenti ?

– Que la douleur est amie de la femme.

– Voilà le danger.

– Que la douleur a une limite.

– Là est le salut. Ne l'oublie pas. »

L'esprit de Maria était encore confus. Elle avait éprouvé cette « paix » en allant au-delà de ses limites. Elle avait découvert une nouvelle forme de souffrance, et cela aussi lui avait procuré un plaisir singulier.

Ralf prit un grand carton à dessins et l'ouvrit devant lui.

« L'histoire de la prostitution. Tu m'as demandé de me renseigner sur ce point le jour où nous avons fait connaissance. »

Oui, elle l'avait demandé, mais c'était pour passer le temps, une manière de se rendre intéressante. Cela n'avait plus la moindre importance à présent.

« Tous ces jours derniers, j'ai navigué sur une mer inconnue. Je ne croyais pas qu'il y eût une histoire, je pensais seulement que c'était le plus vieux métier du monde, comme on dit. Mais cette histoire existe, ou plutôt il y a *deux* histoires.

– Et ces dessins ? »

Il eut l'air un peu déçu qu'elle ne comprît pas, mais il se reprit :

« C'est ce que j'ai mis sur le papier tandis que je lisais, que je faisais des recherches et que j'apprenais.

– Nous en parlerons un autre jour. Aujourd'hui je ne veux pas changer de sujet, j'ai besoin de comprendre la douleur.

– Tu l'as éprouvée hier et tu as découvert qu'elle te conduisait au plaisir. Tu l'as ressentie aujourd'hui et tu as trouvé la paix. C'est pourquoi je te dis : ne t'y habitue pas, c'est une drogue puissante à laquelle on s'accoutume. Elle est dans notre quotidien, dans la souffrance cachée, dans notre renoncement et dans la défaite de nos rêves dont nous rendons l'amour coupable. La douleur fait peur lorsqu'elle montre son vrai visage, mais elle est séduisante quand elle se pare de sacrifice, de renoncement. Ou de lâcheté. L'être humain peut la repousser, il trouve toujours moyen de flirter avec elle, de s'arranger pour qu'elle fasse partie de sa vie.

– Je ne le crois pas. Personne ne désire souffrir.

– Si tu parviens à comprendre que tu peux vivre sans souffrance, c'est déjà un grand pas

– mais ne va pas croire que les autres t'imiteront. Personne ne désire souffrir, et pourtant tous ou presque recherchent la douleur, le sacrifice grâce auquel ils se sentent justifiés, purs, dignes du respect de leurs enfants, de leur conjoint, des voisins, de Dieu. N'y pensons pas maintenant, sache seulement que ce qui fait bouger le monde, ce n'est pas la quête du plaisir, mais le renoncement à tout ce qui est essentiel. Le soldat va-t-il à la guerre pour tuer l'ennemi ? Non : il va mourir pour son pays. La femme aime-t-elle montrer à son mari à quel point elle est satisfaite ? Non : elle veut qu'il voie à quel point elle se dévoue et souffre pour qu'il soit heureux. Le mari va-t-il au travail en pensant y trouver son épanouissement personnel ? Non : il donne sa sueur et ses larmes pour le bien de sa famille. Et ainsi de suite : les enfants renoncent à leurs rêves pour faire plaisir à leurs parents, les parents renoncent à la vie pour faire plaisir à leurs enfants, douleur et souffrance devenant des preuves de ce qui ne devrait apporter que la joie : l'amour.

– Arrête. »

Ralf s'interrompit. C'était le moment de changer de sujet, et il sortit ses dessins l'un après l'autre. Au début, tout paraissait confus, il y avait des personnages, mais aussi des griffonnages, des couleurs, des traits nerveux ou géométriques. Peu à peu, Maria comprit ce qu'il disait, parce qu'il accompagnait chaque mot d'un geste de la main, et que chaque phrase la plaçait dans le monde dont elle avait nié jusque-là faire partie – en se disant que tout cela n'était qu'une période de sa vie, un moyen de gagner de l'argent, rien de plus.

« J'ai découvert qu'il n'y avait pas une, mais deux histoires de la prostitution. La première, tu la connais parce que c'est aussi la tienne : une fille jolie, pour diverses raisons qu'elle a choisies – ou qui ont choisi pour elle –, s'aperçoit que la seule façon de survivre est de vendre son corps. Certaines en arrivent par ce moyen à dominer des nations, comme Messaline à Rome ; d'autres se transforment en mythe, comme Mme du Barry ; d'autres encore flirtent avec l'aventure et l'infortune en même temps, comme l'espionne Mata Hari. Mais la plupart ne connaissent jamais un moment de gloire ni ne relèvent un grand défi : elles restent pour toujours des filles venues chercher la célébrité, un mari, l'aventure, et finissent par découvrir une autre réalité, s'y enfoncent quelque temps, s'habituent, croient maîtriser la situation, alors qu'elles ne parviennent pas à faire autre chose.

« Depuis plus de trois mille ans, les artistes réalisent des sculptures, des tableaux ou écrivent des livres. De même, les prostituées font leur travail depuis toujours comme si rien n'avait beaucoup changé. Veux-tu des détails ? »

Maria acquiesça d'un signe de tête. Il lui fallait gagner du temps, comprendre la douleur. Elle avait la sensation que quelque chose d'extrêmement nocif était sorti de son corps tandis qu'elle marchait dans le parc.

« On fait mention des prostituées dans les textes classiques, dans les hiéroglyphes égyptiens, dans les écrits sumériens, dans l'Ancien et le Nouveau Testament. Mais la profession commence à s'organiser seulement au VIᵉ siècle avant Jésus-Christ, en Grèce, lorsque le législateur Solon institue des bordels contrôlés par l'Etat et instaure le recouvrement d'un impôt sur le " commerce de la chair ". Les hommes d'affaires athéniens s'en réjouissent parce que, auparavant interdit, ce commerce devient alors légal. Les prostituées, quant à elles, sont désormais classées selon les impôts qu'elles paient.

« La moins chère est appelée *pornè*, c'est une esclave qui appartient aux patrons de l'établissement. Ensuite vient la *peripatètikè*, qui trouve ses clients dans la rue. Enfin, au niveau de prix et de qualité le plus élevé, vient l'*hetaira*, la " compagnie féminine ", qui accompagne les hommes d'affaires dans leurs voyages, fréquente les restaurants chics, est maîtresse de son argent, donne des conseils, intervient dans la vie politique de la cité. Comme tu le vois, ce qui existait hier existe encore aujourd'hui. Au Moyen Age, à cause des maladies sexuellement transmissibles... »

Silence, peur de la grippe, chaleur du feu dans la cheminée – nécessaire à présent pour réchauffer son corps et son âme. Maria ne voulait plus entendre cette histoire, qui lui donnait l'impression que le monde s'était arrêté, que tout se répétait, et que l'homme ne saurait jamais accorder au sexe le respect mérité.

« Ça n'a pas l'air de t'intéresser. »

Elle fit un effort. Après tout, il était l'homme à qui elle avait décidé de livrer son cœur, bien qu'elle n'en fût plus aussi certaine à présent.

« Je ne suis pas intéressée par ce que je connais déjà ; cela m'attriste. Tu m'as dit qu'il existait une autre histoire.

– L'autre histoire est exactement l'opposé : la prostitution sacrée. »

Soudain, elle était sortie de son état somnolent et elle écoutait avec attention. Prostitution sacrée ? Gagner de l'argent grâce au sexe et encore s'approcher de Dieu ?

« L'historien grec Hérodote écrit au sujet de Babylone : " Il y a là une coutume très étrange :

toute femme qui est née à Sumer est obligée, au moins une fois dans sa vie, de se rendre au temple de la déesse Ishtar et de livrer son corps à un inconnu, en symbole d'hospitalité, et pour un prix symbolique. " »

Elle se renseignerait plus tard sur cette déesse ; peut-être l'aiderait-elle elle aussi à récupérer quelque chose qu'elle avait perdu, et dont elle ne savait pas ce que c'était.

« L'influence de la déesse Ishtar s'est répandue dans tout le Moyen-Orient, a atteint la Sardaigne, la Sicile et les ports de la Méditerranée. Plus tard, sous l'Empire romain, une autre déesse, Vesta, exigeait la virginité totale, ou le don total. Pour entretenir le feu sacré, les femmes de son temple se chargeaient d'initier les jeunes gens et les rois à la sexualité – elles chantaient des hymnes érotiques, entraient en transe et offraient leur extase à l'univers, en une sorte de communion avec la divinité. »

Ralf Hart lui montra une photocopie de quelques caractères anciens, avec la traduction en allemand au bas de la page. Il déclama lentement, traduisant chaque vers :

*Quand je suis assise à la porte d'une
taverne,
moi, Ishtar, la déesse,*

je suis prostituée, mère, épouse, divinité.
Je suis ce que l'on appelle Vie,
bien que vous m'appeliez Mort.
Je suis ce que l'on appelle Loi,
bien que vous m'appeliez Marginale.
Je suis ce que vous cherchez
Et ce que vous avez trouvé.
Je suis ce que vous avez répandu
Et maintenant vous recueillez mes morceaux.

Maria hoqueta et Ralf rit. Son énergie vitale lui revenait, la « lumière » commençait à briller de nouveau. Il valait mieux continuer l'histoire, montrer les dessins, faire qu'elle se sentît aimée.

« Nul ne sait pourquoi la prostitution sacrée a disparu après avoir duré au moins deux millénaires. Peut-être à cause des maladies, ou d'une société qui a modifié ses règles quand les religions elles aussi ont changé. Enfin, cela n'existe et n'existera plus. De nos jours, les hommes contrôlent le monde, et le terme " prostituée " sert seulement à stigmatiser toute femme qui ne suit pas le droit chemin.

– Peux-tu venir au *Copacabana* demain ? »

Ralf ne comprit pas la question, mais il accepta immédiatement.

Journal de Maria, le soir où elle avait marché pieds nus dans le Jardin anglais à Genève :

Peu m'importe qu'un jour cela ait été sacré ou non, mais JE DÉTESTE CE QUE JE FAIS. Cela détruit mon âme, me fait perdre le contact avec moi-même, m'apprend que la douleur est une récompense, que l'argent achète tout, justifie tout. Personne n'est heureux autour de moi ; les clients savent qu'ils sont obligés de payer pour ce qu'ils devraient obtenir gratuitement, et c'est déprimant. Les femmes savent qu'elles doivent vendre ce qu'elles aimeraient offrir seulement par plaisir et avec tendresse, et c'est destructeur. J'ai beaucoup lutté avant d'écrire ces mots, d'accepter de reconnaître que j'étais malheureuse, insatisfaite – j'avais besoin et j'ai encore besoin de résister quelques semaines de plus.

Néanmoins, je ne peux plus tranquillement faire comme si tout ça était normal, comme si c'était une simple période de ma vie. Je veux l'oublier. J'ai besoin d'aimer, seulement cela, besoin d'aimer.

La vie est courte, ou trop longue pour que je puisse m'offrir le luxe de la vivre aussi mal.

Ce n'est ni chez lui, ni chez elle. Ce n'est ni le Brésil ni la Suisse, seulement un hôtel qui pourrait se trouver n'importe où, que son mobilier intemporel et son décor prétendument familier rendent encore plus impersonnel.

Ce n'est pas l'hôtel avec vue sur le lac, le souvenir de la douleur, de la souffrance, de l'extase. Les fenêtres donnent sur le chemin de Saint-Jacques, une route de pèlerinage mais pas de pénitence, au bord de laquelle les gens se rencontrent dans des cafés, découvrent leur « lumière », conversent, deviennent amis, tombent amoureux. Il pleut et, à cette heure de la nuit, la rue est déserte – peut-être le chemin se repose-t-il de tous les pas qui s'y sont traînés chaque jour depuis des siècles.

Allumer la lumière. Fermer les rideaux.

Lui demander de retirer ses vêtements, retirer

aussi les siens. Jusqu'ici, elle était la seule à avoir dénudé une partie de son corps. L'obscurité n'est jamais totale, et lorsque ses yeux s'y sont accoutumés, Maria peut distinguer, dans une faible lueur qui filtre on ne sait d'où, la silhouette de l'homme.

Sortir deux foulards, soigneusement pliés, lavés et rincés à plusieurs reprises de manière qu'il ne subsiste aucune trace de parfum ou de savon. S'approcher de lui et lui demander de se bander les yeux. Il hésite et fait un commentaire sur certains enfers qu'il a déjà traversés. Elle assure qu'il ne s'agit pas de cela : elle cherche seulement l'obscurité totale. C'est son tour à présent de lui enseigner quelque chose, tout comme lui hier lui a appris la douleur. Il cède, noue le bandeau. Elle en fait autant. Maintenant plus aucune lueur ne perce, ils sont vraiment dans le noir. Ils se tiennent par la main pour atteindre le lit.

Non, nous ne devons pas nous coucher. Nous allons nous asseoir comme nous l'avons toujours fait, face à face, juste un peu plus près l'un de l'autre, de façon que nos genoux se touchent.

Elle a toujours désiré faire ça, sans jamais disposer du temps dont elle aurait eu besoin. Ni avec son premier amoureux, ni avec l'homme qui l'a pénétrée pour la première fois. Ni avec l'Arabe qui a déboursé mille francs, espérant peut-être davantage qu'elle n'avait été capable de donner – même si mille francs, ce n'était pas suffisant pour acheter tout ce qu'elle convoitait. Ni avec les nombreux hommes qui lui sont passés sur le corps, allant et venant entre ses jambes, parfois ne pensant qu'à eux, parfois pensant aussi à elle, tantôt habités de rêves romantiques, tantôt mus par le seul instinct de répétition parce qu'on leur avait dit que c'est ainsi qu'un homme agit, et que s'il déroge à la règle, ce n'est pas un homme.

Elle songe à son journal. Elle n'en peut plus, elle voudrait que les semaines qui lui restent s'écoulent vite, et c'est pour cette raison qu'elle se donne à cet homme : là réside la lumière de son amour secret. Le péché originel n'est pas qu'Eve ait mangé la pomme, mais qu'elle ait eu besoin de partager avec Adam les émotions qu'elle avait éprouvées, de peur de suivre son chemin sans l'aide de quiconque.

Certaines choses ne se partagent pas. Il ne faut pas redouter les océans dans lesquels nous plongeons de notre plein gré ; la peur brouille le jeu de tous. L'homme traverse des enfers pour le comprendre. Aimons-nous les uns les autres, mais n'essayons pas de nous posséder mutuellement.

J'aime cet homme qui se tient devant moi parce que je ne le possède pas et qu'il ne me possède pas. Nous sommes libres de nous donner l'un à l'autre, je dois me répéter ces mots des dizaines, des centaines, des millions de fois, jusqu'à ce que je finisse par y croire moi-même.

Elle songe aux prostituées qui travaillent avec elle. Elle pense à sa mère, à ses amies. Toutes croient que les hommes ne vivent que pour onze minutes par jour et qu'ils sont prêts à payer une fortune pour cela. Mais il n'en est rien ; l'homme aussi possède une part de féminité et aspire à faire une rencontre, à donner un sens à sa vie.

Se peut-il que sa mère se comporte comme elle et feigne l'orgasme avec son père ? Ou bien est-ce que, dans l'intérieur du Brésil, il demeure interdit à une femme de manifester son plaisir lors des rapports sexuels ? Elle connaît si peu de chose de la vie, de l'amour, et maintenant, les yeux bandés, elle découvre l'origine de tout : tout commence là où elle aurait aimé que cela ait commencé.

Le contact. Elle oublie les prostituées, les clients, sa mère et son père, elle est maintenant dans l'obscurité totale. Elle a passé l'après-midi à s'interroger sur ce qu'elle pourrait offrir à un homme qui lui a rendu sa dignité et lui a fait comprendre que la recherche de la joie compte davantage que la nécessité de la douleur.

« J'aimerais lui donner le bonheur de me faire découvrir quelque chose de neuf, tout comme hier il m'a montré la souffrance et m'a appris l'histoire des prostituées de la rue, des prostituées sacrées. Il est heureux de le faire. Alors, qu'il me guide et m'initie. Je voudrais savoir comment on parvient jusqu'au corps avant d'atteindre l'âme, la pénétration, la jouissance. »

Elle tend le bras vers lui et le prie d'en faire autant. Elle murmure quelques mots : ce soir, dans ce lieu impersonnel, elle aimerait qu'il découvre sa peau, frontière entre elle et le monde. Elle lui demande de la toucher, de la sentir avec ses mains, puisque les corps se comprennent même si les âmes ne sont pas toujours d'accord. Il la touche, elle le touche aussi, et tous deux, comme s'ils avaient déjà tout arrangé, évitent les zones corporelles dans lesquelles l'énergie sexuelle affleure le plus rapidement.

Les doigts caressent son visage, elle perçoit l'odeur de la peinture, une odeur persistante même s'il se lavait les mains des millions de fois, une odeur qui était là à sa naissance, quand il a dû apercevoir le premier arbre, la première maison qu'il a décidé de dessiner dans ses rêves. Lui aussi doit sentir une odeur dans sa main, mais elle ignore laquelle et ne veut pas le savoir, parce qu'à cet instant tout est corps, le reste est silence.

Elle le caresse, et elle se sent caressée. Elle pourrait rester ainsi la nuit entière, parce que c'est agréable, cela ne va pas nécessairement déboucher sur un rapport sexuel – soudain, justement parce qu'il n'existe pas d'obligation, elle sent une chaleur entre ses cuisses et sait qu'elle est humide. Le moment viendra où il touchera son sexe et le découvrira mouillé, peu importe que ce soit bien ou mal, c'est ainsi que son corps réagit, et elle n'a pas l'intention de le guider – par ici, par là, plus lentement, plus vite... Les mains de l'homme frôlent maintenant ses aisselles, le duvet de ses bras se hérisse, elle a envie de les repousser – même si c'est bon, ce qu'elle ressent est peut-être de la douleur. Elle le caresse à son tour, remarque que ses aisselles ont une texture différente – est-ce à cause des déodorants qu'ils utilisent ? A quoi pense-t-elle ? Elle ne doit pas penser. Elle doit toucher, c'est tout.

Ses doigts à lui tracent des cercles autour de son sein, à la manière d'un animal aux aguets. Elle voudrait qu'il bouge plus vite, qu'il touche son mamelon, sa pensée anticipe sur ses gestes, mais, peut-être que le sachant, il la provoque, se délecte, et tarde infiniment. Ses mamelons dressés, il joue un peu avec, elle a la chair de poule et son sexe fond encore de désir. Maintenant il promène ses doigts sur son ventre, descend vers ses jambes, ses pieds, ses mains parcourent l'intérieur de ses cuisses, il perçoit sa chaleur sans s'en approcher, c'est une caresse douce, légère, d'une légèreté hallucinante.

Elle reproduit son geste sur son corps à lui, ses mains effleurent à peine les poils des jambes, et elle aussi discerne la chaleur émanant de son sexe. Soudain, c'est comme si elle avait retrouvé mystérieusement sa virginité, comme si elle découvrait pour la première fois le corps d'un homme. Elle touche son sexe, moins dur qu'elle ne l'imaginait – et elle est toute mouillée, c'est injuste, l'homme a peut-être besoin de plus de temps, qui sait ?

Elle se met à le caresser comme seules les vierges savent le faire, parce que les prostituées ont oublié. L'homme réagit, son sexe grossit, et Maria augmente lentement la pression de ses mains, sachant maintenant où le toucher – plutôt en bas qu'en haut –, comment l'envelopper de ses doigts, tirer la peau en arrière. A présent il est très excité. Il caresse les lèvres de sa vulve, toujours avec douceur alors qu'elle a envie d'un contact plus énergique, plus profond. Mais il répand sur son clitoris un peu du liquide qui jaillit de son ventre, et répète tout autour les mêmes mouvements circulaires que sur son mamelon. Cet homme la touche comme si c'était elle-même.

297

Une des mains de Ralf est remontée vers son sein – comme c'est bon, comme elle aimerait qu'il l'étreigne maintenant. Mais non, ils découvrent leurs corps, ils ont le temps, ils ont besoin de beaucoup de temps. Ils pourraient faire l'amour à présent, ce serait la chose la plus naturelle du monde, et sans doute délicieux, mais tout cela est tellement nouveau, elle doit se contrôler, elle ne veut pas tout gâcher. Elle se rappelle le vin qu'ils ont bu lentement le premier soir, savourant chaque gorgée, et comme ce breuvage la réchauffait, lui ouvrait des perspectives, la rendait plus libre et plus proche de la vie.

Elle désire aussi boire cet homme ; alors elle pourra oublier à jamais le mauvais vin qu'on avale d'un trait, celui procurant une sensation d'ivresse qui se termine en gueule de bois et fait des trous à l'âme.

Elle s'interrompt, entrelace doucement ses doigts aux doigts de Ralf, entend un gémissement et a envie de gémir à son tour, mais elle se retient, sent la chaleur se répandre dans tout son corps, et lui doit éprouver la même chose. Sans orgasme, l'énergie se diffuse, atteint son cerveau. Elle ne pense à rien d'autre qu'à aller jusqu'au bout, bien que ce qu'elle veuille c'est s'arrêter, s'arrêter en plein milieu, laisser le plaisir envahir son corps tout entier et gagner son esprit, renouveler l'engagement et le désir, redevenir vierge.

Elle ôte doucement leurs bandeaux et allume la lampe de chevet. Ils sont nus tous les deux, ils ne se sourient pas, ils se regardent simplement. « Je suis l'amour, je suis la musique, pense-t-elle. Allons danser. »

Mais elle ne le dit pas : ils parlent de choses triviales. Quand nous rencontrerons-nous de nouveau ? Elle propose une date, peut-être dans deux jours. Il lui dit qu'il aimerait l'inviter à une exposition. Elle hésite. Cela impliquerait de faire la connaissance de son milieu, de ses amis. Que vont-ils dire ? Que vont-ils penser ?

Elle refuse. Mais il comprend qu'elle avait envie d'accepter, et il insiste, usant d'arguments stupides qui font partie de la danse, alors elle finit par céder. Il fixe comme lieu de rendez-vous le café où ils sont allés le premier jour. Non, les Brésiliens sont superstitieux, ils ne faut jamais se revoir à l'endroit où l'on s'est rencontrés, cela peut clore un cycle et mettre fin à l'histoire.

Il est content qu'elle ne veuille pas en finir avec ce cycle. Alors, ils se décident pour une église d'où l'on peut voir la ville, sur le chemin de Saint-Jacques, partie du mystérieux pèlerinage qu'ils ont entamé tous deux depuis qu'ils ont fait connaissance.

Journal de Maria, la veille d'acheter son billet de retour :

Il était une fois un oiseau, doté d'une paire d'ailes parfaites aux plumes étincelantes et aux couleurs merveilleuses. Bref, un animal fait pour voler librement dans le ciel, à la plus grande joie de ceux qui l'observaient.

Un jour, une femme vit cet oiseau et s'en éprit. Elle le regarda voler, bouche bée d'admiration, le cœur battant la chamade, les yeux brillants d'émotion. Il l'invita à l'accompagner, et ils volèrent ensemble en complète harmonie. Elle admirait, vénérait, célébrait l'oiseau.

Mais un jour la femme pensa : « Peut-être aimerait-il découvrir des montagnes lointaines ? » Elle eut peur. Peur de ne plus jamais éprouver cela avec un autre oiseau. Et elle se sentit jalouse – jalouse du pouvoir de voler de l'oiseau.

Elle se sentit seule.

« Je vais lui tendre un piège, pensa-t-elle. La prochaine fois que l'oiseau apparaîtra, il ne repartira plus. »

L'oiseau, qui était lui aussi très épris, revint la voir le lendemain. Il tomba dans le piège et fut emprisonné dans une cage.

Chaque jour, la femme le contemplait. Il était l'objet de sa passion, et elle le montrait à ses amies, qui s'exclamaient : «Tu es une personne comblée!» Cependant, une étrange transformation commença à se produire : comme l'oiseau était à elle et qu'elle n'avait plus besoin de le conquérir, la femme s'en désintéressa. L'animal, qui ne pouvait plus voler ni exprimer le sens de sa vie, dépérissait et perdait son éclat, il enlaidit – et la femme ne lui prêtait plus attention que pour le nourrir et nettoyer sa cage.

Un beau jour, l'oiseau mourut. Elle en fut profondément attristée et ne cessa dès lors de penser à lui. Mais elle ne se souvenait pas de la cage, elle se rappelait seulement le jour où elle l'avait aperçu pour la première fois, volant, heureux, aussi haut que les nuages.

Si elle s'était observée elle-même, elle aurait découvert que ce qui l'avait tellement émue chez l'oiseau, c'était sa liberté, l'énergie de ses ailes en mouvement, et non son aspect physique.

Sans l'oiseau, sa vie même perdit son sens, et la mort vint frapper à sa porte.

« Pourquoi es-tu venue ? » lui demanda la femme.

« Pour que tu puisses voler de nouveau avec lui dans les cieux, répondit la mort. Si tu l'avais laissé partir et revenir à chaque fois, tu l'aurais aimé et admiré bien davantage ; désormais, tu as besoin de moi pour pouvoir le retrouver. »

Maria commença la journée par un acte auquel elle s'était préparée depuis des mois : entrer dans une agence de voyages et acheter un billet à destination du Brésil à la date qu'elle avait inscrite sur son calendrier.

Il ne lui restait désormais que deux semaines à passer en Europe. Au-delà, Genève serait pour elle le visage d'un homme qu'elle avait aimé et qui l'avait aimée. La rue de Berne se réduirait à un nom – hommage à la capitale de la Suisse. Elle se rappellerait sa chambre, le lac, la langue française, les folies qu'une fille de vingt-trois ans (elle avait fêté son anniversaire la veille) est capable de commettre – avant de comprendre qu'il y a une limite.

Pas question d'emprisonner l'oiseau, ni de lui demander de venir avec elle au Brésil : il était ce qu'il lui était arrivé de plus pur dans la vie. Un tel oiseau doit voler librement, se nourrir de la nostalgie des vols qu'il a partagés avec une compagne. Elle aussi était un oiseau ; la présence de Ralf Hart à ses côtés lui rappellerait pour toujours l'époque du *Copacabana*. Et ça, c'était son passé, pas son avenir.

Elle se promit de ne dire « adieu » qu'au moment du départ, afin de ne pas souffrir toutes les fois qu'elle penserait « bientôt je ne serai plus ici ». Aussi trompa-t-elle son cœur en marchant dans Genève ce matin-là, comme si elle avait toujours parcouru ces rues, la colline, le chemin de Saint-Jacques, le pont du Mont-Blanc, connu les bars qu'elle avait coutume de fréquenter. Elle suivit des yeux le vol des mouettes sur le fleuve, observa les commerçants rangeant leurs étals, les gens sortant du bureau pour aller déjeuner, les avions se posant au loin ; elle remarqua la couleur et le goût de la pomme qu'elle mangeait, l'arc-en-ciel au-dessus du jet d'eau s'élevant au milieu du lac, la joie timide, déguisée, des passants près d'elle, les regards de désir, les regards vides d'expression, les regards. Elle avait vécu presque un an dans une ville, parmi tant de villes au monde, et qui, n'étaient son architecture particulière et une pléthore d'enseignes de banques, aurait pu se trouver dans l'intérieur du Brésil. Il y avait la foire. Le marché. Des

ménagères qui marchandaient. Il y avait des étudiants, sortis de cours avant l'heure peut-être
avec l'excuse d'un père ou d'une mère malade,
qui à présent se promenaient et s'embrassaient
au bord du lac. Il y avait des gens qui se sentaient chez eux et d'autres qui se sentaient étrangers. Il y avait des journaux à scandale et de
respectables revues à l'usage des hommes
d'affaires, qu'on ne voyait lire, à vrai dire, que
les journaux à scandale.

Maria se rendit à la bibliothèque pour restituer l'ouvrage de gestion agricole. Elle n'y avait
rien compris, mais ce livre lui avait rappelé,
alors qu'elle croyait avoir perdu le contrôle
d'elle-même et de son destin, quel était son
objectif. Il avait été un compagnon silencieux,
une couverture jaune austère, une série de gra-
phiques, et surtout un phare dans les nuits
sombres de ces dernières semaines.

Toujours à faire des projets d'avenir, et toujours surprise par le présent, se disait-elle à elle-
même. Elle réfléchissait à la façon dont elle
s'était découverte à travers l'indépendance, le
désespoir, l'amour, la douleur, pour aussitôt
retrouver l'amour – et elle aurait aimé que les
choses s'arrêtent là.

Le plus curieux de tout, c'est que, tandis que
certaines de ses compagnes de travail évoquaient

les vertus et l'extase qu'elles trouvaient à coucher avec certains hommes, elle, le sexe ne lui avait rien apporté, ni en bien ni en mal. Elle n'avait pas résolu son problème : elle était incapable d'avoir un orgasme lors de la pénétration, et elle avait tellement banalisé l'acte sexuel qu'elle ne parviendrait peut-être jamais à expérimenter dans cette « étreinte des retrouvailles » – selon les termes de Ralf Hart – le feu et la joie qu'elle y cherchait.

Ou peut-être (il lui arrivait de le penser de temps à autre) était-il impossible sans amour d'avoir du plaisir au lit, ainsi que l'affirment les mères, les pères, la littérature romantique.

La bibliothécaire (sa seule amie, même si elle ne le lui avait jamais dit), d'ordinaire sérieuse, était de bonne humeur. Elle la reçut à l'heure du déjeuner et l'invita à partager son sandwich ; Maria la remercia en disant qu'elle venait de déjeuner.

« Vous en avez mis du temps, pour le lire.

– Je n'y ai rien compris.

– Vous souvenez-vous de ce que vous m'avez demandé une fois ? »

Non, elle ne se rappelait pas, mais quand elle vit le sourire malicieux sur le visage de la femme, elle comprit : le sexe

« Vous savez, depuis que vous êtes venue chercher ce genre de sujet ici, j'ai fait faire un relevé de tout ce que nous possédions. Il n'y avait pas grand-chose, et comme nous devons éduquer les jeunes, j'ai commandé quelques ouvrages. Ainsi, ils n'auront pas besoin de s'informer de la pire manière qui soit – avec des prostituées, par exemple. »

La bibliothécaire désigna dans un coin une pile de livres, tous soigneusement recouverts de papier brun.

« Je n'ai pas encore eu le temps de les classer, mais j'ai jeté un coup d'œil et j'ai été horrifiée par ce que j'ai découvert. »

Eh bien, Maria aurait pu parier sur ce qu'elle allait dire : positions inconfortables, sadomasochisme, etc. Il valait mieux prétendre que c'était l'heure de retourner au travail (elle ne savait plus si elle avait dit qu'elle était employée dans une banque ou dans une boutique – le mensonge exigeait de gros efforts de mémoire).

Elle remercia la bibliothécaire, fit signe qu'elle allait partir, mais l'autre déclara : « Vous aussi vous seriez horrifiée. Par exemple, saviez-vous que le clitoris est une invention récente ? »

Une invention ? Récente ? Cette semaine encore, un homme avait touché le sien qui semblait avoir toujours été là, comme si ses mains

307

connaissaient par cœur le terrain qu'elles explo-
raient, en dépit de l'obscurité totale.

« Son existence a été officiellement admise en
1559, après qu'un médecin, Realdo Colombo,
eut publié un livre appelé *De re anatomica*.
Colombo le décrit, dans son livre, comme " une
chose jolie et utile ", croyez-vous cela ? »

Elles rirent toutes deux.

« Deux ans plus tard, en 1561, un autre médecin, Gabriele Falloppio, a affirmé que la
" découverte " lui appartenait. Deux hommes
– des Italiens évidemment, ils s'y entendent sur
la question – débattant pour savoir qui avait
officiellement fait entrer le clitoris dans l'histoire
du monde ! »

Si intéressante que fût cette conversation,
Maria ne voulait pas y réfléchir – elle sentait de
nouveau son sexe devenir humide au seul souvenir de la caresse, des bandeaux, des mains qui se
promenaient sur son corps. Non, elle n'était pas
morte pour le sexe, cet homme l'avait délivrée
d'une certaine manière. Qu'il était bon d'être
encore en vie !

Mais la bibliothécaire s'emballait : « Même
après, on a continué à le mépriser » – elle semblait être devenue experte sur le sujet. « Les
mutilations dont on parle de nos jours dans les
journaux, par lesquelles certaines tribus afri-

308

caines ôtent aux femmes le droit au plaisir, ne sont pas une nouveauté du tout. Ici même, en Europe, au XIXe siècle, on pratiquait l'excision, convaincu que dans cette insignifiante partie de l'anatomie féminine résidait la source de l'hystérie, de l'épilepsie, de la propension à l'adultère et de la stérilité. »

Maria tendit la main pour prendre congé, mais la bibliothécaire ne manifestait aucune lassitude.

« Pire, notre cher Freud, qui a fondé la psychanalyse, affirmait que l'orgasme, chez une femme normalement constituée, doit se déplacer du clitoris vers le vagin. Ses plus fidèles adeptes, développant cette thèse, ont prétendu ensuite que la concentration du plaisir sexuel dans le clitoris était un signe d'immaturité, ou, plus grave encore, de bisexualité.

« Et cependant, nous le savons toutes : il est très difficile d'avoir un orgasme uniquement grâce à la pénétration. Il est bon d'être possédée par un homme, mais le plaisir est dans ce petit grain, là, découvert par un Italien ! »

Maria se reconnut atteinte de la déficience diagnostiquée par Freud : sa sexualité, encore infantile, n'avait pas évolué du clitoris vers le vagin. Ou bien était-ce Freud qui s'était trompé ?

« Et le point G, qu'en pensez-vous ?

– Vous savez où ça se trouve ? »

La femme rougit, toussota, mais s'enhardit à répondre : « En entrant, au premier étage, fenêtre du fond. »

Géniale, cette comparaison du vagin avec un édifice ! On aurait dit un de ces livres d'éducation sexuelle destinés aux jeunes filles, truffés d'images présentant un inconnu frappant à la porte, sur le point de leur faire découvrir un monde dans leur propre corps. Chaque fois que Maria se masturbait, elle préférait ce fameux point G au clitoris, qui lui causait un certain désarroi, un plaisir mêlé d'anxiété, et elle allait toujours d'emblée au premier étage, fenêtre du fond !

Voyant que la bibliothécaire était intarissable – peut-être trouvait-elle en elle une complice de sa propre sexualité perdue –, Maria lui fit un signe de la main et sortit.

Elle n'avait plus envie de retourner au *Copacabana*. Pourtant, elle se sentait confusément dans l'obligation de terminer son travail, sans comprendre pourquoi – après tout, elle avait économisé suffisamment. Cet après-midi, elle pouvait faire des courses, aller trouver un client directeur de banque qui avait promis de la conseiller sur ses économies, prendre un café, expédier par la poste quelques affaires qui ne tiendraient pas dans ses bagages. Etrange, elle se sentait vaguement triste; peut-être parce qu'il lui restait deux semaines en Europe. Elle devrait passer le temps, regarder la ville avec des yeux neufs, se réjouir d'avoir vécu tout cela.

Elle atteignit un carrefour qu'elle avait déjà traversé des centaines de fois, d'où la vue s'étendait sur le lac, le jet d'eau et, au beau milieu du parc de l'autre côté de la chaussée, le parterre de fleurs dessinant une somptueuse horloge, un des emblèmes de Genève, qui lui interdisait de mentir parce que...

Soudain, le temps, le monde s'immobilisèrent. Que signifiait cette histoire de virginité retrouvée à laquelle elle réfléchissait depuis son réveil?

La vie semblait figée, cette seconde ne passait pas. Maria se trouvait devant quelque chose de très sérieux et de capital, qu'elle n'avait pas le droit d'oublier, elle ne pouvait pas faire comme pour ses rêves nocturnes qu'elle se promettait toujours de noter et dont elle ne se souvenait jamais...

« Ne pense à rien. Le monde s'est arrêté. Que se passe-t-il? »

ASSEZ !

L'oiseau. L'histoire de l'oiseau qu'elle venait d'écrire s'appliquait-elle à Ralf Hart ? Non, à elle-même ! POINT FINAL !

Il était onze heures onze du matin, et son histoire prenait fin à cet instant. Etrangère dans son propre corps, Maria redécouvrait sa virginité toute neuve, mais sa renaissance était si fragile que, si elle en restait là, elle serait perdue à tout jamais. Elle avait connu le ciel peut-être, l'enfer certainement, mais l'Aventure touchait à son terme. Impossible d'attendre deux semaines, dix jours, une semaine, il lui fallait partir en courant, car en regardant cette horloge fleurie, les touristes qui prenaient des photographies et les enfants jouant tout autour, elle avait découvert la cause de sa tristesse. Et la cause était la suivante : elle ne voulait pas rentrer.

La raison, ce n'étaient pas Ralf Hart, la Suisse, l'Aventure. La vraie raison était trop simple : l'argent.

L'argent ! Un bout de papier spécial, aux couleurs sobres, dont tout le monde disait qu'il avait une valeur – elle le croyait, tout le monde le croyait. Jusqu'au moment où elle se rendrait avec une montagne de bouts de papier dans une banque, une respectable, traditionnelle, très discrète banque suisse, et demanderait : « Puis-je acquérir quelques heures de ma vie ? » « Non, madame, nous ne vendons pas ; nous achetons seulement. »

Maria fut tirée de son délire par le coup de frein d'une voiture, les protestations d'un conducteur, et un vieillard souriant qui lui demandait en anglais de reculer – le feu était rouge pour les piétons.

« Je crois que je viens de découvrir quelque chose que tout le monde doit savoir. »

Mais personne ne savait. Elle regarda autour d'elle : les passants avançaient tête baissée, courant pour se rendre au travail, à l'école dans une agence pour l'emploi, rue de Berne, disant toujours : « Je peux attendre encore un peu. Mon rêve, il n'est pas nécessaire que je le vive aujourd'hui, parce que je dois gagner de l'argent. » Bien sûr, son métier était maudit, mais au fond il ne s'agissait que de vendre son temps, comme tout le monde. De faire des choses qu'elle n'aimait pas, comme tout le monde. De subir des gens insupportables, comme tout le monde. De livrer son précieux corps et sa précieuse âme au nom d'un avenir qui n'arrivait jamais, comme tout le monde. De prétendre qu'elle n'avait pas encore assez amassé, comme tout le monde. De patienter juste un peu, comme tout le monde. D'attendre, de gagner un peu

313

plus, de reporter à plus tard la réalisation de ses désirs – pour le moment elle était trop occupée, on l'attendait, des clients qui pouvaient payer de trois cent cinquante à mille francs suisses la nuit.

Pour la première fois de sa vie, malgré tout ce qu'elle aurait pu acheter avec l'argent ainsi gagné – qui sait, encore un an seulement ? – Maria décida sciemment, lucidement et délibérément, de laisser passer une opportunité.

Elle attendit que le passage fût autorisé, traversa la rue, s'arrêta devant l'horloge fleurie, pensa à Ralf, sentit de nouveau son regard de désir le soir où elle avait dénudé sa poitrine, sentit ses mains lui toucher les seins, le sexe, le visage, elle dirigea son regard vers l'immense jet d'eau au loin, et – sans avoir besoin de toucher une seule partie de son corps – eut un orgasme, là, devant tout le monde.

Personne ne le remarqua : ils étaient tous très, très occupés.

A peine était-elle entrée que Nyah, la seule de ses collègues avec laquelle Maria avait une relation qu'on pourrait dire amicale, l'appela. Elle était assise avec un Oriental, et ils riaient tous les deux.

« Regarde ça ! lança-t-elle. Regarde ce qu'il veut que je fasse avec lui ! »

Le regard complice et un large sourire aux lèvres, l'Oriental souleva le couvercle d'une sorte de coffret à cigares. De loin, Maria glissa un œil à l'intérieur pour voir s'il ne s'agissait pas de seringues ou de drogue. Non, c'était seulement un objet dont l'homme lui-même ne comprenait pas bien le fonctionnement.

« On dirait un objet du siècle passé ! dit Maria.

— C'est un objet du siècle passé, admit l'Oriental, indigné par l'ignorance que trahissait ce commentaire. Celui-là a plus de cent ans et il m'a coûté une fortune. »

C'était un assemblage de valvules, manivelle, circuits électriques, petits contacts en métal et piles, comparable à l'intérieur d'un vieux poste de radio, avec deux fils dont l'extrémité était reliée à un petit bâton de verre de la taille d'un doigt. Rien qui pût coûter une fortune.

« Comment ça marche ? »

Nyah n'apprécia pas la question de Maria. Bien qu'elle fît confiance à la Brésilienne, les gens changent en un tournemain et celle-ci pouvait avoir des vues sur son client.

« Il m'a déjà expliqué. C'est le Bâton Violet. »

Et, se tournant vers l'Oriental, elle suggéra qu'ils sortent, puisqu'elle avait décidé d'accepter son invitation. Mais l'homme semblait enthousiasmé par l'intérêt qu'éveillait son jouet.

« Vers 1900, quand les premières piles ont commencé à circuler sur le marché, la médecine traditionnelle a multiplié les expériences faisant usage de l'électricité, pour voir si elle soignait les maladies mentales ou l'hystérie. On l'a utilisée aussi pour combattre l'acné et stimuler la vitalité de la peau. Vous voyez ces deux extrémités ? Elles étaient placées ici – il indiqua ses tempes – et la batterie provoquait une décharge statique comme celle que l'on ressent quand l'air est très sec. »

C'était un phénomène inexistant au Brésil, mais très fréquent en Suisse, Maria l'avait découvert un jour où, ouvrant la portière d'un taxi, elle avait entendu un claquement et ressenti un choc. Pensant que la voiture avait un problème, elle avait protesté qu'elle ne paierait pas la course, et le chauffeur l'avait presque agressée, la traitant d'ignorante. Il avait raison; ce n'était pas la voiture, c'était l'air très sec. Après plusieurs incidents de ce type, elle appréhendait de toucher les objets en métal, jusqu'au jour où elle découvrit dans un supermarché un bracelet ayant la faculté de diminuer la charge d'électricité accumulée dans l'organisme.

Elle se tourna vers l'Oriental : « Mais c'est extrêmement désagréable ! »

De plus en plus impatientée par les commentaires de Maria, Nyah gardait le bras autour des épaules de l'homme d'une manière ostensiblement possessive.

« Cela dépend de l'endroit où vous le mettez », dit l'Oriental en riant.

Il fit tourner la petite manivelle, et les deux bâtons prirent une teinte violette. D'un mouvement rapide, il les appuya au contact des deux femmes; il y eut un claquement, mais le choc ressemblait davantage à une démangeaison qu'à une douleur.

Milan s'approcha : « Pas de ça ici, s'il vous plaît. »

L'homme rangea les bâtons dans la boîte. La Philippine saisit l'occasion et lui suggéra d'aller sur-le-champ à l'hôtel. L'Oriental parut un peu déçu, la nouvelle venue s'intéressait beaucoup plus au Bâton Violet que la femme qui l'invitait maintenant à sortir. Néanmoins il enfila sa veste, rangea la boîte dans un porte-documents en cuir et déclara : « De nos jours, on en fabrique de nouveau. C'est devenu une mode chez les gens qui recherchent les plaisirs particuliers. Mais le modèle que vous avez vu est presque unique, on ne le trouve que dans de rares collections médicales, des musées ou chez des antiquaires. »

Milan et Maria demeurèrent immobiles, ne sachant que dire.

« Vous en aviez déjà vu ?

– De ce type, non. Celui-ci doit réellement coûter une petite fortune. Cet homme est cadre supérieur dans une compagnie pétrolière. Mais j'en ai vu d'autres, des modernes.

– Et comment s'en sert-on ?

– Les gens se le mettent dans le corps... et ils demandent à la femme d'activer la manivelle. Ils prennent le choc à l'intérieur.

– Ils ne pourraient pas faire ça tout seuls ?

– En matière de sexe, on peut faire n'importe quoi tout seul. Mais il vaut mieux qu'ils continuent à y trouver plus d'agrément avec

318

quelqu'un, sinon mon bar courrait à la faillite et tu irais travailler chez un marchand de légumes A ce propos, ton client spécial a prévenu qu'il viendrait ce soir ; refuse toute autre invitation, je te prie.

— Je refuserai. Y compris la sienne. Je suis seulement venue faire mes adieux, je m'en vais. »

Milan ne parut pas accuser le coup.

« Le peintre ?

— Non. Le *Copacabana*. Il y a une limite — et je l'ai atteinte ce matin, devant l'horloge fleurie près du lac.

— Et quelle est cette limite ?

— Le prix d'une ferme dans l'intérieur du Brésil. Je sais que je pourrais gagner davantage, travailler un an de plus. Quelle différence cela ferait-il, pas vrai ? Eh bien, je connais la différence : je resterais pour toujours dans ce piège, comme vous, comme les clients, les cadres, les commissaires de bord, les chasseurs de têtes, les directeurs de maison de disques, tous les hommes que j'ai connus, à qui j'ai vendu mon temps et qui ne peuvent pas me le restituer. Si je reste un jour de plus, je reste un an de plus, et si je reste un an de plus, je ne m'en sortirai jamais. »

Milan fit un signe d'acquiescement discret, comme s'il comprenait et approuvait, bien qu'il

319

ne pût rien dire – Maria risquait de contaminer toutes les filles qui travaillaient pour lui. Mais c'était un homme bon, et même s'il n'avait pas donné sa bénédiction, il ne fit rien pour convaincre la Brésilienne qu'elle commettait une erreur.

Elle commanda une boisson – une coupe de champagne, elle ne supportait plus le cocktail de fruits. Maintenant elle pouvait boire, elle n'était pas en service. Milan lui dit qu'elle pouvait lui téléphoner si elle avait besoin de quoi que ce soit, elle serait toujours la bienvenue.

Elle voulut payer son verre, il répondit que c'était pour la maison. Elle accepta : elle avait donné à cette maison bien plus que le prix d'un verre.

Journal de Maria, de retour chez elle :

Je ne me rappelle plus quand, mais un dimanche j'ai décidé d'entrer dans une église pour assister à la messe. Après une longue attente, je me suis rendu compte que je n'étais pas au bon endroit : c'était un temple protestant.

J'allais sortir, lorsque le pasteur a commencé son sermon. J'ai pensé qu'il serait indélicat de me lever – et ce fut une bénédiction, parce que, ce jour-là, j'ai entendu des choses que j'avais grand besoin d'entendre.

« Dans toutes les langues du monde existe le même dicton : ce que les yeux ne voient pas, le cœur ne le sent pas. Eh bien, j'affirme qu'il n'est rien de plus faux; plus on est loin, plus ils sont près du cœur, les sentiments que nous essayons d'étouffer et d'oublier. Si nous sommes en exil,

nous voulons garder le moindre souvenir de nos racines, si nous sommes loin de l'être aimé, chaque personne qui passe dans la rue nous le rappelle.

« Les Evangiles et les textes sacrés de toutes les religions ont été rédigés dans l'exil, en quête de la compréhension de Dieu, de la foi qui faisait avancer les peuples, du pèlerinage des âmes errantes sur la face de la terre. Nos ancêtres ne savaient pas, et nous non plus ne savons pas, ce que la Divinité attend de nos vies. C'est justement alors que sont écrits les livres, peints les tableaux, parce que nous ne voulons pas et que nous ne pouvons pas oublier qui nous sommes. »

A la fin du culte, je suis allée vers lui et je lui ai exprimé ma gratitude : je lui ai dit que j'étais une étrangère dans un pays étranger, et je l'ai remercié de m'avoir rappelé que ce que les yeux ne voient pas, le cœur le sent. Et pour avoir tant senti, aujourd'hui je m'en vais.

Maria attrapa les deux valises et les posa sur le lit. Elle s'était imaginé qu'elle les remplirait de cadeaux, de vêtements neufs, de photos de vues enneigées et des grandes capitales européennes, souvenirs d'un temps heureux où elle avait vécu dans le pays le plus sûr et le plus généreux du monde. Elle avait, c'était vrai, quelques vêtements neufs et quelques photos de la neige qui était tombée un jour sur Genève, mais hormis cela, rien ne s'était passé comme elle l'avait pensé.

Elle était arrivée ici en rêvant de gagner beaucoup d'argent, d'apprendre la vie et de découvrir qui elle était, de trouver un mari et de faire venir sa famille pour lui montrer où elle habitait. Elle rentrait chez elle avec la somme exacte nécessaire pour réaliser un rêve, sans avoir visité les montagnes, et − ce qui était pire − étrangère à elle-même. Mais elle était contente, elle savait qu'était venu le moment de s'arrêter.

Peu de gens reconnaissent ce moment.

Elle avait connu quatre aventures seulement – elle avait été danseuse dans un cabaret, avait appris le français, travaillé comme prostituée, et aimé éperdument un homme. Combien de personnes peuvent se vanter de tant d'émotions en un an ? Elle était heureuse, malgré sa tristesse – et cette tristesse avait un nom : elle ne s'appelait pas prostitution, ni Suisse, ni argent, mais Ralf Hart. Bien qu'elle ne l'eût jamais reconnu, au fond de son cœur, elle aurait aimé l'épouser, lui qui maintenant l'attendait dans une église, s'apprêtant à lui montrer sa peinture, à lui faire rencontrer ses amis, son milieu.

Elle envisagea ne pas se rendre au rendez-vous mais de descendre dans un hôtel près de l'aéroport, puisque son avion décollait le lendemain matin : à partir de maintenant, chaque minute passée à son côté serait une année de souffrance à venir, pour tout ce qu'elle aurait pu dire et n'aurait pas dit, pour le souvenir de sa main, de sa voix, de ses histoires, de la façon dont il l'avait soutenue.

Elle ouvrit de nouveau la valise, en sortit le wagon électrique qu'il lui avait donné le premier soir chez lui Elle le contempla quelques minutes, avant de le jeter à la poubelle. Ce train ne méritait pas de connaître le Brésil, il avait été injuste, superflu pour l'enfant qui l'avait toujours désiré.

Non, elle n'irait pas à l'église. Peut-être lui poserait-il des questions, et si elle répondait la vérité – « Je m'en vais » –, il lui demanderait de rester, lui promettrait n'importe quoi pour ne pas la perdre, lui déclarerait son amour alors qu'il le lui avait déjà démontré à chaque minute qu'ils avaient passée ensemble. Mais ils avaient appris à se fréquenter en toute liberté, et aucune autre relation ne marcherait – c'était peut-être la seule raison pour laquelle ils s'aimaient, parce qu'ils savaient qu'ils n'avaient pas besoin l'un de l'autre. Les hommes ont toujours peur quand une femme dit : « Je veux dépendre de toi », et Maria aurait aimé emporter avec elle l'image d'un Ralf Hart amoureux, tout à elle, prêt à n'importe quoi pour elle.

Elle avait encore le temps de décider si elle irait ou non au rendez-vous. Pour le moment, elle devait se concentrer sur des choses plus pratiques. Elle vit toutes les affaires encore hors des valises et qu'elle ne savait pas où ranger. Le propriétaire prendrait la décision d'en faire ce qu'il voudrait quand il trouverait dans l'appartement les appareils électroménagers, les tableaux achetés aux puces, les serviettes et les draps. Impossible d'emporter tout cela au Brésil, même si ses parents en avaient plus besoin que le premier mendiant suisse venu : ces objets lui rappelleraient sans fin ce dans quoi elle s'était aventurée.

Elle sortit, se rendit à la banque et demanda de retirer tout l'argent qu'elle y avait déposé. Le directeur – qu'elle avait intimement fréquenté – lui expliqua que c'était une mauvaise idée, que ces francs pouvaient continuer à lui rapporter, quitte à en percevoir les intérêts au Brésil. En outre, si on les lui volait, que de mois de travail perdus ! Maria hésita un instant, pensant, comme elle le faisait toujours, que l'homme voulait vraiment l'aider. Puis, lorsqu'elle eut un peu réfléchi, elle conclut que la finalité de cet argent était de se transformer en une ferme, une maison pour ses parents, quelques bêtes et beaucoup de travail, non pas de rester du papier-monnaie.

Elle retira jusqu'au dernier centime, rangea le tout dans une sacoche qu'elle avait achetée pour l'occasion, et l'attacha à sa ceinture, sous ses vêtements.

Elle se rendit à l'agence de voyages, priant pour avoir le courage d'aller plus loin. Quand elle voulut prendre son billet, on lui expliqua que le vol du lendemain faisait escale à Paris pour un changement d'appareil. Peu importait – l'essentiel était qu'elle fût loin d'ici avant de pouvoir y réfléchir à deux fois.

Elle marcha jusqu'à un pont, acheta une glace – bien qu'il commençât à faire froid de nouveau – et contempla Genève. Et alors tout lui parut différent, comme si elle venait d'arriver et s'apprêtait à découvrir musées et monuments historiques, bars et restaurants à la mode. C'est curieux, quand on habite une ville, on reporte toujours son exploration à plus tard, et en général on demeure dans l'ignorance.

Elle se dit qu'elle devrait être contente de rentrer chez elle, mais n'y parvint pas. Elle se dit qu'elle devrait être triste de quitter une cité qui l'avait si bien traitée, et n'y parvint pas non plus. Elle laissa échapper quelques larmes, par peur d'elle-même, une fille intelligente qui avait tout pour réussir mais qui en général prenait de mauvaises décisions.

Et elle espéra ardemment ne pas se tromper cette fois.

L'église était complètement déserte quand elle entra, et elle put contempler dans le calme les vitraux qu'illuminait l'éclat d'un ciel nettoyé par l'orage de la nuit précédente. Devant elle, un autel et une croix vide ; non pas un instrument de torture portant un homme à l'agonie, mais un symbole de résurrection, dans lequel l'instrument de supplice perdait toute sa signification, sa terreur, son importance. Elle se souvint du fouet ce soir d'orage, c'était la même chose. « Mon Dieu, à quoi suis-je en train de penser ? »

Elle fut contente aussi de ne pas voir d'images de saints souffrant, avec des traces de sang et des plaies béantes. C'était seulement un lieu où les hommes se réunissaient pour adorer quelque chose qui dépassait leur entendement.

Elle s'arrêta devant le tabernacle où était conservé le corps d'un Jésus en qui elle croyait encore, bien qu'elle ne lui eût guère accordé de place dans ses pensées. Elle s'agenouilla et fit le serment à Dieu, à la Vierge, à Jésus, à tous les saints que, quoi qu'il arrivât durant cette journée, elle ne changerait pas d'avis et qu'elle partirait de toute façon. Elle fit cette promesse parce qu'elle connaissait bien les pièges de l'amour, qui sont capables de transformer la volonté d'une femme.

Peu après, elle sentit une main sur son épaule et elle inclina son visage jusqu'à la toucher.

« Comment vas-tu ?

— Bien, répondit-elle, sans aucune angoisse dans la voix.

— Parfait. Allons prendre notre café. »

Ils sortirent main dans la main, comme deux amoureux qui se retrouvent après une longue séparation. Ils s'embrassèrent en public, quelques passants les regardèrent, scandalisés. Tous deux souriaient du malaise qu'ils causaient et des désirs qu'ils éveillaient — ils le savaient, en réalité ces gens auraient aimé faire la même chose, le scandale n'était que cela précisément.

Ils entrèrent dans un café pareil à tous les autres, mais qui cet après-midi-là était différent puisqu'ils s'y trouvaient et qu'ils s'aimaient. Ils évoquèrent Genève, les difficultés de la langue française, les vitraux de l'église, les méfaits du tabac – ils fumaient tous les deux et n'avaient nullement l'intention de renoncer à ce vice.

Elle insista pour payer l'addition et il accepta. Ils se rendirent à l'exposition, elle découvrit son milieu, les artistes, les riches qui paraissaient encore plus riches, les millionnaires qui paraissaient pauvres, le public qui posait des questions sur des choses dont elle n'avait jamais entendu parler. Tous apprécièrent sa présence, admirèrent son français, l'interrogèrent sur le carnaval, le football, la musique de son pays. Bien éduqués, gentils, sympathiques, charmants.

Quand ils sortirent, il lui dit qu'il irait ce soir-là la retrouver au *Copacabana*. Elle le pria de n'en rien faire, elle avait sa soirée libre, elle aimerait l'inviter à dîner.

Il accepta. Avant de se séparer, ils prirent rendez-vous pour aller dîner dans un restaurant sympathique sur la petite place de Cologny.

Alors Maria se souvint de sa seule amie et elle décida de rendre visite à la bibliothécaire pour lui annoncer qu'elle ne reviendrait plus.

Elle resta prisonnière des embouteillages une éternité, jusqu'à ce que les Kurdes (encore !) aient fini de manifester et que les voitures puissent de nouveau circuler normalement. Mais maintenant qu'elle était maîtresse de son temps, cela n'avait pas d'importance.

Lorsqu'elle arriva, l'établissement était sur le point de fermer.

« Il se peut que je me montre trop familière, mais je n'ai aucune amie à qui me confier », dit la bibliothécaire, sitôt que Maria fut entrée.

Cette femme n'avait pas d'amie ? Après avoir passé toute sa vie au même endroit, rencontré quantité de gens toute la journée, elle n'avait personne avec qui discuter ? Enfin, Maria découvrait quelqu'un comme elle – ou plutôt quelqu'un comme tout le monde.

« J'ai repensé à ce que j'avais lu sur le clitoris...

– Non ! N'est-il pas possible de parler d'autre chose ?

– J'ai constaté que, même si j'éprouvais toujours beaucoup de plaisir dans toutes les relations avec mon mari, j'avais du mal à avoir un orgasme pendant les rapports. Vous trouvez cela normal ?

– Trouvez-vous normal que les Kurdes manifestent chaque jour ? Que les femmes amoureuses fuient leur prince charmant ? Que les gens rêvent d'avoir une exploitation agricole au lieu de penser à l'amour ? Que des hommes et des femmes vendent leur temps sans pouvoir l'acheter en retour ? Et pourtant, tout cela existe. Peu importe donc ce que je pense ou pas, c'est normal, de toute façon. Tout ce qui va à l'encontre de la nature, à l'encontre de nos désirs les plus intimes, est normal à nos yeux, même si cela paraît une aberration aux yeux de Dieu. Nous avons cherché notre enfer, nous avons mis des millénaires à le construire, et après beaucoup d'efforts, nous pouvons maintenant vivre de la pire manière qui soit. »

Maria regarda la bibliothécaire et, pour la première fois, elle lui demanda son prénom (elle ne connaissait que son nom marital). Elle s'appelait Heidi, avait été mariée trente ans, et jamais – jamais ! – elle ne s'était demandé s'il était normal de ne pas avoir d'orgasme au cours des rapports sexuels avec son mari.

« Je ne sais pas si j'aurais dû lire tout ça ! Il aurait peut-être mieux valu vivre dans l'ignorance, pensant qu'un mari fidèle, un appartement avec vue sur le lac et un emploi de fonctionnaire étaient tout ce dont une femme pouvait rêver. Depuis que vous êtes arrivée ici et que j'ai commencé ces lectures, je suis très inquiète de ce que j'ai fait de ma vie. Est-ce que tout le monde est ainsi ?

– Je peux vous assurer que oui », et Maria se sentit pleine d'expérience devant cette femme qui sollicitait ses conseils.

« Aimeriez-vous que j'entre dans les détails ? »
Maria acquiesça d'un hochement de tête.

« Bien sûr, vous êtes encore très jeune pour comprendre ces choses, mais précisément pour cette raison, j'aimerais vous confier un peu mon histoire, afin que vous ne commettiez pas les mêmes erreurs que moi.

« Pourquoi est-ce que mon mari ne s'occupait jamais de mon clitoris ? Il pensait que l'orgasme était vaginal, et j'avais de la peine, beaucoup de peine, à feindre un émoi que, selon lui, j'aurais dû ressentir. Bien sûr, j'avais du plaisir, mais un plaisir différent. Seulement quand la friction était dans la partie supérieure... vous comprenez ?

– Je comprends.

– Maintenant je sais pourquoi. C'est là », dit-elle en montrant un livre sur sa table, dont Maria ne parvint pas à lire le titre. « Il existe un faisceau de nerfs qui s'étend du clitoris au point G, et qui est prédominant. Mais les hommes, eux, croient que tout est dans la pénétration. Savez-vous ce qu'est le point G ?

– Nous en avons parlé l'autre jour », dit Maria, cette fois Petite Fille ingénue. « En entrant, au premier étage, fenêtre du fond.

333

– Bien sûr, bien sûr ! » Le regard de la bibliothécaire s'éclaira. « Vérifiez par vous-même
combien de vos amis en ont entendu parler :
aucun ! C'est absurde ! Mais de même que le clitoris a été une invention de cet Italien, le point G
est une conquête de notre siècle. Et bientôt on en
parlera dans toutes les manchettes, plus personne ne pourra ignorer son rôle. Vous imaginez
quelle époque révolutionnaire nous sommes en
train de vivre ? »

Maria regarda sa montre, et Heidi se rendit
compte qu'elle devait se dépêcher d'apprendre à
cette jolie fille que les femmes ont pleinement le
droit d'être heureuses, épanouies, si elle voulait
que la génération à venir puisse bénéficier de ces
extraordinaires conquêtes scientifiques.

« Le Dr Freud pensait que notre plaisir était
forcément localisé dans le vagin, comme celui
des hommes l'est dans le pénis. Or il faut revenir
à la source, à ce qui nous a toujours donné du
plaisir : le clitoris et le point G ! Très peu de
femmes parviennent à une relation sexuelle
satisfaisante, si bien que je vais vous donner un
truc : inversez la position. Faites s'allonger votre
petit ami et restez au-dessus ; votre clitoris va
frotter contre son pubis, de sorte que vous
obtiendrez la stimulation dont vous avez besoin.
Ou plutôt : la stimulation que vous méritez ! »

Maria, cependant, feignait de ne pas prêter attention à la conversation. Ainsi, elle n'était pas en cause ! Tout était une question d'anatomie ! Elle eut envie d'embrasser la bibliothécaire, tandis que son cœur se libérait d'un immense fardeau. Qu'il était bon d'avoir fait cette découverte encore jeune ! Quel jour magnifique elle vivait !

Heidi eut un sourire de conspiratrice.

« Ils ne le savent pas, mais nous aussi nous avons une érection ! »

« Ils », ce devait être les hommes. Maria s'enhardit, puisque la conversation était tellement intime : « Avez-vous déjà couché avec quelqu'un en dehors du mariage ? »

La bibliothécaire reçut un choc. Ses yeux émirent une sorte de feu sacré, sa peau devint écarlate, impossible de dire si c'était de rage ou de honte. Puis, au bout d'un moment, la lutte prit fin entre le besoin de raconter et celui de feindre l'indignation. Elle changea de sujet.

« Revenons à notre érection : le clitoris ! Il devient rigide, le saviez-vous ?

– Depuis l'enfance. »

Heidi semblait désappointée. Cependant, elle reprit :

« Et il paraît que, si vous vous caressez tout autour, sans même toucher la pointe, le plaisir peut surgir d'une manière encore plus intense.

Certains hommes vont s'empresser de toucher le bout du clitoris, sans savoir que cela peut être parfois douloureux, vous n'êtes pas d'accord ? Et puis, une conversation franche avec votre partenaire est toujours bénéfique, d'après le livre que je suis en train de lire.

– Avez-vous eu une conversation franche avec votre mari ? »

De nouveau, Heidi éluda la question, sous le prétexte que c'était une autre époque. A présent, ce qui l'intéressait, c'était plutôt de partager ses expériences intellectuelles.

Maria regarda encore sa montre, expliqua qu'elle était venue seulement faire ses adieux, puisque son stage était terminé. La bibliothécaire parut ne pas l'entendre.

« Vous ne voulez pas emporter ce livre sur le clitoris ?

– Non, merci.

– Et vous ne voulez rien emprunter d'autre ?

– Non. Je retourne dans mon pays, mais je voudrais vous remercier de m'avoir toujours traitée avec respect et compréhension. Au revoir. »

Elles se serrèrent la main et se souhaitèrent mutuellement beaucoup de bonheur.

La bibliothécaire attendit que la jeune fille fût sortie, puis ce fut plus fort qu'elle : elle donna un coup de poing sur la table. Pourquoi n'avait-elle pas profité de l'occasion ? Puisque la jeune fille avait osé lui demander si elle avait trahi son mari un jour, pourquoi n'avoir pas répondu ?

« Bon, ce n'est pas grave. »

Le monde n'était certes pas fait que de sexe, mais tout de même, cela comptait. Elle regarda autour d'elle : une bonne partie des milliers d'ouvrages qui l'entouraient relataient une histoire d'amour. Toujours la même – quelqu'un fait une rencontre, tombe amoureux, perd, et rencontre de nouveau. Il était question d'âmes qui communiquaient, de pays lointains, d'aventure, de souffrance, de soucis, mais il y avait rarement quelqu'un pour dire : « Faites attention, cher monsieur, à mieux comprendre le corps féminin. » Pourquoi les livres n'en traitaient-ils pas ouvertement ?

Peut-être que cela n'intéressait personne, au bout du compte. L'homme s'obstinait à rechercher la nouveauté, il était encore le chasseur troglodyte qui suivait son instinct de reproducteur. Et la femme ? Selon l'expérience personnelle de Heidi, l'envie d'avoir du plaisir avec son compagnon ne durait que quelques années ; ensuite, sa fréquence diminuait. Aucune femme n'en parlait, chacune pensant être seule dans ce cas. Et elle mentait, feignait de ne plus supporter le désir de son mari qui demandait à faire l'amour chaque nuit.

Très vite, les femmes se consacraient à d'autres préoccupations : les enfants, la cuisine, l'emploi du temps, les tâches ménagères, les factures à payer, la tolérance envers les escapades du mari, les voyages pendant les vacances où ils se souciaient des enfants plus que d'eux-mêmes, la complicité – ou même l'amour, mais pas le sexe.

Elle aurait dû se montrer plus ouverte avec la jeune Brésilienne, visiblement une fille innocente, de l'âge de sa propre fille, et encore bien incapable de connaître la vie. Une émigrée qui vivait loin de sa terre natale, se donnait de la peine pour un travail sans attrait, attendait de rencontrer un homme avec lequel elle pût se marier, feindre quelques orgasmes, trouver la sécurité, contribuer à la mystérieuse reproduction de l'espèce humaine, et oublier aussitôt ces choses appelées orgasme, clitoris, point G; être une bonne épouse, une bonne mère, veiller à ce que rien ne manque à la maison, se masturber en cachette de temps à autre, en songeant au passant qui l'avait croisée dans la rue et avait eu pour elle un regard de désir. Sauvegarder les

apparences – pourquoi le monde se préoc-
cupait-il autant des apparences ?

C'est pour cette raison qu'elle n avait pas
répondu à la question : « Avez-vous déjà eu une
relation hors mariage ? »

Ces secrets meurent avec nous, pensa-t-elle.
Son mari avait toujours été l'homme de sa vie,
même si le sexe appartenait à leur passé lointain.
C'était un excellent compagnon, honnête, généreux, d'humeur égale, il luttait pour subvenir
aux besoins de sa famille et s'efforçait de
rendre heureux ceux qui vivaient sous sa responsabilité. L'homme idéal dont toutes les femmes
rêvent, et c'est pourquoi justement elle se sentait
si mal à l'idée qu'un jour elle avait désiré un
autre homme, qu'elle avait suivi.

Elle se rappelait leur rencontre. Elle revenait
de la ville de Davos, en montagne, quand une
avalanche avait interdit pour quelques heures la
circulation des trains. Heidi téléphona pour dire
que personne ne devait s'inquiéter, acheta quelques revues et se prépara pour une longue
attente dans la gare.

Ce fut alors qu'elle vit à côté d'elle un homme
équipé d'un sac à dos et d'un sac de couchage. Il
avait les cheveux grisonnants, la peau brûlée par
le soleil, il était le seul que l'absence du train ne
semblait pas déranger ; bien au contraire, il sou-

riait et cherchait du regard alentour quelqu'un avec qui converser. Heidi ouvrit une revue, mais – ah ! les mystères de la vie ! – ses yeux croisèrent rapidement ceux du voyageur, et elle ne put les détourner assez vite pour l'empêcher de s'approcher.

Avant qu'elle ait pu l'éconduire poliment, il lui adressa la parole. Il lui raconta qu'il était écrivain, qu'il avait assisté à un colloque ici et que le retard des trains lui ferait manquer son vol de retour. Quand ils arriveraient à Genève, pourrait-elle l'aider à dénicher un hôtel ?

Heidi le regardait : comment quelqu'un qui allait rater son avion et devait patienter de longues heures dans une gare inconfortable pouvait-il être de si bonne humeur ?

Mais l'homme se mit à discuter comme s'ils étaient de vieux amis. Il évoqua ses voyages, le mystère de la création littéraire et, ce qui la surprit et l'horrifia, les femmes qu'il avait aimées et rencontrées tout au long de sa vie. Heidi se contentait de faire « oui » de la tête, et il continuait. De temps à autre, il s'excusait de sa volubilité et lui demandait de se raconter un peu elle-même. Tout ce qu'elle avait à dire était : « Je suis une personne simple, sans rien d'extraordinaire. »

Soudain, elle se prit à espérer que le train

n'arrivât jamais. Cette conversation était tout à fait charmante, elle découvrait des choses qui n'avaient pénétré dans son univers qu'à travers les ouvrages de fiction. Et comme elle ne devait jamais le revoir, elle s'enhardit (plus tard, elle ne saurait expliquer pourquoi) et l'interrogea sur les sujets qui lui tenaient à cœur. Son mariage traversait une passe difficile, son mari réclamait sa présence, et Heidi voulait savoir ce qui pourrait le rendre heureux. L'homme fournit quelques explications ingénieuses, mais il semblait apprécier modérément de devoir parler du mari.

« Vous êtes une femme très intéressante », dit-il, usant d'une phrase qu'elle n'avait pas entendue depuis des années.

Elle ne sut comment réagir. Comprenant son embarras, il se mit à parler de déserts, de montagnes, de cités perdues et de femmes voilées ou à la taille nue, de guerriers, de pirates et de vieux sages.

Le train arriva. Ils s'assirent côte à côte. Maintenant, elle n'était plus une femme mariée, habitant un chalet face au lac, avec trois enfants à élever, mais une aventurière qui débarquait à Genève pour la première fois. En regardant les montagnes, le fleuve, elle se sentit contente de se trouver à côté d'un homme qui voulait la conquérir (les hommes ne pensent qu'à ça) et

341

faisait son possible pour l'impressionner. Elle songea à tous ceux qui avaient éprouvé la même chose et à qui elle n'avait jamais laissé la moindre chance ; ce matin-là, le monde avait changé, elle était une adolescente de trente-huit ans, assistant, éblouie, aux tentatives qu'il faisait pour la séduire. A l'automne (certes prématuré) de sa vie, alors qu'elle croyait avoir tout ce qu'elle pouvait espérer, cet homme apparaissait à la gare et il entrait sans demander la permission.

Ils descendirent à Genève. Elle lui indiqua un hôtel (modeste, avait-il insisté, parce qu'il n'avait pas prévu de passer un jour de plus dans ce pays où la vie était si chère), et il lui demanda de l'accompagner jusqu'à sa chambre pour vérifier si tout était en ordre. Heidi savait ce qui l'attendait. Pourtant, elle accepta. Ils fermèrent la porte, s'embrassèrent passionnément, il lui arracha ses vêtements, et – mon Dieu ! – il connaissait le corps des femmes, parce qu'il savait la souffrance et la frustration de beaucoup d'entre elles.

Ils firent l'amour tout l'après-midi, et ce n'est qu'à la tombée de la nuit que le charme se dissipa. Elle prononça alors la phrase qu'elle aurait aimé ne jamais dire : « Je dois rentrer, mon mari m'attend. »

Il alluma une cigarette. Ils demeurèrent silencieux quelques minutes, et ni l'un ni l'autre ne dirent « adieu ». Heidi se leva et sortit sans un regard en arrière, sachant que, quoi qu'ils disent, aucun mot, aucune phrase n'aurait de sens.

Bien qu'elle ne dût jamais le revoir, elle avait cessé durant quelques heures d'être une épouse fidèle, une maîtresse de maison, une mère affectueuse, une fonctionnaire exemplaire, constante dans ses amitiés, pour redevenir une femme.

Pendant quelques jours, son mari lui fit remarquer qu'elle avait changé, qu'elle était plus joyeuse ou plus triste – il n'aurait su exactement décrire son état. Une semaine plus tard, tout était rentré dans l'ordre.

« Dommage que je n'aie pas raconté cela à la petite, songea la bibliothécaire. De toute manière, elle n'aurait rien compris. Elle vit encore dans un monde où les gens sont fidèles et les serments d'amour éternels. »

Journal de Maria :

Je ne sais pas ce qu'il a pu penser quand il a ouvert la porte, ce soir-là, et qu'il m'a vue avec deux valises.

« Ne t'en fais pas, ai-je dit aussitôt. Je ne m'installe pas ici. Allons dîner. »

Il m'a aidée, sans un mot, à rentrer mes bagages. Ensuite, avant même de dire « Qu'est-ce que c'est ? » ou « Quelle joie que tu sois là », il m'a simplement attrapée et s'est mis à m'embrasser, à toucher mon corps, mes seins, mon sexe, comme s'il avait attendu ça très long-temps et pressentait que cette occasion serait la dernière.

Il m'a retiré ma veste, ma robe, m'a laissée nue, et c'est là, dans le hall, sans préambule, le vent froid passant sous la porte, que nous avons fait l'amour pour la première fois. J'ai pensé qu'il vaudrait sans doute mieux lui dire de s'arrêter, que nous devions chercher un endroit plus confortable, prendre le temps d'explorer l'immense univers de notre sexualité, mais en même temps je le voulais en moi, parce qu'il était l'homme que je n'avais jamais possédé et que je ne posséderais plus jamais. Aussi pouvais-je l'aimer de toute mon énergie, avoir – au moins pour une nuit – ce que je n'avais jamais eu et que probablement je n'aurais plus.

Il m'a couchée sur le sol, est entré en moi avant que je sois mouillée, mais non, la douleur ne m'a pas incommodée – au contraire, j'ai aimé que ce fût ainsi, il devait comprendre que je lui appartenais et qu'il n'avait pas besoin de demander la permission. Je n'étais plus là pour enseigner quoi que soit, ni pour montrer que ma sensibilité était supérieure à celle des autres femmes, seulement pour lui dire que oui, il était le bienvenu, que moi aussi j'attendais cela, que son mépris total des règles que nous avions fixées entre nous me réjouissait et exigeait maintenant que nous soyons menés par nos instincts d'homme et de femme. Nous étions dans la posi-tion la plus conventionnelle qui soit – moi des-sous, jambes écartées, lui au-dessus, allant et venant –, tandis que je le regardais, sans aucune envie de feindre, de gémir, de rien, voulant seulement garder les yeux ouverts pour me rappeler chaque seconde, voir son visage se transformer, ses mains qui attrapaient mes cheveux, sa bouche qui me mordait, m'embrassait. Pas de préliminaires, de caresses, de sophistication, seulement lui en moi, et moi dans son âme.

Il allait et venait, accélérait ou ralentissait le rythme, s'arrêtait quelquefois pour me regarder à son tour, mais ne me demandait pas si j'aimais, car il savait que c'était la seule manière pour nos âmes de communiquer à cet instant. Le rythme s'est accéléré, et je savais que les onze minutes touchaient à leur terme, j'aurais voulu qu'il continuât toujours, c'était bon – ah! mon Dieu, que c'était bon! – d'être possédée et de ne pas posséder! Tout cela les yeux grands ouverts, et j'ai noté le moment où nos perceptions se sont brouillées, on aurait dit que nous entrions dans une autre dimension, où j'étais la Grande Mère, l'univers, la femme aimée, la prostituée sacrée des anciens rituels qu'il m'avait expliqués devant un verre de vin et un feu de cheminée. J'ai pressenti son orgasme, et ses bras ont agrippé les miens, les mouvements sont devenus plus intenses, et alors il a hurlé – il n'a pas gémi, il ne s'est pas mordu les lèvres, il a hurlé! Il a rugi comme un animal! L'idée m'a traversée que les voisins allaient peut-être appeler la police, mais

346

ça n'avait pas d'importance, et j'ai senti un immense plaisir, parce que c'était ainsi depuis la nuit des temps, lorsque le premier homme a rencontré la première femme et qu'ils ont fait l'amour pour la première fois : ils ont hurlé.

Puis son corps s'est écroulé sur moi, et je ne sais pas combien de temps nous sommes restés serrés dans les bras l'un de l'autre. J'ai caressé ses cheveux comme je l'avais fait le soir où nous nous étions enfermés dans le noir à l'hôtel, j'ai senti les battements de son cœur se calmer, ses mains se sont promenées délicatement sur mes bras, et tous les poils de mon corps se sont hérissés.

Il a dû penser à un détail pratique – comme le poids de son corps sur le mien –, parce qu'il a roulé sur le côté, m'a pris les mains, et nous sommes restés tous les deux à regarder le plafond et le lustre.

« Bonne nuit », lui ai-je dit.

Il m'a attirée et m'a appuyé la tête contre sa poitrine. Il m'a caressée un long moment, avant de dire « bonne nuit » à son tour.

« Les voisins ont dû tout entendre », ai-je déclaré, ne sachant que faire, parce que dire « je t'aime » à ce moment n'avait pas grand sens, il le savait et moi aussi.

« Il passe un courant d'air froid sous la porte, a-t-il répondu au lieu de s'exclamer : " C'était merveilleux ! " Allons à la cuisine. »

Nous nous sommes levés, et j'ai remarqué qu'il n'avait même pas enlevé son pantalon. Il était habillé, seulement le sexe à l'air. J'ai enfilé ma veste et nous sommes allés à la cuisine. Il a préparé du café, fumé deux cigarettes, et moi une. Assis à la table, il disait « merci » des yeux, je répondais « je veux aussi te remercier », mais nos bouches restaient closes.

Enfin il s'est enhardi et m'a demandé ce que signifiaient ces valises.

« Je retourne au Brésil demain à midi. »

Une femme sent quand un homme compte pour elle. Et eux, sont-ils capables de ce genre d'intuition ? Ou bien aurais-je dû dire « je t'aime », « je voudrais rester ici avec toi », « demande-moi de rester » ?

« Ne t'en va pas. » Oui, il avait compris qu'il pouvait me dire cela.

« Je m'en vais. J'ai fait une promesse. »

Si je ne l'avais pas faite, peut-être aurais-je cru que tout ça durerait toujours. Et ce n'était pas le cas, cela faisait partie du rêve d'une fille du fin fond d'un pays lointain, qui part pour la grande ville (pas si grande que ça, à vrai dire), affronte mille difficultés, mais rencontre l'homme qu'elle aime. Ainsi, c'était un happy end après tous les moments difficiles que j'avais traversés, et chaque fois que je penserais à ma vie en Europe me reviendrait l'histoire d'un homme amoureux de moi, qui serait toujours mien puisque j'avais visité son âme.

Ah ! Ralf, tu ne sais pas combien je t'aime. Je pense que nous tombons peut-être toujours amoureuses au moment où nous regardons l'homme de nos rêves pour la première fois, même si la raison nous dicte que nous avons tort, et que nous nous mettons à lutter – sans volonté de vaincre – contre cet instinct. Puis vient le moment où nous nous laissons gagner par l'émotion, comme le soir où j'ai marché pieds nus dans le parc, supportant la douleur et le froid, mais comprenant combien tu m'aimais.

Oui, je t'aime, comme jamais je n'ai aimé un autre homme, et pour cette raison justement je m'en vais. Si je restais, le rêve deviendrait réalité, volonté de posséder, désir que ta vie m'appartienne... Enfin, toutes ces choses qui finissent par transformer l'amour en esclavage. C'est mieux ainsi : le rêve. Nous devons prendre soin de ce que nous rapportons d'un pays – ou de la vie.

« Tu n'as pas eu d'orgasme », a-t-il dit pour changer de sujet, se montrer attentionné, ne pas forcer la situation. Il avait peur de me perdre, et il pensait qu'il avait encore toute la nuit pour me faire changer d'avis.

« Je n'ai pas eu d'orgasme, mais j'ai eu un immense plaisir.

— Ce serait mieux si tu avais eu un orgasme.

— J'aurais pu faire semblant, seulement pour que tu sois content, mais tu vaux mieux que ça. Tu es un homme, Ralf Hart, avec tout ce que ce mot a de beau et d'intense. Tu as su me soutenir et m'aider, tu as accepté que je te soutienne et que je t'aide, sans que cela comporte la moindre humiliation. Oui, j'aurais aimé avoir un orgasme, mais je n'en ai pas eu. Cependant, j'ai adoré le sol froid, ton corps chaud, la violence consentie avec laquelle tu es entré en moi.

« Aujourd'hui, je suis allée à la bibliothèque rendre les livres que j'avais encore, et la bibliothécaire m'a demandé si je parlais de sexe avec mon partenaire. J'ai eu envie de lui dire : " Quel partenaire ? Quel genre de sexe ? " Mais elle ne méritait pas ça, elle a toujours été un ange avec moi.

« En réalité, je n'ai eu que deux partenaires depuis que je suis arrivée à Genève : l'un qui a éveillé le pire de moi-même, parce que je le lui ai permis – je l'en ai même imploré. L'autre, toi, grâce à qui je me sens de nouveau appartenir au

350

monde. J'aimerais pouvoir t'apprendre où toucher mon corps, avec quelle intensité, combien de temps, et je sais que tu le prendrais non pas comme une récrimination, mais comme un moyen de permettre à nos âmes de mieux communiquer. L'art de l'amour est comme ta peinture : il requiert de la technique, de la patience, et surtout de la pratique dans le couple. Il exige de l'audace, et il faut aller au-delà de ce qu'il est convenu d'appeler " faire l'amour ". »

Voilà. Le professeur était de retour – je ne voulais pas cela, mais Ralf a su nous sortir de là. Au lieu de prendre mes paroles pour argent comptant, il a allumé sa troisième cigarette en moins d'une demi-heure.

« En premier lieu, tu vas passer la nuit ici. »

Ce n'était pas une requête, c'était un ordre.

« En second lieu, nous ferons l'amour de nouveau, avec moins d'anxiété, et plus de désir.

« Enfin, j'aimerais que toi aussi tu comprennes mieux les hommes. »

Mieux comprendre les hommes ? Je passais toutes mes nuits avec eux, des Blancs, des Noirs, des Asiatiques, des juifs, des musulmans, des bouddhistes ! Ne le savait-il pas ?

Je me suis sentie plus légère. Il était bon que la conversation prenne le tour d'une discussion. A

351

un moment, j'en étais venue à envisager de demander pardon à Dieu et de rompre ma promesse. Mais la réalité était là pour m'enjoindre de conserver mon rêve intact et de ne pas tomber dans les pièges du destin.

« Oui, mieux comprendre les hommes, a répété Ralf, voyant mon air ironique. Tu parles d'exprimer ta sexualité féminine, de m'aider à naviguer sur ton corps, d'avoir la patience, le temps. Je suis d'accord, mais t'est-il venu à l'esprit que nous étions différents, du moins en matière de temps ? Pourquoi ne t'en plains-tu pas à Dieu ?

« Quand nous nous sommes rencontrés, je t'ai demandé de m'apprendre le sexe, parce que mon désir avait disparu. Tu sais pourquoi ? Parce que, au bout de quelques années, toutes mes relations sexuelles se soldaient par de l'ennui et de la frustration. J'avais compris qu'il était très difficile de donner aux femmes que j'aimais le même plaisir qu'elles me donnaient. »

«Les femmes que j'aimais », cela ne m'a pas plu, mais j'ai feint l'indifférence en allumant une cigarette.

«Je n'avais pas le courage de dire : "Apprends-moi ton corps. " Mais lorsque je t'ai rencontrée, j'ai vu ta lumière, et je t'ai aimée aussitôt. J'ai pensé qu'à ce stade de ma vie je

352

n'avais plus rien a perdre a être honnête avec moi-même et avec la femme que je voudrais avoir à mes côtés. »

La cigarette a été délicieuse, et j'aurais beaucoup aimé qu'il m'offrît un peu de vin, mais je ne voulais pas détourner la conversation.

« Pourquoi les hommes ne pensent-ils qu'au sexe, au lieu de faire ce que tu as fait avec moi, chercher à savoir comment je me sens ?

— Qui a dit que nous ne pensions qu'au sexe ? Au contraire : nous passons des années à nous convaincre que le sexe est important pour nous. Nous apprenons l'amour avec des prostituées ou avec des vierges, nous racontons nos histoires à qui veut les entendre, l'âge venant nous défilons au bras de jeunes maîtresses, tout cela pour montrer aux autres que nous sommes bien ce que les femmes attendent de nous.

« Mais rien de tout cela n'est vrai. Nous ne comprenons rien. Nous pensons que sexe et éjaculation sont la même chose et, comme tu viens de le dire, ce n'est pas le cas. Nous n'apprenons pas, parce que nous n'avons pas le courage de dire à une femme : "Apprends-moi ton corps." Nous n'apprenons pas parce que la femme non plus n'a pas le courage de dire : "Cherche à me connaître." Nous en restons à l'instinct primitif de survie de l'espèce, point final. Aussi absurde

353

que cela puisse paraître, sais-tu ce qui compte plus que le sexe pour un homme ? »

J'ai pensé que c'était peut-être l'argent, ou le pouvoir, mais je n'en ai rien dit.

« Le sport. Parce qu'un homme comprend le corps d'un autre homme. Là, dans le sport, on perçoit le dialogue des corps qui se comprennent.

— Tu es fou.

— Peut-être. Mais cela a un sens. T'es-tu déjà demandé ce que ressentaient les hommes avec qui tu couchais ?

— Oui, ils manquaient tous d'assurance, ils avaient peur.

— Pire que la peur : ils étaient vulnérables. Même sans bien comprendre ce qu'ils faisaient, ils savaient que la société, les amis, les femmes elles-mêmes prétendent que c'est important. " Le sexe, le sexe, le sexe, voilà le sel de la vie ", proclament la publicité, les gens, les films, les livres. Personne ne sait de quoi il parle. On sait – parce que l'instinct est plus fort que nous tous – qu'il faut faire cela. C'est tout. »

Assez. J'avais tenté de donner des leçons pour me protéger, lui également, et aussi sages que fussent nos paroles – l'un cherchait toujours à impressionner l'autre –, c'était tellement stupide, tellement indigne de notre relation ! Je l'ai attiré vers moi parce que – indépendamment de ce qu'il avait à dire, ou de ce que je pensais de moi-même – la vie m'avait déjà beaucoup appris. Au commencement des temps, tout était amour, don de soi. Mais bientôt le serpent se présente à Eve et dit : « Ce que tu as donné, tu vas le perdre. » C'est ce qui m'est arrivé – j'ai été expulsée du paradis à l'école, et dès lors j'ai cherché comment dire au serpent qu'il avait tort, que vivre était plus important que garder pour soi. Mais c'est le serpent qui avait raison, moi j'avais tort.

Je me suis agenouillée, je l'ai déshabillé posément, et j'ai vu que son sexe était assoupi, sans réaction. Il ne semblait pas en être dérangé. J'ai embrassé l'intérieur de ses jambes, en commençant depuis les pieds. Son sexe a réagi lentement, et je l'ai caressé, puis je l'ai pris dans ma bouche ; sans me presser, sans qu'il interprétât cela comme « Allons, prépare-toi à agir ! », je l'ai embrassé avec la tendresse de quelqu'un qui n'attend rien, et justement pour cela, j'ai tout obtenu. J'ai vu qu'il était excité, et il s'est mis à caresser le bout de mes seins, tournant autour comme en cette soirée d'obscurité totale, me donnant envie de l'avoir de nouveau en moi, ou dans ma bouche, ou de la manière dont il désirerait me posséder.

Il ne m'a pas retiré ma veste ; il a fait en sorte que je me penche à plat ventre sur la table, les jambes encore appuyées au sol. Il m'a pénétrée lentement, cette fois sans anxiété, sans peur de me perdre – parce que au fond lui aussi avait déjà compris que c'était un rêve, et que cela resterait pour toujours un rêve.

En même temps que je sentais son sexe en moi, je sentais sa main sur mes seins, sur mes fesses, me touchant comme seule une femme sait le faire. Alors j'ai compris que nous étions faits l'un pour l'autre, parce qu'il parvenait à être femme comme moi je pouvais être homme quand nous parlions ou nous initiions mutuellement à la rencontre des deux moitiés perdues, des deux fragments qui devaient se trouver pour que l'univers soit complet.

A mesure qu'il me pénétrait et me caressait, j'ai senti qu'il ne faisait pas cela à moi seulement mais à tout l'univers. Nous avions du temps, de la tendresse, et nous nous connaissions l'un l'autre. Oui, il avait été merveilleux d'arriver avec deux valises, pleine du désir de partir, d'être sur-le-champ jetée par terre et pénétrée dans la violence et l'appréhension ; mais il était bon aussi de savoir que la nuit ne finirait jamais et que maintenant, sur la table de la cuisine, l'orgasme n'était pas la fin en soi, mais le début de cette rencontre.

Son sexe s'est immobilisé en moi, pendant que ses doigts se déplaçaient rapidement, et j'ai eu un premier, puis un deuxième, et un troisième orgasme. J'avais envie de le repousser, la douleur du plaisir est si forte qu'elle meurtrit, mais j'ai supporté fermement, j'ai accepté que ce fût ainsi, je pouvais supporter encore un orgasme, ou encore deux, ou davantage...

... et soudain, une sorte de lumière a explosé en moi. Je n'étais plus moi-même, mais un être infiniment supérieur à tout ce que je connaissais. Quand sa main m'a menée au quatrième orgasme, je suis entrée dans un lieu où tout était paix, et au cinquième j'ai connu Dieu. Alors j'ai senti que son sexe recommençait à fouiller en moi, bien que sa main ne se soit pas arrêtée, et j'ai dit « mon Dieu », je me suis abandonnée, ne sachant si c'était à l'enfer ou au paradis.

Mais c'était le paradis. J'étais la terre, les montagnes, les tigres, les fleuves qui coulent jusqu'aux lacs, les lacs qui deviennent mer. Il allait de plus en plus vite, et la douleur se mêlait au plaisir, j'aurais pu dire « je n'en peux plus », mais cela n'aurait pas été juste, parce qu'à ce stade lui et moi étions la même personne.

Je l'ai laissé me pénétrer tout le temps nécessaire, ses ongles étaient maintenant enfoncés dans mes fesses, et moi, à plat ventre sur la table

357

de la cuisine, je pensais qu'il n'y avait pas de meilleur endroit au monde pour faire l'amour. De nouveau la respiration de plus en plus rapide, les ongles qui me blessent, et son sexe frappant avec force contre mes fesses, chair contre chair, et j'allais de nouveau vers un orgasme, lui aussi, et rien de tout cela – rien de tout cela n'était MENSONGE !

« Viens ! »

Il savait de quoi il parlait, et je savais que c'était le moment. Tout mon corps se relâcha, je n'étais plus moi-même – je n'entendais plus, ne voyais plus, ne sentais plus le goût de rien –, je n'étais que sensation.

« Viens ! »

Et je l'ai rejoint. Ce n'étaient pas onze minutes, mais une éternité, c'était comme si tous les deux nous sortions de nos corps et nous promenions, dans une joie, une compréhension et une amitié profondes, dans les jardins du paradis. J'étais femme et homme, il était homme et femme. Je ne sais combien de temps cela a duré, mais tout paraissait silencieux, en prière, comme si l'univers et la vie étaient devenus sacrés, sans nom, hors du temps.

Mais bientôt le temps est revenu, j'ai entendu ses cris et j'ai crié avec lui, les pieds de la table cognaient avec force sur le sol, et aucun de nous n'a songé à se demander ce que le reste du monde en pensait.

Il est sorti de moi sans prévenir. Je riais, je me suis tournée vers lui et il riait aussi; nous nous sommes serrés l'un contre l'autre comme si nous avions fait l'amour pour la première fois de notre vie.

« Bénis-moi », a-t-il dit.

Je l'ai béni, sans savoir ce que je faisais. Je l'ai prié d'en faire autant, et il a dit : « Bénie soit cette femme que j'ai beaucoup aimée. » Ses mots étaient beaux, nous nous sommes étreints de nouveau et nous sommes restés là, sans comprendre comment onze minutes peuvent mener un homme et une femme à tout cela.

Aucun de nous n'était fatigué. Nous sommes allés au salon, il a mis un disque, et il a fait exactement ce que j'attendais : il a allumé le feu dans la cheminée et il m'a servi du vin. Puis il a ouvert un livre et il a lu :

Un temps pour naître, et un temps pour mourir

Un temps pour planter, et un temps pour arracher le plant

Un temps pour tuer, et un temps pour guérir

Un temps pour détruire, et un temps pour bâtir

Un temps pour pleurer, et un temps pour rire

Un temps pour gémir, et un temps pour danser

Un temps pour jeter des pierres, et un temps pour en ramasser

Un temps pour s'étreindre, et un temps pour se séparer

Un temps pour chercher, et un temps pour perdre

Un temps pour garder, et un temps pour jeter

Un temps pour déchirer, et un temps pour coudre

Un temps pour se taire, et un temps pour parler

Un temps pour aimer, et un temps pour haïr

Un temps pour la guerre, et un temps pour la paix.

Cela sonnait comme un adieu, mais c'était le plus beau de tous ceux que j'avais pu connaître dans ma vie.

Je l'ai serré dans mes bras, il m'a serrée dans les siens, nous nous sommes allongés sur le tapis devant la cheminée. La sensation de plénitude demeurait, comme si j'avais toujours été une femme sage, heureuse, épanouie.

« Comment as-tu pu tomber amoureux d'une prostituée ?

– A l'époque, je n'ai pas compris. Mais aujourd'hui, à y réfléchir un peu, je crois que, sachant que jamais ton corps n'appartiendrait à moi seul, je pouvais me concentrer sur la conquête de ton âme.

– Et la jalousie ?

– On ne peut pas dire du printemps : "Pourvu qu'il arrive bientôt et qu'il dure assez longtemps." Mais seulement : "Qu'il vienne et me bénisse de son espoir, et qu'il reste tant qu'il pourra." »

Paroles jetées au vent. Mais j'avais besoin de les entendre, et lui avait besoin de les dire. Je me suis endormie, et j'ai rêvé d'un parfum qui inondait tout.

Quand Maria ouvrit les yeux, quelques rais de soleil entraient déjà par les persiennes ouvertes.

« J'ai fait l'amour avec lui deux fois », pensat-elle en regardant l'homme endormi à son côté. « Et cependant, on dirait que nous avons toujours été ensemble, qu'il a toujours connu ma vie, mon âme, mon corps, ma lumière, ma douleur. »

Elle se leva pour aller faire du café à la cuisine. C'est alors qu'elle vit les deux valises dans le couloir, et tout lui revint : le serment, la prière dans l'église, sa vie, le rêve qui insiste pour devenir réalité et perdre son enchantement, l'homme parfait, l'amour où corps et âme étaient une seule et même chose, et plaisir et orgasme des choses distinctes.

Elle aurait pu rester ; elle n'avait rien à perdre, seulement une illusion de plus. Elle pensa au poème : *Un temps pour pleurer, et un temps pour rire.* Mais il y avait une autre phrase : *Un temps pour s'étreindre, et un temps pour se séparer.* Elle prépara le café, ferma la porte de la cuisine, prit le téléphone et appela un taxi. Elle rassembla toute la force de sa volonté qui l'avait menée si loin, la source d'énergie de sa « lumière » qui lui avait indiqué l'heure de partir, la protégeait et garderait intact le souvenir de cette nuit. Elle s'habilla, prit ses valises et sortit, espérant ardemment qu'il se réveillerait et lui demanderait de rester.

Mais il ne se réveilla pas. Pendant qu'elle attendait le taxi, au-dehors, une gitane passa avec un bouquet de fleurs.

« Vous en voulez une ? »

Maria la lui acheta ; c'était le signe que l'automne était arrivé, et l'été révolu. Pour longtemps, on ne verrait plus à Genève les tables aux terrasses des cafés ni les parcs baignés de soleil remplis de promeneurs. Elle ne devait pas se mettre en peine ; elle s'en allait parce que c'était son choix, il n'y avait pas de quoi se lamenter.

Elle arriva à l'aéroport, commanda un café, attendit quatre heures l'avion pour Paris, espérant toujours qu'il allait faire irruption d'un instant à l'autre, puisque, peu avant de s'endormir, elle lui avait dit l'heure de son départ. C'était ainsi dans les films : dans la scène finale, alors que la femme est sur le point de monter dans l'avion, l'homme se présente, désespéré, l'attrape, lui donne un baiser et la ramène dans son univers, sous l'œil amusé et complaisant du personnel de la compagnie d'aviation. Le mot « fin » apparaît et tous les spectateurs sont sûrs que, désormais, ils vivront heureux pour toujours.

« Les films ne racontent jamais ce qui se passe après », se disait-elle pour se consoler. Le mariage, la cuisine, les enfants, des rapports sexuels de plus en plus rares, la découverte du premier billet doux de la maîtresse et la décision de causer un scandale, la promesse du mari que cela ne se répétera pas, le deuxième billet doux d'une autre maîtresse – autre scandale et menace de séparation, mais cette fois l'homme ne réagit pas avec autant d'assurance, il se contente de dire à sa femme qu'il l'aime. Au troisième billet doux de la troisième maîtresse, elle fait le choix de se taire, feint de ne rien savoir, de peur qu'il dise qu'il ne l'aime plus, qu'elle est libre de partir.

Non, les films ne racontent pas cela. Ils se terminent avant que le monde réel ne commence. Mieux vaut ne pas y penser.

Elle lut un, deux, trois magazines. Enfin, son vol fut annoncé, après une éternité ou presque passée dans cette salle d'attente d'aéroport. Elle embarqua. Elle imagina encore la fameuse scène dans laquelle, sa ceinture sitôt attachée, elle sentirait une main sur son épaule, se retournerait, et il serait là, souriant.

Et rien ne se passa.

Elle dormit durant le court trajet de Genève à Paris. Elle n'eut pas le temps de réfléchir à l'histoire qu'elle raconterait – mais ses parents seraient certainement contents de savoir que leur fille était de retour, qu'ils possédaient une exploitation agricole et l'assurance d'une vieillesse confortable.

La secousse de l'atterrissage la réveilla. L'hôtesse vint lui expliquer qu'elle devait changer de terminal, car l'avion à destination du Brésil partait du terminal F alors qu'elle se trouvait au terminal C. Mais pas d'inquiétude à avoir, il n'y avait pas de retards, elle avait largement le temps et, si elle le souhaitait, le personnel au sol pourrait l'aider à trouver son chemin.

Tandis que l'appareil s'approchait de la passerelle de débarquement, elle se demanda si cela valait la peine de passer une journée à Paris, rien que pour prendre quelques photos et pouvoir raconter à son arrivée qu'elle avait visité la ville. Elle avait besoin de temps pour réfléchir, être seule avec elle-même, enfouir profondément les souvenirs de la nuit précédente, de manière à pouvoir s'en nourrir chaque fois qu'elle aurait besoin de se sentir vivante. Oui, Paris était une excellente idée. Elle s'informa auprès de l'hôtesse de l'horaire du prochain vol pour le Brésil, au cas où elle déciderait de ne pas embarquer le jour même.

L'hôtesse prit son billet et déplora que sa tarification ne permît pas ce genre d'escale. Maria se consola en se disant que découvrir toute seule une aussi belle ville l'aurait déprimée. Elle parvenait à garder son sang-froid, sa force de volonté, elle n'allait pas tout gâcher parce qu'un être lui manquait.

Elle débarqua, passa les contrôles de police. Ses bagages seraient directement transférés dans l'autre avion. Les portes s'ouvrirent, les passagers allaient embrasser quelqu'un venu les attendre, leur femme, leur mère, leurs enfants. Maria fit comme si tout cela ne la concernait pas, en même temps qu'elle pensait de nouveau à sa solitude. Seulement, cette fois, elle avait un secret, un rêve, elle n'était pas aussi amère, la vie serait plus facile.

« Paris sera toujours là. »

Ce n'était pas un guide touristique. Ce n'était pas un chauffeur de taxi. Ses jambes tremblèrent quand elle entendit sa voix.

« Paris sera toujours là ?

— C'est la phrase d'un film que j'adore. Aimerais-tu voir la tour Eiffel ? »

Oui, elle aimerait beaucoup. Ralf avait un bouquet de roses à la main, et les yeux pleins de lumière, la lumière qu'elle y avait vue le premier jour quand il faisait son portrait tandis que le vent froid la mettait mal à l'aise.

« Comment es-tu arrivé ici avant moi ? » demanda-t-elle pour masquer sa surprise. La réponse n'avait pas le moindre intérêt, mais elle avait besoin d'un peu de temps pour se ressaisir.

« Je t'ai vue lire un magazine. J'aurais pu m'approcher de toi, mais je suis romantique, incurablement romantique, et j'ai pensé qu'il vaudrait mieux prendre le premier pont aérien pour Paris, me promener dans l'aéroport, attendre trois heures, consulter un nombre incalculable de fois les horaires de vols, t'acheter des fleurs, prononcer la phrase que Ricky dit à sa bien-aimée dans *Casablanca*, imaginer la surprise sur ton visage. Et être certain que c'est ce que tu voulais, que tu m'attendais, que toute la détermination et toute la volonté du monde ne suffisent pas à empêcher que l'amour ne change les règles du jeu d'une heure à l'autre. Il ne coûte rien d'être romantique comme au cinéma, tu ne trouves pas ? »

Elle ne savait pas ce qu'il en coûtait ou non, mais le prix était à présent le cadet de ses soucis. Elle savait qu'elle venait de rencontrer cet homme, qu'ils avaient fait l'amour pour la première fois quelques heures plus tôt, qu'elle avait été présentée à ses amis la veille, mais aussi qu'il avait déjà fréquenté la boîte de nuit où elle travaillait et qu'il avait été marié deux fois. Ce n'étaient pas des recommandations impeccables. D'un autre côté, elle avait de l'argent pour acheter une exploitation agricole, sa jeunesse devant elle, une grande expérience de la vie, une grande indépendance d'âme. Pourtant, comme le destin choisissait toujours pour elle, elle pensa qu'une fois encore elle pouvait courir le risque.

N'étant plus curieuse de savoir ce qui se passe après que l'on a inscrit le mot « fin » sur l'écran de cinéma, elle l'embrassa. Seulement, si un jour quelqu'un se mettait en tête de raconter son histoire, elle demanderait qu'elle débute comme un conte de fées par : *Il était une fois...*

Note de l'auteur

Comme tout le monde – en l'occurrence, je généralise sans hésitation –, j'ai mis du temps à découvrir le sens sacré de la sexualité. Ma jeunesse a coïncidé avec une époque d'extrême liberté, de découvertes et d'excès, qui a été suivie d'une période conservatrice et répressive – le prix à payer pour des débordements qui n'ont pas été sans conséquences.

Au cours de cette décennie de licence (les années soixante-dix), l'écrivain Irving Wallace a publié un livre sur la censure aux Etats-Unis, dans lequel il retraçait les manœuvres judiciaires visant à interdire la publication d'un texte sur le sexe intitulé *Les Sept Minutes*.

Dans le roman de Wallace, le livre qui fait l'objet de la censure n'est qu'un prétexte, et le thème de la sexualité apparaît rarement en tant que tel. Je me suis souvent demandé ce que pouvait bien raconter cet ouvrage. Et si je tentais de l'écrire ?

Il se trouve que, au fil de son roman, Wallace fait de nombreuses références à ce livre fictif, ce qui a finalement rendu impossible la tâche que j'avais imaginée. Il ne me restait que le souvenir du titre (je trouve Wallace bien réducteur quant à cette durée, que j'ai décidé d'allonger) et l'idée qu'il est important d'aborder la sexualité de manière sérieuse – ce que, d'ailleurs, ont déjà fait nombre d'écrivains.

En 1997, peu après avoir terminé une conférence à Mantoue, en Italie, j'ai trouvé à l'hôtel où j'étais descendu un manuscrit que l'on avait laissé à mon intention à la réception. Je ne lis pas de manuscrits, mais j'ai lu celui-là – l'histoire vraie d'une prostituée brésilienne, ses mariages, ses difficultés avec la loi, ses péripéties. En 2000, passant par Zurich, j'ai contacté par téléphone cette prostituée, dont le nom de guerre est Sonia. Je lui ai dit que j'avais aimé son texte et lui ai recommandé de l'envoyer à mon éditeur brésilien, qui a finalement décidé de ne pas le publier. Sonia a pris un train pour Zurich et elle nous a invités – un ami, une reporter du journal *Blick* qui venait de m'interviewer et moi – à nous rendre à Langstrasse, le quartier de la prostitution local. J'ignorais que Sonia avait déjà prévenu ses collègues de notre visite et, à ma grande surprise, je me suis retrouvé à dédicacer mes livres édités dans plusieurs langues.

A ce stade, ma décision d'écrire sur le sexe était prise, mais je n'avais encore ni le scénario ni le personnage principal ; je songeais à une histoire orientée vers la quête du sacré, mais cette visite à Langstrasse m'a éclairé : pour écrire sur sa dimension sacrée, il était nécessaire de comprendre pourquoi le sexe avait été tellement profané.

Interviewé par un journaliste du magazine suisse *L'Illustrée*, j'ai raconté l'anecdote des dédicaces improvisées à Langstrasse, ce qui a donné lieu à un grand reportage sur ce sujet. Résultat, lors d'une séance de dédicace à Genève, plusieurs prostituées se sont présentées avec leurs exemplaires. L'une d'elles a particulièrement attiré mon attention. Nous sommes sortis – avec mon agent et amie Monica Antunes – prendre un café, qui s'est transformé en dîner, puis en d'autres rendez-vous les jours suivants. Là naquit le fil conducteur de *Onze minutes*.

Je tiens à remercier Anna von Planta, mon éditrice suisse, qui m'a fourni des données capitales sur la situation légale des prostituées dans son pays, ainsi que les femmes suivantes à

Zurich (ce sont leurs noms de guerre) : Sonia, que j'ai rencontrée pour la première fois à Mantoue (peut-être qu'un jour quelqu'un sera intéressé par son livre !), Martha, Antenora, Isabella. A Genève (noms de guerre également) : Amy, Lucia, Andrei, Vanessa, Patrick, Thérèse, Anna Christina.

Je remercie également Antonella Zara, qui m'a permis d'utiliser des passages de son livre *La Science de la passion* pour illustrer certaines parties du journal de Maria.

Enfin, je remercie Maria (nom de guerre), qui réside aujourd'hui à Lausanne, est mariée et a deux filles, et qui lors de nos diverses rencontres a partagé avec moi et avec Monica son histoire, sur laquelle ce livre est fondé.

Paulo Coelho

Cet ouvrage a été composé et imprimé par

FIRMIN DIDOT

GROUPE CPI

Mesnil-sur-l'Estrée

pour le compte des Éditions Anne Carrière
104, bd Saint-Germain 75006 Paris
en août 2003

Imprimé en France
Dépôt légal : mai 2003
N° d'édition : 262 - N° d'impression : 64988